Martin Amis

Die Anderen

Eine mysteriöse
Geschichte

• • •

Aus dem Englischen von
Jürgen Bauer und
Edith Nerke

S. Fischer

Die Übersetzer danken Anthony Tranter-Krstev
für seine wertvolle Hilfe

Die Originalausgabe erschien 1981 unter dem Titel
Other People. A Mystery Story bei The Viking Press, New York
Copyright © Martin Amis 1981
Deutsche Ausgabe:
© S. Fischer Verlag, Frankfurt am Main 1997
Satz: Dörlemann Satz, Lemförde
Druck und Einband: Franz Spiegel Buch GmbH, Ulm
Printed in Germany 1997
ISBN 3-10-000821-9

Für meine Mutter

Inhalt

Prolog 9

Teil I
1 Schwerer Schaden 13
2 Sonderbar 23
3 An die Gurgel 33
4 Schlimme Wörter 46

Teil II
5 Tritt fassen 63
6 Auge des Gesetzes 77
7 Nicht zerbrechen 87
8 Erstarren 97
9 Kraftfeld 105
10 Gute Fee 116
11 Wessen Baby? 126
12 Arme Seele 136
13 Live Action 150
14 Trauriges Warten 163
15 Wort für Wort 178
16 Zweite Chance 194
17 Fehlende Glieder 211
18 Nicht nötig 222
19 Gegenstück 234
20 Tiefere Wasser 248

Teil III
21 Furchtlos 261
22 Alte Flamme 266
23 Letzte Dinge 271
24 Zeit 281

Epilog 287

Prolog

Dies ist ein Geständnis, aber ein kurzes.

Es war mir nicht recht, daß ich ihr das antun mußte. Eine andere Lösung wäre mir lieber gewesen. Aber so ist es eben. Bedenkt man die Regeln des Lebens auf Erden, ergibt es sogar Sinn; und sie hat es so *gewollt*. Ich wünschte nur, es ginge auch anders, irgendwie schlüssiger, knapper und runder. Doch das geht nicht. So ist das Leben, sag ich immer, und meine heiligste Pflicht besteht darin, es dem Leben ähnlich zu machen. Teufel nochmal. Bringen wir's hinter uns.

Teil I

Schwerer Schaden

1 Ihr erstes Gefühl, als sie Luft einsog, war stürmische, hilflose Dankbarkeit. Es geht wieder, dachte sie beim Atemholen. Die Zeit – sie läuft weiter. Sie versuchte all das Wasser in ihren Augen wegzublinzeln, doch es war zuviel, und so drückte sie sie bald fest zu.

Jemand beugte sich über sie und sagte, so nahe, daß die Stimme aus ihrem eigenen Kopf hätte kommen können: »Geht's wieder?«

Sie nickte: »Ja.«

»Dann verschwind ich jetzt und laß dich allein. Mach's gut.«

»Danke«, sagte sie. »Es tut mir leid.«

Sie öffnete die Augen und setzte sich auf. Der da eben noch gesprochen hatte, war jetzt weg, aber andere Menschen bewegten sich ganz in ihrer Nähe, Menschen, die – wer weiß, warum – nur dazu da waren, ihr weiterzuhelfen. Wie nett von ihnen, dachte sie, wie nett die sind, daß sie das alles für mich tun.

Sie lag in einem weißen Raum, auf einem wackeligen weißen Gefährt. Eine Weile dachte sie darüber nach. Es schien ihr ein recht passender Ort zu sein. Hier war sie gut aufgehoben, dachte sie.

Draußen eilte ein Mann in Weiß vorbei. Er zögerte und steckte dann den Kopf zur Tür herein. Mit einemmal wich alle Spannung aus seiner Haltung. »Kommen Sie, stehen Sie auf«, sagte er müde, mit geschlossenen Augen.

»Was?«

»*Aufstehen*. Es ist Zeit. Es geht schon wieder, kommen Sie.« Er kam näher, richtete den Blick zur Seite, auf ein niedriges Tischchen, auf dem mehrere Gegenstände herumlagen. »Sind das alles Ihre Sachen?« fragte er.

Sie schaute hin: eine schwarze Tasche, ein paar grüne Papierfetzen, ein kleiner goldener Zylinder. »Ja«, sagte sie geheimnisvoll, »das sind alles meine Sachen.«

»Dann gehen Sie jetzt besser.«

»Ja, in Ordnung«, sagte sie und schwang die Beine von dem wackligen Gefährt. Als sie an ihnen hinabblickte, stöhnte sie auf. Sie sahen aus wie durch die Mangel gedreht. Ganz unwillkürlich streckte sie die Hand aus, um sie zu betasten. Die Haut und das Fleisch waren in Ordnung. Die Fetzen stammten von dem dünnen Material, das ihre Haut bedeckte. Es ging wieder.

Der Mann schnaubte. »Was haben Sie bloß gemacht?« sagte er leise.

»Ich weiß nicht«, murmelte sie.

Er kam näher und sagte lauter: »Toilette? Möchten Sie zur *Toilette*?«

»Ja, bitte«, sagte sie aufs Geratewohl.

Er drehte sich um, ging zur Tür hinüber und wandte sich ihr wieder zu. Sie stand auf und versuchte ihm zu folgen. Dabei stellte sie fest, daß sie schwere geschwungene Verlängerungen an den Füßen hatte. Die dienten offensichtlich dazu, ihr das Gehen schwer, geradezu unmöglich zu machen. Ihr eines Bein zitterte, als sie über den glatten Fußboden schief auf ihn zuging.

»Dann nehmen Sie Ihre *Sachen*.« Er schüttelte mehrmals den Kopf. »Nichts als Ärger hat man mit euch ...«

Er führte sie hinaus auf den Flur. Sie ging jetzt vor ihm und spürte seinen Blick im Rücken. Hastig schaute sie bald hierhin, bald dorthin. Dort draußen schien es zwei Arten von Menschen zu geben. Die Mehrzahl waren die in Weiß. Die andere Art war kleiner und in verschiedenfarbige Mäntel gehüllt; sie wurden mit hilflosem und entschuldigendem Ausdruck herumgeführt oder herumgeschoben. Ich muß eine von denen sein, dachte sie, während der Mann sie den Flur entlangdrängte und auf eine Tür zeigte.

Die ersten Stunden waren am merkwürdigsten. Ihr fehlte jedes Gefühl dafür, was was war.

In dem engen feuchten Raum, dessen Porzellangebilde sie nicht mit sich selbst in Verbindung bringen konnte, legte sie die Wange an die kalte Wand und suchte nach Anhaltspunkten in ihrem Kopf. Was war da drin? Ihre Gedanken waberten endlos weiter, aber inhaltsleer, wie ein toter Himmel. Sie war ziemlich sicher, daß das bei anderen Menschen nicht so war – und dieser Gedanke sorgte dafür, daß sich plötzlich ganz hinten in ihrem Rachen ein fauliger Geschmack bildete. Als sie sich Halt suchend umdrehte, erregte sie die Aufmerksamkeit eines stählern glänzenden Rechtecks an der Wand; durch dieses glänzende Fenster erhaschte sie einen kurzen Blick auf eine überraschte Gestalt mit dichtem schwarzen Haar, die sie ansah und sich hastig zurückzog. Haben alle Angst, fragte sie sich, oder nur ich?

Sie wußte nicht, wie lange sie hier bleiben sollte. Jeden Augenblick konnte der Mann wiederkommen, um sie abzuholen; doch ebensogut war es möglich, daß man sie hier drinnen ließ, solange sie wollte, vielleicht für immer. Dann kam es ihr vor, als sei die Welt nur ein Einfall von ihr. Aber ein guter Einfall konnte es wohl nicht sein, wenn sie sich so umfassend bedroht, so verletzlich fühlte?

Die Tür war ein Problem, das sie rasch löste. Als der enge Raum sie freigab, war der Mann verschwunden. Ohne Zögern ging sie in die Richtung, die die weißgekleideten Wärter und ihre langsameren Schützlinge einschlugen, auf das Licht zu, das in verspielten Wirbeln über die farblosen Wände glitt. Dann weitete sich der Gang mit einemmal, die Bewegung erstarb, und neue Arten von Menschen standen verstohlen und bekümmert herum, lagen mißtrauisch schwitzend auf weißgedeckten Tischen oder schrien auf, wenn die Wärter sie hastig wegschafften. Mittendrin stand jemand blutüberströmt und stieß, die Hände auf die Augen gelegt, dramatische Klagelaute aus. Hinter ihm ließ eine offene Doppeltür einen kühlen Luft- und Lichtschwall herein. Sie ging weiter, umkurvte behutsam die von Hektik und Elend pulsierenden Buchten. Niemand hatte Zeit, sie zurückzuhalten.

Dann eilte sie hinaus. Bei dem Versuch, ihren Marsch den gläsernen Gang entlang zu beschleunigen, zwangen die Vorrichtungen an ihren Beinen sie, plötzlich mit einem stechenden Schmerz stehenzubleiben. Sie bückte sich hinab, um nachzusehen, und stellte zu ihrer freudigen Überraschung fest, daß sie die Dinger ohne große Schwierigkeiten abnehmen konnte. Zwei Männer, die mit einer leeren Trage an ihr vorbeigingen, riefen ihr etwas zu und runzelten beim Blick auf die abgelegten Verlängerungen mahnend die Stirn. Doch sie roch jetzt die frische Luft und eilte hinaus.

Zunächst schien dies nur ein Wechsel in eine neue Größenordnung. Auch hier durfte niemand stehenbleiben, mußten alle die hohen Verbindungsgänge entlangeilen wie eine durchgegangene Herde. Viele schienen beschädigt zu sein, doch es gab kaum jemanden, um sie zu führen oder zu schieben. Die es eilig hatten und Lärm mochten, benutzten die zahllosen bunten Gefährte, die in dampfenden, undisziplinierten Rudeln über die breiten Mittelspuren dahinsausten oder sich in ihnen zu Schlangen aufreihten. Die Straßen waren wie eine Ausstellung von Symbolen, deren Bedeutung sie nicht erfaßte. Niemand schien in der Lage oder gewillt, zu verhindern, daß sie sich dem hektischen menschlichen Treiben anschloß, obwohl manch einer wirkte, als hätte er es gerne getan. Vielleicht hatten sie auch einfach keine Zeit. Sie starrten nur, starrten auf ihre Füße; sie hatten sich alle so an ihre eigenen Verlängerungen gewöhnt – wo mochte sie ihre nur gelassen haben? Sie wußte, das war ihr erster Fehler gewesen: niemand sollte ohne diese Dinger unterwegs sein, und es tat ihr leid. Doch sie ging weiter, immer weiter, weil das von allen verlangt wurde.

Hier draußen gab es sechs Arten von Menschen. Die erste Art bestand nur aus Männern. Sie war von allen sechs Arten am zahlreichsten vertreten und zugleich am unterschiedlichsten. Manche von ihnen strebten ihrem Ziel mit zaghafter Zurückhaltung zu, wollten niemandem auffallen: kaum einer von ihnen nahm sie wahr, und wenn, dann nur mit einem flüchtigen Blick. Andere hingegen bewegten sich herausfordernd und raumgreifend, mit fast schon krimineller Freiheit, das Kinn kühn in die Luft gereckt: die nahmen sie ohne jeden Zweifel wahr, und ohne jede Sympathie, denn einige von ihnen krächzten ihr eindeutige Laute des Tadels entgegen. Die Menschen der zweiten Art waren weniger beunruhigend; sie wirkten geschrumpft, komprimiert, auf merkwürdige Weise weniger vital. Sie humpelten entweder paarweise dahin, so unbeholfen, daß sie kaum vorankamen, oder sie wirbelten mit ziellosem, flatterhaftem Schwung umher. Einigen von ihnen ging es so schlecht, daß sie in verdeckten Gefährten umherkutschiert werden mußten, von wo aus sie denen, die sie schoben, Menschen der dritten Art, klägliche Protestlaute entgegenschleuderten. Die dritte Art ähnelte der ersten sehr, außer ganz oben und ganz unten; ihre Beine waren oft ungeschützt, und sie tippelten geschickt auf den gebogenen Spitzen ihrer kunstvollen Verlängerungen dahin (ich muß eine von denen sein, dachte sie, sah sich wieder in dem engen Raum und griff sich mit der Hand ans Haar). Sie sahen sie nur ganz kurz an, senkten den Blick zu ihren gefühllosen Füßen und wandten ihn bekümmert wieder ab. Die Menschen der vierten Art hatten Probleme mit den Haaren: Einige verzichteten fast ganz darauf, andere schienen sich damit ersticken zu wollen, und wieder andere trugen sie verkehrt herum – bei ihnen wuchs das mit einer dichten Matte versehene Gesicht zu einem nackten Skalp empor. Sie selbst schienen das in Ordnung zu finden. Die Menschen der fünften Art standen etwas abseits in irgendeiner Ecke oder schoben sich seitlich durch die Menge, die sich schuldbewußt teilte; sie redeten nicht wie die Anderen, sondern brummelten entweder düster vor sich hin oder predigten händeringend in die Luft. Sie dachte, die müssen verrückt sein. Unter den Menschen der fünften Art fanden sich natürlich auch Vertreter fast aller anderen Arten. Und sie traten nie paarweise auf. Die Menschen der sechsten Art trugen jämmerliche verfilzte Socken und schienen unsicher zu sein, wer sie eigentlich waren und wohin sie sich bewegten. Sie glaubte, ein oder zwei Exemplare dieser Art auszumachen, doch bei näherem Hinsehen entpuppten sie sich stets als Vertreter einer anderen Art.

Niemand dort draußen rief bei ihr nennenswerte Erinnerungen hervor. Sie spürte, daß sie am Rand des unergründlichen, rauschhaften menschlichen Handelns stand, daß hinter allem, was sie sah, ein großer und verzweifelter Zweck lag, von dem sie ausgeschlossen war. Und noch immer wußte sie nicht, inwieweit die Dinge lebten.

Noch keine Veränderung, dachte sie.

Dann begann ganz langsam etwas Schreckliches zu passieren.

Nicht allzuweit über den schroffen Canyons hing ein majestätischer Hintergrund ruhiger blauer Ferne, vor dem sich weiße Geschöpfe von maßlosem Liebreiz – dicke, verschlafene Wesen – aalten, von den träge dahinschwebenden Kruzifixen des Himmels so sorglos wie schmerzlos durchbohrt und einem heftig lodernden gelben Feuerball zu Treue verpflichtet, der in den Augen schmerzte, wenn man zu ihm hinsah. Doch dann veränderte sich das Bild. Die bauschigen Wesen verloren ihre Konturen, stiegen zunächst auf und legten sich als weißes Tuch über das Luftgewölbe, um dann dahinzuschmelzen und sich als makelloser grauer Schleier unter ihrer Herrin auszubreiten, die jetzt ihre Kraft verlor und rot vor Wut kochte – oder starb sie etwa, dachte sie, als sie die schrecklichen Veränderungen sah, die sich darunter vollzogen. Erniedrigt und erleichtert zugleich, begannen Menschen aller Arten in hektischer Angst dahinzueilen. Die Farben wurden müde, und ihre Pigmente gaben kampflos den Geist auf, manche unmerklich, andere jäh und schmerzhaft. Bald schien es, als tauschten die Gänge und ihre hohen Glaswände den Platz – oder zumindest kamen sie überein, sich den Rest an Geschäftigkeit zu teilen: die tollkühnen Gefährte brachen entzwei und fuhren Rennen gegen sich selbst. Die blau gefleckte Ferne hoch droben kam immer näher. Furchtsam grollend, die Räder weit ausgestellt, bogen sich die Gefährte des Himmels, die jetzt ihre wahren Farben zeigten, hinab zur Erde, während weiter unten die Menschen eilig vor der herabstürzenden Luft flohen.

Wo würden sie sich alle verstecken? Bald würde niemand mehr da sein, außer ihr ganz allein. Jemand von der zweiten Art humpelte vorbei, hielt an und sagte leise zu ihr:

»Sie werden sich den Tod holen.«

»Wirklich?« fragte sie zurück.

Sie ging weiter. Die Menschen verweilten an den hellerleuchteten Plätzen. Bisweilen gingen sie in kaltem Schweigen dahin, bemüht, bis zur nächsten gelben Lichtinsel durchzuhalten; dann wieder bogen sie in einen vor zielgerichteter Hektik schwirrenden Stollen ein. Allein oder in kleinen Gruppen tauchten sie schließlich im Dunkel unter, wollten unbedingt ans Ziel gelangen, solange es noch ging. Und immer noch starrten alle sie an, allerdings nur noch flüchtig; sie schauten ihr auf die Füße, ins Gesicht und dann vielleicht wieder auf die Füße, je nachdem, zu welcher Art sie gehörten.

Dann brach auf den Straßen eine Zeitlang alles zusammen, wimmelte es in ihnen von ungezügeltem, zukkendem Haß. Manche Menschen experimentierten mit ihrer Stimme, zählten die schrillen Geräusche, die sie erzeugen konnten; andere eilten blindlings in die dunkelsten Schatten, als wüßten nur sie ein gutes Versteck. Das war der Moment, in dem ihr Bewußtsein der Gefahr in einer steilen, schwungvollen Spirale anzusteigen begann. Mit jeder Windung schien die Gefahr, das Verletzungsrisiko bedrohlicher zu werden; bald würde irgend jemand oder irgend etwas das Bedürfnis verspüren, ihr einen schweren Schaden zuzufügen.

Genug, dachte sie, das reicht, und beschloß, mit diesen Dingen fertig zu werden, sie aus dem Weg zu räumen.

Erst als sich die Welt mit ordentlichem Tempo an ihr vorbeibewegte, wurde ihr klar, daß sie rannte ... Sie stellte fest, daß es ihr Spaß machte. Das war das erste, was sie aus einem eindeutigen inneren Antrieb heraus tat. Die Backsteindurchgänge torkelten an ihr vorbei. Die Menschen, die noch da waren, drehten sich nach ihr um; ein paar von ihnen riefen ihr etwas zu. Einer trottete eine Zeitlang schwerfällig hinter ihr her, doch sie ließ ihn nicht näher kommen. Sie schien fast wieder so schnell laufen zu können, wie sie wollte. Sie dachte, wenn sie rannte, könnte sie Zeit sparen, wenn alles rascher ablief, würde das nächste Ereignis schneller kommen.

Schließlich gelangte sie an einen Ort, wo keine Menschen mehr waren. Hier öffnete sich der Betonboden zu einer anderen Art von Leben hin. Hier endete das, worin sie sich aufhielt. Hinter spitzen Stangen stieg grünes Hügelland sanft an. Sie bemerkte, daß die dikken Wesen über ihr wieder emporgestiegen waren unter ihr glitzerndes Dach, wo sie jetzt rot und schwer hingen neben ihrer Gottheit, die mattsilbern durch das Meer des Dunkels schwamm. Plötzlich sah sie eine Lücke in der Käfigwand: ein Weg führte geradewegs hinaus aufs grüne Land, nur eine horizontale weiße Stange kennzeichnete den Übergang. Sie ging hin, beugte sich unter der Stange hindurch und rannte dann so schnell sie konnte über den weichen Boden.

Bald fand sie ein gutes Versteck, eine feuchte Senke am Fuß eines schiefen Baums. Mit stürmendem Atem legte sie sich hinein und zog die Beine an. Ihr Körper begann zu beben: Jetzt ist es soweit, dachte sie, das ist mein Tod. Der Schmerz, den sie schon den ganzen Tag in sich spürte, strömte jetzt aus ihrer Körpermitte heraus. Auch ihr Gesicht lief aus, und etwas Verkrampftes in ihr preßte unerwünschte Laute über ihre Lippen. Sie befahl sich, still zu sein. Was für einen Sinn hatte es, sich zu verstecken, wenn man soviel Lärm machte? Die Schatten wurden schwerer. Der Boden gab nach, um sie aufzunehmen. Die Luft schien von Eisen und Feuer zu dröhnen in diesem letzten Augenblick, als die Punkte des Lebens über dem Vampirhimmel einer nach dem anderen erloschen.

Sonderbar

2 Die Statistiken belegen recht eindeutig, daß allen Menschen, die an einer Amnesie leiden, zumindest teilweise bewußt ist, was ihnen fehlt. Sie wissen, was sie nicht wissen, es ist ihnen klar, daß sie sich nicht erinnern können, und das ist schon mal was. Doch für *sie* gilt das nicht, o nein.

Die Anfangsphase ist in einem Fall wie diesem natürlich immer am schwierigsten. Aber ich bin zufrieden. Wirklich. Wir haben die erste Phase hinter uns, und die hat sie ganz achtbar überstanden. Unter uns gesagt: Das ist eigentlich überhaupt nicht mein Stil. Es war im Grunde nicht meine Entscheidung, obwohl ich natürlich bis zu einem gewissen Grad die Richtung vorgebe. Es mußte so sein. Wie ich schon sagte: Sie hat es so *gewollt*.

... Und was liegt da vor uns?

Ein ansteigender Streifen Londoner Parklandschaft, eine über eine schimmernde Senke gebeugte Birke, eine junge Frau im Morgentau. Es ist 7 Uhr 29 morgens, die Temperatur 11 Grad Celsius. Über dem Mädchen schnalzen im Wind getrocknete Blätter tadelnd mit der Zunge – nicht ohne Grund. Was zum Teufel ist diesem Mädchen bloß passiert? Ihr Gesicht ist ein Durcheinander aus Haaren und Schlamm, die Kleider (wenn man das überhaupt noch als Kleider bezeichnen kann) haben alle Wölbungen ihres Körpers erkundet, ihre nackten Oberschenkel drücken sich in der Morgensonne fest aneinander. Wüßte ich nicht Bescheid, würde ich sagen, sie ist auf Platte oder eine abgehalfterte Hure oder betrunken oder tot (ihr Aussehen kommt einem primitiven Urzustand recht nah: ich hab das schon öfter gesehen). Aber ich weiß Bescheid, und außerdem gibt es in der Regel einen guten Grund dafür, daß Menschen so enden, wie sie enden. Was mag diesem Menschen hier wohl passiert sein? Irgend etwas ist ihr passiert. Gehen wir ein wenig näher ran. Finden wir's heraus. Lassen wir sie aufwachen.

• • •

Als sich ihre Augen öffneten, sah sie den Himmel. Eine ganze Zeit lang durchzuckten sie beharrlich mehrere Gedanken gleichzeitig, die etwa folgendermaßen aussahen:

Zunächst wußte sie nicht, wo sie sich befand oder wie sie hierhergekommen war. Sie nahm an, das war der Streich, den ihr ihr Gedächtnis spielte: ihr Tag um Tag zu entziehen, so daß sie immer wieder von vorn anfangen mußte und nie weiterkam. Dann erinnerte sie sich an den Tag zuvor, und (wahrscheinlich ein früherer, ein zweiter Gedanke) der Tag zuvor konfrontierte sie wieder damit, daß Menschen ein Gedächtnis besaßen, und mit der Tatsache, daß sie ihres verloren hatte. Sie hatte es verloren, es war noch immer weg, und noch immer war ihr nicht völlig klar, was das bedeutete. Sie schickte Lichtstrahlen in alle Winkel ihres Gehirns ... doch die Zeit endete in Nebelschwaden, irgendwann am Tag zuvor. Sie fragte sich, was eigentlich passierte, wenn man es verlor, das eigene Gedächtnis. Wohin verschwand es, und war es für immer weg, oder konnte man es wiederfinden? Immerhin bin ich ja noch da, dachte sie dann; zumindest bin ich nicht gestorben oder so was. Irgend etwas mit dem Schlaf machte ihr Sorgen, doch sie schenkte ihm keine große Beachtung. Und selbst sie erkannte, daß es ein schöner Tag war.

Sie setzte sich auf und erprobte ihre schlaffen Sinne, blinzelte in das Licht, das die weite Reise zu ihr zurück gemacht hatte, während sie schlief. Kleine, aber mächtige Geschöpfe schrien von oben zu ihr herab. Sie sah hinauf – und erkannte, daß sie Dinge benennen konnte. Es war ganz einfach, wie ein Blinzeln ihres Gehirns. Sie kannte die Namen der Vögel, konnte sie – bis zu einem gewissen Grad – auch zuordnen (die Spatzen, eine Krähe, die sie humorlos anstarrte); ja, sie konnte sie sogar lose mit Erinnerungen vom Tag zuvor verbinden: mit den hektischen, schmalschultrigen, unterwürfigen Hunden, einer schlanken Katze, die an einem Schaufenster ihre Krallen schärfte. Ihr war nicht ganz klar, wie alles funktionierte und zusammenhing, wie lebendig die Dinge waren oder wo sie selbst ihren Platz hatte. Aber sie hatte Worte dafür, und das gefiel ihr. Vielleicht war alles viel einfacher, als sie gedacht hatte.

Sobald sie aufstand, sah sie die Anderen. In einiger Entfernung, hinter dem feuchten grünen Land, lag – vor einer Reihe vergessener Gebäude – wüstes Ödland. Dort waren die Anderen, einige standen herum, andere lagen verstört am Boden, wieder andere saßen dicht zusammengedrängt da. Einen Augenblick stieg drängende Angst in ihr auf und das Bedürfnis, sich wieder zu verstecken; doch sie fühlte sich zu wohl und war zu müde und hatte das Gefühl, daß ohnehin alles egal war, auch ihre Gedanken und das Leben. Und so ging sie auf sie zu. Wie schlecht sie doch noch zu Fuß war. Es schienen Menschen der fünften und der zweiten Art zu sein, was ihr irgendwie Mut machte.

Als sie bis auf Sichtweite herangekommen war, drehte

sich eine der Gestalten um und musterte sie kühl, ohne Überraschung zu zeigen. Bereits aus dieser Entfernung sah man auf ihren Gesichtern ungesund leuchtende Flecken, die auf rasche Veränderungen unter ihrer Haut hindeuteten. Langsam kam sie ihnen näher. Keiner von den Anderen trat ihr entgegen, obwohl einige wußten, daß sie kam.

»*Mary had a little lamb*«, leierte einer von ihnen mechanisch, nicht an sie gerichtet. »*Its face was white as snow* ...«

Sie kam näher. Jetzt konnten sie ihr etwas zuleide tun, wenn sie wollten. Doch noch war nichts passiert, und erschöpft stellte sie fest, daß sie sich wohl zu ihnen gesellen konnte, wenn sie wollte (und wenn sie sich etwas davon versprach), ja daß sie wohl dazu verdammt war, sich unter den Lebenden aufzuhalten, ohne auch nur die geringste Beachtung zu finden.

Dann wandte sich einer von ihnen um und sagte: »Na du, wie heißt du?«

»Mary«, log sie rasch.

»Ich bin Modo. Und das ist Rosie.«

»Neville«, sagte ein anderer.

»Hopdance«, sagte der vierte.

»Komm schon, komm ins Warme.«

Ganz selbstverständlich, ja erleichtert, nahmen sie sie unter sich auf. Sie setzte sich zu ihnen auf den rechteckigen Gitterrost, unter dem eine gigantische unterirdische Maschine mit rhythmischem Stampfen Wärme zu ihnen hochschickte.

»Hier Mary, zum Kehle-Anfeuchten. Gut gegen die Kälte«, sagte Neville und reichte ihr eine glänzende braune Flasche. Sie kostete von der herben, spritzigen Flüssigkeit, ehe Rosie danach verlangte.

Neville redete weiter, an niemand Bestimmtes gerichtet: »Mit zweiundzwanzig war ich einer der Spitzenvertreter von Littlewoods. Mit Dienstwagen und dem ganzen Drum und Dran. Sie wollten, ähm, einen Artikel über mich in der Zeitung bringen. Aber ich hab gesagt: Nee, so 'n Presserummel kann ich nicht ab.«

»Nee, Presserummel kannst du nicht ab«, stimmte Rosie ihm ernst zu.

»Auf euren Presserummel pfeif ich, Leute. Das hab ich ihnen gesagt.«

»Presserummel ...? Ha!« sagte Hopdance und schüttelte den Kopf, als wäre damit alles klar.

Sie beschloß, vor Presserummel auf der Hut zu sein. Das war offensichtlich etwas ganz Schlimmes, wenn man ihn selbst hier so sorgfältig mied ... Sie musterte die Anderen durch ihren dampfenden Atem hindurch. Ihre Haut glänzte gefühllos, ihre Augen waren eisig. Ich bin eine von ihnen, dachte sie, und vielleicht war ich das schon immer. Als sie den Blick von Gesicht zu Gesicht wandern ließ und die unterschiedlichen Schäden wahrnahm, die jedes aufwies, kam ihr, daß es wahrscheinlich doch nur zwei Arten von Menschen gab. Zwei Arten, mehr nicht: nur daß ihnen alles mögliche zustoßen konnte.

• • •

Stimmt: aber nur bis zu einem gewissen Grad. (Ich muß gelegentlich ein paar Erklärungen anbringen, vor allem am Anfang.) Diese Leute sind schließlich Tramps.

Sie wissen, von was für einer Art Menschen ich spreche, oder? Daß sie Tramps sind und keinen festen Wohnsitz haben, liegt daran, daß sie kein Geld haben. Und das wiederum liegt daran, daß sie – anders als praktisch alle anderen – nichts verkaufen. *Sie* verkaufen doch sicher auch etwas, oder? Ich tue es jedenfalls. Und die, warum tun die es nicht? Sie haben einfach keine Lust, das zu verkaufen, was alle anderen verkaufen – ihre Zeit.

Zeit verkaufen, die eigene Zeit: das ist unser aller Geschäft. Wir verkaufen unsere Zeit, sie behalten ihre. So kriegen sie zwar kein Geld, denken aber die ganze Zeit an nichts anderes als an Geld. Ein merkwürdiges Leben, so ein Leben als Tramp. Aber ihnen scheint es zu gefallen. Und den Statistiken zufolge erfreut sich das Leben als Tramp zunehmender Beliebtheit. Es gibt immer mehr Menschen, die ganz ohne Geld auskommen.

Mit dieser Art von Menschen muß ich mich recht häufig befassen. Das ist bei meiner Art von Arbeit kaum zu vermeiden. Ich hätte es natürlich lieber anders: meist ist es reine Zeitverschwendung. Wenn ich an Ihrer Stelle wäre, würde ich ihnen aus dem Weg gehen. Da haben Sie allemal mehr davon.

• • •

»Weißt du, Mary«, sagte Neville, beugte sich zu ihr hinüber und klopfte ihr warnend auf die Schenkel, »besonders helle bist du nicht.«

Mary nickte zustimmend.

»Na, seht ihr?«

Er hatte recht. Sie wußte nicht viel, und das wenige, was sie wußte, mußte sie für sich behalten. Sie hatte viel zu lernen, und die Anderen würden ihr zeigen müssen, wie das ging.

»Aber hübsch bist du«, fuhr er gemächlich fort. »He, ihr, ist sie nicht hübsch?«

Mary hoffte, daß er unrecht hatte ... Doch es war offensichtlich kein allzu ernsthafter Vorwurf; er wurde rasch wieder freundlicher, wandte sich um und hob die Flasche an die Lippen. Gar nicht so schlecht hier, dachte Mary, war aber zugleich neugierig, wie lange das noch gehen würde.

»So, Schätzchen, du kommst mit mir. Los, auf die Füße.«

Mary blickte erwartungsvoll auf. Dritte Art, dachte sie, eine Frau, jemand wie ich. Sie war Mary bereits vorher aufgefallen, dort bei den Anderen, wo sie sich – in dem Bewußtsein, etwas Besonderes zu sein – ein wenig abseits gehalten hatte. Sie war so dick, wie Mary es kaum je gesehen hatte. Ihr aggressiv rotes Haar hing in hektischen Locken herab; und ihre Augen waren eisig.

Mary ließ sich widerspruchslos auf die Beine helfen. Als sie sich aufrichtete, stürzte Neville nicht ungeschickt, aber kraftlos auf sie zu. Die Dicke knallte ihm ihre wuchtige Faust auf den Nacken und versetzte ihm einen kunstvollen Fußtritt, so daß er sich an dem Gitterrost die Stirn aufschlug.

»Laß bloß die Finger von ihr, du alter Drecksack! Ich kenn dich, Neville. Jawohl, so ist's gut. Sie braucht jemanden, der sich um sie kümmert, und nichts anderes.«

Grummelnd zog sich Neville von ihnen zurück.

»Wie bitte? Was? Paß bloß auf, mein Freund, sonst reiß ich dir deine dämliche Rübe ab. Verstanden? *Verstanden?* ... Los, Schätzchen. Sehen wir zu, daß wir hier wegkommen. Nichts als Abschaum, das Allerletzte. Wirklich, was es für Leute gibt. Und keine Spur von Rücksicht.«

Mit wogendem Oberkörper ging die Dicke zusammen mit Mary davon, auf die kaum sichtbare Reihe vergessener Gebäude zu. Sowie sie um die zweite Ecke waren, blieb sie stehen und musterte Mary sorgfältig von oben bis unten.

»Ich heiße Sharon. Und du?«
»Mary«, sagte Mary.

Sharon sah Mary in die Augen, runzelte dabei die Stirn. Ihr breites Gesicht schien von einer zusätzlichen Schicht Fleisch bedeckt, einem verschwollenen, auf ihre natürlichen Gesichtszüge aufgepfropften Nachschlag, der wie ein Zeitpuffer wirkte. Was immer dieses Gesicht ausstrahlte, schien mit Verzögerung zu kommen, dachte Mary. Irgend etwas lag zwischen dem Gesicht und den Gefühlen, die es bewegten.

»Puh. Dich hat aber einer ganz schön rangenommen.« Mit einem grellen Lachen begann sie Marys Kleider glattzustreichen. »Aber wir tun's ja schließlich alle. Ist es nicht zum Schreien? Ich meine, so hin und wieder gefällt's mir ja auch, natürlich nur, wenn es nette Kerle sind und es nur zum Spaß ist.« Sie hob den gestreckten Zeigefinger. »Aber anpissen laß ich mich nicht. Das laß ich mir nicht bieten«, fügte sie mit spürbarem Stolz an. »Auf keinen Fall!« Sie wischte etwas Schmutz von Marys Schulter. »Also, ein bißchen hätten sie sich schon um dich kümmern können. Ich meine, ein paar Pfund für ein nettes kleines Hotel oder so. Aber man weiß ja, wie die Typen so sind. Ganz schön blöd, daß wir so auf sie abfahren, oder?«

Mary hätte ihr gern recht gegeben. Doch Sharon stürmte weiter, und sie folgte ihr. Das Laufen machte ihr immer größere Schwierigkeiten. Sie führte das auf den drängenden Schmerz zurück, der sich irgendwo in ihrem verlängerten Rückgrat verkeilt hatte. Ein gieriger Schmerz, den sie auch deshalb so heftig empfand, weil er so unwillkürlich und natürlich war und so merkwürdig vertraut; es war kein besonderer Schmerz, wegen dem sie sich Sorgen gemacht hätte. Aber er *tat weh*. Das war das Problematische daran; Schmerzen wären gar nicht so schlimm, wenn sie nicht manchmal so weh täten.

»Das ist mein Platz, wenn ich hier in der Gegend bin«, sagte Sharon auf dem Weg an ein paar Metallabsperrungen vorbei. Hinter einer oder zwei davon sah sie alte Autos schlafen. »Nicht, daß ich allzuoft hier wäre.«

Sie gingen an den flachen Wänden einer leeren Höhle entlang. In der Luft hing der brackige Geruch von Feuchtigkeit und Alter und ein schärferer menschlicher Geruch, der in der Nase stach. Am Boden lag jemand dick in Kleider eingehüllt und sah ängstlich hoch. Neben ihm drehte sich quietschend eine umgefallene Flasche.

»Stör dich nicht an dem«, sagte Sharon. »Das ist Impy. Eigentlich heißt er Tom, aber ich nenne ihn Impy, weil er so imposant ist – und impotent. Stimmt doch, Impy, altes Wrack!« Sie wandte sich zu Mary um und fügte besänftigend an: »Ich finde, es ist allemal besser, wenn man es offen ausspricht. Sonst kriegt er nur 'n Komplex. Nicht wahr, Impy? Und wie geht's dir heute morgen?«

»Kalt ist mir«, sagte Tom.

»Na, dann zieh los und besorg dir was. Brauchst mich gar nicht so anzusehen. Das ist Mary, und von der läßt du brav die Finger, ja? Was ist denn los mit dir, Mädchen? Du siehst aus, als würdest du gleich ein Kind kriegen ... Hast du Schmerzen?«

Mary nickte entschuldigend.

»Wo? Wo tut's weh?«

Mary strich sich sachte über die Hüften.

»Haben sie dich da auch malträtiert? Was für ein Schmerz ist es denn?«

»Kein besonderer Schmerz.«

Wieder ein Stirnrunzeln und wieder diese kurze Zeitspanne, bis es sichtbar wurde. »Mein Gott. Besonders helle bist du tatsächlich nicht!« Die Hand, die sie Mary auf die Hüfte legte, war nicht so grob, wie Mary befürchtet hatte. »Hier«, sagte sie. Mary spürte, wie sich in ihrem Körper Druck aufbaute. »Jeder ist, wie er ist. Das hab ich im Leben gelernt. Alle sind irgendwie sonderbar. An ihm brauchst du dich nicht zu stören – du kennst das alles, Impy, nicht?« Sharon hielt graziös Marys Hand, damit sie aus dem Rock steigen konnte. Als sie hinunterschauten, sahen sie ein kompliziertes Gewirr von Bandagen und Verbandklammern. »Das sieht ja übel aus, Mädchen. Wo bist du da bloß reingeraten? Komm, zieh den Schlüpfer runter! Wo du da bloß reingeraten bist ... Komm hier rüber. Na komm! Mein Gott, du blickst ja gar nicht durch. Da muß sich jemand drum kümmern.« Als Sharon die Hand unter die Binde schob, löste sie sich sofort. »Aber hübsch bist du. Ich wär immer so gern dunkel gewesen. Hält länger vor. Und wie gebildet sie redet, was, Impy? So, und jetzt hock dich hin. Mach schon, Dummchen. Du ... laß einfach ... Das war's schon. Na komm, mußt nicht weinen. Dummes Kind. Das macht doch jeder. Jeder ist irgendwie sonderbar. Weißt du, was meine Großmutter immer zu mir gesagt hat? ›Alle Welt ist sonderbar, außer dir und mir, o ja, aber manchmal, das ist wahr, bist auch du ganz sonderbar.‹ Wir bringen dich hier weg, ganz bestimmt. Wir finden schon was für dich.«

An die Gurgel

3 Mary hatte natürlich keine besonders klare Vorstellung davon, was Sharon »für sie finden« wollte. Doch es klang gut. Es schien ihr eine gute Idee, und sie hatte keine bessere.

Dann zogen sie zusammen los zu den fernen, lebhaften Straßen. Das Gras war freundlich zu Marys Füßen; Sharon schwebte riesig am Rand ihres Blickfelds. Ihre Rückkehr in die lärmende, gigantische Gegenwart machte ihr bereits weniger angst. Und sie war angetan davon, daß alle irgendwie sonderbar waren. Mary hob den Blick. Die dicken Wesen der Lüfte waren wieder da, drehten sich träge auf den Rücken und aalten sich in der Sonne. Sie fragte sich voller Neugier, was Sharon wohl mit ihr vorhatte.

»Fuck!« sagte Sharon plötzlich. Sie hielt inne und legte die Hand auf Marys Schulter. »Tschuldige.« Sie knickte ein Bein ab und tastete nach unten. »*Zum Kotzen* mit diesen Absätzen hier im Gras.« Ihre Absätze, die zu spitzen Zinken zuliefen und mit Metallklammern am Sprunggelenk befestigt waren, sahen wirklich gemein aus. »Ach Gott, Schuhe müssen wir dir auch besorgen, Kleine. Weißt du, normalerweise hab ich ja eine kleine Garderobe hier draußen, aber ... Dir muß doch scheiß*kalt* sein. Hoppla!« Mit einem Grunzen richtete sie sich auf. »Was für ein Glück, daß das Wetter gewechselt hat.«

Sie gingen weiter. Das Wetter hatte gewechselt. Was für ein Glück. Alles schien sich einzurenken. Mary hätte jetzt am liebsten vergessen, was ihr passiert war, während sie schlief, oder diese heimtückische Last zumindest etwas beiseite geschoben. Und ihr war etwas passiert. Todsicher. Irgend etwas war in der Nacht über sie hergefallen und hatte sie übel zugerichtet, war ihr an die Gurgel gegangen. Was immer das war, es hatte ihr Leben gehaßt, ihre Seele töten wollen. Rächte sich so die Vergangenheit an einem? Vielleicht. Es schien ihr irgendwie logisch, daß die Vergangenheit abwartete, bis man schlief, um sich dann so an einen heranzuschleichen. Und das Schlimmste war, sie hatte gewollt, daß ihr diese Gewalt angetan wurde. Sie hatte es herbeigeführt. Und sie hatte noch mehr gewollt.

»Weißt du, Mary«, sagte Sharon, »ich weiß ums Verrecken nicht – 'tschuldige –, warum ich immer wieder hierherkomme. Keine Ahnung. Wahrscheinlich nur wegen Impy, reine Gefühlsduselei. Eigentlich hab ich ja mit diesen Kreisen nichts zu schaffen. Ich bin nicht wie *sie*. Aber weißt du, wenn man ein paar intus hat und, na ja ... Wenn ich aufwache, weiß ich nie, wie ich hierhergekommen bin. Aber so geht's uns allen. Bescheuert, was?«

»Ja«, sagte Mary, »wahrscheinlich.«

Und wieder ging Mary durch die Straßen, diesmal aber mit einem Ziel. Dadurch empfand sie sie als nicht mehr ganz so aufdringlich. Sharon wußte, wo es langging: sie schritt kräftig, ja geradezu schamlos aus, nahm aber nichts wahr. Die Straßen beeindruckten sie nicht, und auch nicht die anderen Menschen und ihre Schicksale.

Sie gingen rasch dahin, und Mary gab sich Mühe, Schritt zu halten. Die Straßen, durch die Sharon sie führte, waren sehr unterschiedlich. Manche wurden von den wilden Autos beherrscht: sie waren so voller Bewegung, daß die Luft mit ihren Böen und Strömungen die Menschen vorwärtszudrängen schien. Wenn sich an einer Ecke genug Menschen ansammelten, hielten die Autos an und warteten, vor Ungeduld grollend, eines hinter dem anderen. Ab und zu sauste jemand los, um im Zickzack auf die andere Seite zu gelangen, während die Autos unverwandt und bedrohlich weiter ihre Spur entlangschnüffelten. Andere Straßen wurden, voller Bürgerstolz, von den Gebäuden beherrscht, von den Häusern: sie waren von Ruhe erfüllt, und kein Lufthauch regte sich. Kaum einmal sah man jemanden in ein Haus gehen und so gut wie nie jemanden herauskommen. Mary, die bemüht war, die Gesetze des Lebens zu erkennen, nahm an, wer einmal in ein Haus gelangt war, blieb darin und mied so die Gefahren der Straße. Hier bewegten sich die Autos jetzt verhaltener oder waren schon ganz zur Ruhe gekommen, und die Menschen konnten fast wie sie wollten von einer Seite zur anderen gelangen.

»Kohle, Kies, Moneten«, sagte Sharon. »Hast du was da?«

»Was?«

»Na, Geld!«

»Ich weiß nicht.«

»Sehen wir doch mal nach ... Du mußt ganz schön dicht gewesen sein letzte Nacht.«

Sharon kramte fachmännisch in Marys schwarzer Tasche, und Mary sah erstaunt zu. Sie hatte überhaupt nicht mehr daran gedacht, aber die Tasche hatte die ganze Zeit über ihrer Schulter gehangen. Als Sharons Bewegungen plötzlich hektischer wurden und sie sich weiter in die Tiefe vorarbeitete, hätte Mary beinahe das Gleichgewicht verloren.

»Hei-ei-ei, was haben wir denn da?« Mit zitternden Fingern zog Sharon zwei zerknitterte, schwach schimmernde Papierfetzen heraus. »Weißt du, was wir dafür kriegen?«

»Geld«, tippte Mary, doch Sharon hörte sie nicht, sondern ging mit Riesenschritten über die Straße. Mary mußte sofort wieder rennen.

»Was meinst du?« keuchte Sharon. »Clan Dew? Ein paar Bier für jeden? Einen netten Port?« Sie ging jetzt langsamer. »Oder wie wär's mit einer Flasche Sherry?« schlug sie vor. Sie blieb stehen und sah Mary aus zusammengekniffenen Augen an. »Oder besorgen wir uns was Schärferes?«

»Ja«, sagte Mary, »besorgen wir uns was.«

»Wär wohl das beste«, sagte Sharon, die schon wieder in Bewegung war. »Weißt du, so früh am Morgen, da ist was Scharfes ... erfrischender. Meinst du nicht auch? Genaugenommen ist es natürlich schon schrecklich. Aber wir tun's ja schließlich alle. Warte einen Moment, Kleine. Bin gleich wieder da.«

Als Sharon hineinging, ertönte ein Klingeln. Mary sah durch die Glasscheibe und stellte fest, daß sie lesen konnte. Na, langsam wird's besser, dachte sie. Die Schilder lieferten ihr Grundinformationen über Geld und Waren. Allerdings hatten sich beim Malen der Schilder immer wieder Fehler bei den Zahlen eingeschlichen, und eine ganze Reihe davon war durchgestrichen und korrigiert. Mary kniff die Augen zusammen, um auch weiter hinten im Dunkel noch etwas erkennen zu können. Da standen – prachtvoll an der Wand aufgereiht – die Flaschen, die auf den Schildern abgebildet und angepriesen wurden. Sharon war in dieser verwinkelten Grotte damit beschäftigt, ihr Geschäft abzuschließen.

Der Tausch wurde vollzogen, und der Mann drückte ihr noch etwas in die Hand, ehe Sharon sich umwandte und durch die Spiegelungen zurück zur Tür ging.

»Damit's uns wieder bessergeht«, sagte Sharon in der nächsten Seitenstraße. Der Drehverschluß öffnete sich mit einem Knacken. »Auf dein Wohl, Kleine.« Ihr massiges Gesicht mit seiner Pufferschicht wirkte zugleich glasig und konzentriert. Sie steckte die kleine Flasche in das Loch in ihrem Kopf – ihren Mund, diesen feuchten, intimen Körperteil, der gar nicht so recht zu ihren starren Gesichtszügen paßte, der viel lebendiger und natürlicher wirkte. Unauffällig hob Mary eine Hand und tastete. Ja, sie hatte auch einen. Und sie konnte von innen die gewellten Knochen hinter ihren Lippen entlangfahren. Gab es das noch einmal im Körper, einen Teil, den man von innen und außen zugleich spüren konnte? Sie spürte nichts, und daraus schloß sie, daß Münder etwas sehr Wichtiges sein mußten.

»Da geht's einem doch gleich viel besser«, sagte Sharon. Jetzt war Mary dran. »Na los«, sagte Sharon, »runter damit.« Mary öffnete den Mund und kippte die Flüssigkeit hinein.

»So was hab ich noch nicht erlebt«, sagte Sharon etwas später. »Was ist bloß mit dir los? Du mußt ja in einer schrecklichen Verfassung sein, Kleine. Ein paar Tropfen Brandy, und schon hustest du dir die Seele aus dem Leib. Das ist doch nicht normal, oder?«

»Es tut mir leid«, sagte Mary.

Sharon trank noch einen Schluck. »Da kann ich mir auch nichts für kaufen. Du hast die Hälfte *verschüttet*!« Sharon trank noch einen Schluck. »Brandy soll einem doch *gut*tun.« Sharon trank noch einen Schluck.

»Es tut mir leid«, sagte Mary.

Sharon ließ die leere Flasche zu Boden fallen. Dann richtete sie den Blick starr auf Mary. »Du, ich bin keine Alkoholikerin.«

Mary starrte zurück. O doch, du bist eine, dachte sie. Ich wette, du bist eine.

• • •

Natürlich ist Sharon Alkoholikerin (und nicht nur das) ... Sie wissen, wie Alkoholiker sind, nicht wahr? Aber natürlich. Wahrscheinlich haben Sie sogar einen oder zwei im Bekanntenkreis, oder Sie kennen jemanden, der welche kennt. Denken Sie mal nach. Wie viele Trinker kennen Sie? Es gibt schrecklich viele heutzutage. Es würde mich auch nicht weiter wundern, wenn Sie selbst einer wären. Na?

Trinker sind Menschen, die es nicht aushalten, nüchtern zu sein. Da sind sie lieber betrunken. Sie halten es nicht aus, sie selbst zu sein. Und sie haben nicht ganz unrecht. Es ist schwieriger, man selbst zu sein, als betrunken.

Trinker sind nicht sie selbst: sie sind Trinker. Sie sind nicht wie andere Menschen, obwohl sie so waren, ehe sie Trinker wurden. Die Menschen sind unterschiedlich: Trinker nicht.

Wenn sie betrunken sind, denken, fühlen und verhalten sich alle Trinker genau gleich. Wenn sie nüchtern sind, denken sie nur ans Trinken, die ganze Zeit. Wirklich. An nichts anderes. Falls Sie sich jemals fragen sollten, woran Trinker denken, wenn sie nicht betrunken sind, hier ist die Antwort: sie denken daran, betrunken zu sein.

Die meisten von ihnen haben eine gewisse Vorstellung davon, warum sie es nicht ertragen können, sie selbst zu sein, und manche sogar eine recht konkrete. Doch alle meinen, sie wüßten Dinge, die andere Trinker nicht wissen, und halten sich für etwas Besonderes. Da liegen sie falsch. Sie sind nichts Besonderes: sie sind Trinker, und alle Trinker wissen die gleichen Dinge. Aus ihrer Sicht sieht alles trauriger und interessanter aus. Und in einem gewissen Sinn ist es das auch. Sie haben alle ihre Gründe, und darunter sogar ein paar gute. Ich mache niemandem einen Vorwurf daraus, daß er trinkt.

Es ist meine Theorie, daß wir alle Trinker wären, wenn wir es schaffen würden, welche zu werden. Wir würden uns alle soviel besser fühlen, wenn wir permanent betrunken wären. Aber Trinker zu werden ist eine harte Sache. Nur Trinker scheinen das zu schaffen.

Ich werde für alle Zeiten mit diesen rätselhaften und bedauernswerten Menschen klarkommen müssen. Auch Ihnen werden noch ein paar davon begegnen. Aber natürlich alles unter meiner Kontrolle, alles unter meinem Schutz und meiner Kontrolle.

• • •

Sharon erzählte Mary gerade, warum sie ab und zu einen Schluck brauchte – wegen ihrer Nerven, erklärte sie, und weil sie einfach gerne mal 'ne gute Zeit hatte – als unvermittelt die Gebäude zurücktraten und einen breiten, windigen Riß im Häusergewirr der Stadt freigaben. Nur ein paar verzauberte Straßen bogen sich über diese luftige Schneise hinweg. Marys Körper geriet in Schwingung; am liebsten hätte sie sich umgedreht und wäre davongerannt, doch Sharon drängte sie unerschrocken vorwärts. Als sie die breite Auffahrt zum Himmel hinaufgingen, warf Mary einen Blick nach unten und sah, daß der trübe Streifen unter ihnen lebendig war, daß er kochte und unentwegt Fetzen von sich selbst in die Luft schleuderte, als wolle er die Vögel fangen, die mit wütendem und spöttischem Kreischen dicht über seiner Oberfläche hin und her segelten.

»Das ist mir zu groß«, sagte Mary.

»Bitte? Ich mag den Fluß. Wie ruhig sie dahinströmt, die gute alte Themse. Wir gehen rüber auf die andere Seite«, erklärte sie mit einer Kopfbewegung zu den klobigen Gebäuden hin, die wie zinnenbewehrte Festungen vom anderen Ufer herüberstarrten. »Erst mal gehen wir nach Hause, und dann gehen wir in 'n Pub.«

Mary überlegte, wie diese Orte wohl aussehen mochten, während sie, etwas schneller jetzt, Sharon nach Süden folgte.

»Wir sind da!« rief Sharon.

Mary stand hinter ihr in dem kleinen Vorraum. So sah es also von innen aus, ein Zuhause. Hier war alles ausgekleidet und gepolstert, und es war wärmer, als sie erwartet hatte.

Dann flog im Gang eine halbverglaste Tür auf. Ein Mann, der sehr klein und zugleich sehr groß war, schaute zu ihnen herüber, zog bestürzt den Kopf zurück und kam dann auf sie zugepoltert.

»Nein, nein, meine Liebe«, knurrte er. »Los, raus hier, raus!«

»He, sei doch nicht so *gemein*«, schrie Sharon, als er sie zu Mary und zur Tür zurückzudrängen begann.

»Du gehörst nicht hierher!«

»Verdammt, das ist mein *Zuhause*.«

Zwar war Sharon eine viel ehrfurchtgebietendere Erscheinung als der Mann, mit dem sie unbeholfen herumrangelte, doch man konnte zusehen, wie alle Kraft und Verbissenheit aus ihrem Gesicht wich. Sharon wirkte wie jemand, der all das, was Sharon getan hatte, erst noch tun mußte. Wir werden hier wieder rausgeworfen, dachte Mary – keine Frage. Doch dann kehrten mit einem Ruck Sharons Gesichtszüge unter die Pufferschicht zurück, und ein ebensolcher Ruck ihrer Schultern ließ den kleinen rundlichen Mann einen schrillen Schrei ausstoßen und kopfüber auf dem Boden landen.

»Da? Siehste?« sagte er.

»Also, Dad, hör auf, ich hab dich nicht mal angefaßt!« Als sie sich, allem Anschein nach aufrichtig besorgt, über ihn beugte, kam ihr von unten ein Bein entgegengeschnellt, und im Handumdrehen bildeten die beiden ein wild zappelndes Knäuel zu Marys Füßen.

»Mutter!« schrie er. »Mein Gott, so helf mir doch einer!«

»Was ist denn *jetzt* wieder los«, erklang eine erschöpfte und willfährige Stimme. Eine Frau trat in die Tür und kam rasch ins Licht gehinkt. »Bringt sie jetzt ihren eigenen Vater um, ja? Ah ja«, sagte sie im gleichen Tonfall.

Aus dem am Boden zappelnden Knäuel tauchte eine pummelige Hand auf. Die Neuhinzugekommene nutzte diese Chance und trat mit dem rechten Fuß darauf. Ihr Schuh wirkte, wie Mary bemerkte, ziemlich monströs, da seine Sohle eine ziegelsteinartige Erhöhung aufwies – vielleicht just für solche Gelegenheiten.

»Das war meine Hand, Mutter«, stöhnte der Mann. »Pack sie an den Haaren.«

»Meine Güte. Faß mal mit an«, sagte die Frau zu Mary. »Gavin! Gavin!«

Ehe Mary der fragwürdigen Aufforderung nachkommen konnte, kam Gavin die Treppe herabgetrottet und trennte seufzend die Leute zu seinen Füßen. Mary verfolgte dieses lebhafte Familientreffen mit einem Gefühl vorsorglicher Panik. (Daß auf den *Straßen* überall Fallen, Gruben und Hinterhalte lauerten, wußte sie ...) Ihr erschien das alles sinnlos, doch ihnen möglicherweise nicht.

So war es.

Schon bald kabbelten sich Sharon, ihre Mum und ihr Dad freundschaftlich in dem gemütlichen Wohnzimmer, einem engen, fensterlosen Raum, der so viele verschiedene Formen aufwies, daß Mary gar nicht erst versuchte, sie mit den Augen zu erfassen. Zeit verging – viel Zeit. Mr. und Mrs. Botham verlangten keine Erklärung für ihre Anwesenheit, ließen sie aber auch nicht einfach links liegen, sondern suchten immer wieder ihre Bestätigung und Unterstützung für die gutgelaunten Vorwürfe an die Adresse ihrer Tochter. Mary wußte nicht, warum Mr. und Mrs. Botham annahmen, sie könne etwas wissen, das sie noch nicht wußten. Und obwohl sie es als angenehm empfand, daß die beiden sie ständig mit Mary ansprachen, fragte sie sich doch, was sie wohl von ihr wollten oder wozu sie sie benutzten. Ich muß ziemlich ungewöhnlich sein, dachte sie, eine junge Frau mit nackten Füßen, die den Verstand verloren hat. Doch Mr. und Mrs. Botham schienen das überhaupt nicht so zu empfinden. Das mochte daran liegen, daß sie irgendwie zusammengehörten (was sie immer wieder mit einem entrüsteten ›die eigene Tochter‹, ›ihren eigenen Vater‹ oder ›deine eigene Mutter‹ unterstrichen), oder sie waren einfach noch sonderbarer, als Sharon hatte durchblicken lassen.

Doch wie bedrückend, wenn das alles war. Sie wollte

sich nicht eingestehen, daß es durchaus so sein konnte. Gavin saß neben ihr. Er hatte die ganze Zeit über cool und distanziert gewirkt, ohne diese Aura verströmender, verlorener Zeit. Besonders beeindruckt war Mary von seinen Augen. Sie schienen nicht nur von Farbe und Licht überzufließen, sondern auch Dinge zu kennen, die noch kein anderes Auge wahrgenommen hatte. Sie kannten Dinge, die es hier nicht gab.

Dann wandte er sich ihr zu und sagte: »Bist du auch eine von denen?«

»Wie, von denen?«

»Auch so eine Schnapsdrossel, meine ich.« Sein Blick zuckte hinüber zu den anderen drei. »Die kommen zu gar nichts anderem mehr und kriegen überhaupt nicht mehr mit, was läuft.«

»Und du?«

»Ich, was?«

»Kriegst du noch mit, was läuft?«

»Entschuldige bitte«, sagte Sharon laut, »ich glaube, meine Freundin Mary hätte jetzt gern ein heißes Bad.«

»Aber natürlich, die Arme«, sagte Mrs. Botham. »Wo hat sie sich das bloß geholt?«

»Ach«, sagte Sharon, »das war nur ein kleiner Unfall.«

Sobald sie die Badezimmertür abgeschlossen hatten, riß Sharon einen Schrank auf und begann darin herumzuwühlen. Dabei ging sie genauso hektisch vor wie bei der Suche nach Geld in Marys Tasche. Und sie war offensichtlich ebenso erfolgreich.

»So, jetzt bist du dran«, sagte Sharon, öffnete eine braune Flasche und trank einen kräftigen Schluck.

»Gavin – wie ist der so?«

»Den kannst du vergessen. Der ist schwul. Siehst du das nicht? Wie er sich angemalt hat?«

»Ah ja«, sagte Mary resigniert.

»Aber ein hübscher Kerl ist er trotzdem. Also, Kleine. Wir wollen doch kein Vollbad? Oder? Einmal im Stehen ordentlich abgewaschen, Achseln und Muschi, das reicht. Und die Beine. Die machst du sicher bald breit, nicht wahr?« prophezeite sie. »Zieh ihn dir über den Kopf. Paßt. Jetzt laß mal nachdenken. Fürs erste kannst du meine weißen Stiefel anziehen. Was für 'ne Größe hast du? Und das Bügelfreie von meiner Mutter müßte dir stehen, das rote. Ein bißchen kurz vielleicht, aber das schadet ja nichts, oder? He? Entschuldigung, kitzelt das? Ich weiß, ich bin schrecklich. Ja, ich weiß. Und jetzt die Arme hoch. Hm, nimm meinen weißen Rollkragenpulli, da kommen deine kleinen Titten groß raus. Du wirst die Typen umhauen, Kleine.« Sie ging kurz weg, war aber gleich wieder da. »Weißt du, Mary – setz dich mal hier hin. Also, es würde mich wundern, wenn wir beide heute nacht nicht ein paar Kröten verdienen könnten. So! Die sitzen ein bißchen locker, aber was soll's. Whitey wird jedenfalls den Verstand verlieren, wenn er dich sieht – vorausgesetzt, er kommt. Der hüpft auf dich drauf wie ein *Känguruh*. Nein, schlüpf einfach rein. 'n Schlüpfer brauchst du nicht, nicht um diese Jahreszeit. Ich glaub, ich hab eh keinen sauberen mehr. Die Typen wird's nicht stören. Na? Schön reinstecken. Ich sag dir, die denken, es ist Weihnachten, wenn du reinkommst. So, laß dich noch mal angucken.«

Als Sharon schwungvoll die Schranktür öffnete, sah Mary sich selbst. Rasch drehte sie sich weg.

»Was ist los? Komm, schau dich an. Ist doch toll! Sag nicht, ich würde mich nicht um dich kümmern. Du siehst phantastisch aus, wirklich. Zum Anbeißen. Ich sag dir, die werden sich auf dich stürzen drunten im Pub.«

Es war nicht einfach gewesen, ins Haus hereinzukommen, und wieder hinauszukommen war es auch nicht.

Sharon sagte Mary, sie solle sich auf einen schnellen Abgang vorbereiten. Als sie die Treppe runterkamen, stand Mr. Botham schon mit verschränkten Armen an der Eingangstür.

»Du gehst mir nirgendwohin, mein Fräulein«, sagte er. »Du bleibst hier.«

Ein halbherziges Gerangel begann, und Mrs. Botham kam herbeigehinkt, um ihre Empörung kundzutun. Mr. Botham gelobte, Sharon werde das Haus nur über seine Leiche verlassen. Doch Sharon durchschritt einfach die Tür, und Mary folgte ihr.

»Nein, Mary, um Gottes willen, geh nicht mit ihr!« rief Mrs. Botham ihr nach. »Es wird dir noch leid tun ...«

Mary war ziemlich sicher, daß Mrs. Botham recht hatte. Ihr Mißtrauen in bezug auf Häuser und Zuhause jeder Art war hier voll und ganz bestätigt worden. Es war schwer, eins zu finden; und wenn man einmal drin war, kam man nur schwer wieder raus.

Schlimme Wörter

4 Der Pub war ein öffentliches Haus, einer der wenigen Orte, an denen sich Menschen aufhalten konnten, ohne daß ihnen Fragen gestellt wurden. Deshalb hatte man große Sorgfalt darauf verwendet, alles möglichst unschön zu gestalten – sonst würde jeder hierherkommen oder aber niemand mehr wieder gehen wollen. Der Raum war von muffiger, malziger und staubiger Wärme erfüllt, und ein undefinierbarer Apparat attakkierte die Ohren; die Lärmwellen umspülten einen äußerst geschickt, mit kaum wahrnehmbar kurzen Pausen, ließen keine Zeit, die Gedanken zu ordnen. Alles schrie nach Tausch – die bunten Gläser, die über einem Graben hoch aufgestapelt waren, die Maschinenkisten mit ihren klickenden Falltüren und bunten Aufschriften. Sogar die Luft trieb einem die Tränen in die Augen. Es war schon seit geraumer Zeit voll hier drin, und doch wurde niemand abgewiesen. Die Menschen standen in dem hohen, sich endlos erstreckenden Raum in exklusiven Gruppen und Grüppchen beisammen, die sich bald öffneten, um noch jemanden einzulassen, bald jemanden entließen und sich hinter ihm wieder schlossen. Sie alle spielten mit etwas, von dem Mary wußte, daß es *Feuer* war.

»Also, ich bin natürlich keine Nymphomanin oder so was«, versicherte ihr Sharon, den Blick zur Tür gerichtet. »Das ist doch ein dummes Wort, oder? ... Wo sie nur bleiben? Das ist es nicht, ich will einfach eine gute Zeit haben.«

Zeit – je mehr davon verging, um so mehr brauchte sie. Sharon kannte hier jeder; man schätzte sie und glaubte ihr: sie gehörte dazu. Nach ein bißchen kokettem Bitteln und Betteln an der Theke kam sie jedesmal mit einem Bier zurück. Mary bekam auch eines, eine sprudelnde schwarze Flüssigkeit, die den Gaumen so unverhohlen attackierte, daß sie nur ein paarmal vorsichtig daran nippte und es dann einfach auf dem Tisch stehenließ. Sharon hingegen konnte gar nicht genug davon kriegen; sie schien die beruhigende Wirkung zu mögen, die es auf sie hatte, die Art, wie es ihre Augen hinter dem Zeitpuffer versinken ließ.

»Es bringt mich in Stimmung«, sagte sie. »Das kann ja nichts schaden, oder? Ich sag immer: Jeder ist seines Glückes Schmied.«

Mary fand Sharons Bemerkungen außerordentlich treffend. Schaden, Glück und Zeit waren genau die Dinge, über die sie gerne mehr gewußt hätte. Sharons Andeutungen waren natürlich zu persönlich, um ihr viel zu nützen, doch sie sagten Mary, daß irgendwo dort draußen eine Sprache darauf wartete, von ihr entdeckt und benutzt zu werden. Jedes Wort, das sie erkannte, gab ihr das Gefühl, sorgfältig wiederhergestellt und vervollständigt zu werden, als würde beschädigtes Gewebe wieder an ihr festgeschweißt. Bereits jetzt war ihr klar, daß Sprache für Ordnung stand oder sogar eine gewisse Ordnung enthielt, die in allem, was ihr bislang begegnet war, nicht enthalten sein konnte – nicht in dem Schatten, der über eine farblose Wand glitt, nicht in den Autos, die sich auf den Straßen aneinanderreihten, nicht im Rauschen des Windes, das schmerzte, wenn man ihm mit dem Verstand nachspürte ... Mary hatte das Gefühl, daß *Lesen* möglicherweise ein Schlüssel zu einer

Ordnung war, die es in der Welt gab; und sie wollte diese frisch erworbene Fähigkeit sofort erproben. Im Pub gab es nicht viel zu lesen. Nur ein paar grelle Tauschvorschläge und ein paar Sachen wie »Man *muß* nicht VERRÜCKT sein, um hier zu arbeiten, aber es HILFT!« oder »Wir sind zu allem FÄHIG, aber zu nichts zu GEBRAUCHEN!«

»*Fuck*. Hoppla«, sagte Sharon. »Entschuldige. Das ist auf dem Kleid gelandet. Normalerweise benutz ich keine so schlimmen Wörter. Aber hin und wieder machen wir's ja alle, nicht wahr? Stimmt doch, oder?«

Sharon ging noch einmal an die Theke. Sie war eine ganze Zeit lang weg, doch als sie diesmal zurückkam, brachte sie kein Bier mit. Sie ließ sich auf ihren Stuhl fallen und sagte wieder: »Fuck.« Nach einer Weile faßte sie mit einem Ausdruck verhaltener Wertschätzung Marys achtlos beiseite geschobenes Glas ins Auge. Dann schob sich ihre Hand über den Tisch, und sie sagte: »Möchte wissen, warum's hier heute so tot ist.«

Mary ließ den Blick durch den Raum gleiten und spitzte die Ohren. Sie fragte sich, warum die Leute so auffällig oft Wörter wie *fuck* benutzten. Es war anders als alle anderen Wörter, wenn auch die Leute, die es benutzten, so taten, als wäre es nichts Besonderes. Und sie benutzten es so oft, daß es kreuz und quer durch die Luft zu schwirren schien. Mitten im Raum rangelten, von einer Reihe von Zuschauern angefeuert, zwei Männer miteinander. Aber man konnte kaum etwas verstehen. Mary dachte: Wenn das tot ist, wie muß es dann hier erst zugehen, wenn es *lebendig* ist?

»Also, mit manchen Typen ist es, na, da haut's einen einfach um, nicht wahr?« fuhr Sharon traurig fort. »Alle beide, weißt du. Geht mir bei ziemlich vielen Typen so.

Eigentlich sogar bei den meisten. Hab wohl einfach Glück. Ich ...« Ein spitzer Schrei drang aus Sharons Mund. Sie hatte die Hand auf die Lippen gelegt, aber eine Sekunde zu spät. »Oh ... entschuldige. Wollte sagen, ich hab einfach gern 'ne gute *Zeit*. Schadet ja nichts. Aber manchmal sind sie ganz schöne Scheißkerle, oder? Das Ärgerliche ist, wenn du viele hast, und ich hab verdammt viele gehabt, dann steckt man sich schnell mal an. Und dann sollte man es besser bleibenlassen. Mein Problem ist – ich kann's nicht bleibenlassen! Warum auch? Ich bin schließlich eine gesunde junge *Frau*!« Tränen begannen über ihr Gesicht zu strömen. Mary fragte sich, ob andere Menschen oft so dahinschmolzen. Schniefend fuhr Sharon fort: »Als Kind wollte ich mal Nonne werden. Mum meinte immer, der Nonnenschleier würde mir stehen. Ich kann ja immer noch ... Ist sicher noch nicht zu spät, oder? Es ist nie zu spät dafür, das eigene Leben zu ändern. Und dann die vielen glücklichen Jahre, auf die man sich freuen kann. Pater Hooligan war der einzige Mann, der mich wirklich verstanden hat. Ich werde mich aufmachen und ... Da sind sie ja! Huhu, Jock! Hier sind wir!«

Als die zwei Männer sich zu ihnen setzten, sah Mary, daß sie jetzt ganz schön in der Klemme steckte. Zum einen wurde augenblicklich klar, daß Sharon nicht mehr auf ihrer Seite stand, falls sie das überhaupt jemals getan hatte. Sharon hatte sie bis hierher begleitet, und jetzt war Mary wieder auf sich allein gestellt. Sharon war nicht mehr auf ihrer Seite. Sharon war jetzt auf der anderen Seite.

Die beiden Männer waren an sich schon reichlich beunruhigend. Der klobige Jock war groß und träge und viel zu dick. Auf seinem schwarzen Haar glänzte feuchtes

Licht. Obwohl er nicht viel sagte, hatte er die ganze Zeit den Mund offen, und seine Zunge spielte über die untere Zahnreihe. Es war schwer zu sagen, wieviel Gefahr von Jock ausging. Sein Kumpel Trev war alles in allem ein ansehnlicheres Exemplar. Er war klein und kompakt, steckte in engen Kleidern und strahlte am ganzen Körper einen karamelfarbenen Glanz aus und einen ebensolchen Geruch; sein schmutzigoranges Haar schimmerte gelblich, wenn Licht darauf fiel. Trev saß viel dichter bei Mary als Jock und schien darauf aus zu sein, ihr noch näher zu kommen. Beide hatten etwas trotzig Ungepflegtes. Und genau solche Augen wie Sharon.

»Wo hast du die denn gefunden?« sagte Trev, und sein Atem umspielte dabei Marys Wange. Wie er am Satzende mit der Stimme nach oben ging, klang nicht unangenehm.

»Drüben«, sagte Sharon.

»Wo ist sie her?« hakte er nach.

»Ja, Mary, wo bist du her?« sagte Sharon.

Mary spürte, wie ihr Wärme ins Gesicht stieg. Sie hätte gern gewußt, was ungefährlicher war: ihre Angst preiszugeben oder sie zu verbergen.

»Seht ihr?« sagte Sharon. »Nicht mal das weiß sie. Du bist nicht sehr helle, mein Schatz, stimmt's?«

Mary blickte auf. Die neuen Männer und die frischen Drinks ließen Sharons Gesicht erstrahlen. Das war ihr Sieg. Mary war klar, daß sie von ihr keine Hilfe mehr zu erwarten hatte.

»Schau sie dir an«, sagte Trev ernst, hielt dann inne. »Schau sie dir bloß mal an – sieht aus wie ein verdammter Filmstar.«

»Siehst du's?« sagte Sharon. »Sie ist jedem 'n Zehner wert. Komm, Trev. Ich hab sie für dich rausgeputzt und alles. Letztens hast du noch gewollt. Bei Janice wolltest du noch.«

»Laß mich bloß mit deinen Zehnern in Ruhe, Shar«, sagte Trev. »Da will ich nichts von hören.«

»Janice war 'ne richtige Schlampe«, gluckste Jock.

»Eben«, sagte Sharon. »Mary ist was Besonderes. Sag was, Mary. Los, sag was für die Jungs.«

»Hat sie Spaß am Ficken?« fragte Jock.

Sharons Kopf zuckte zu ihm herum. (Hab ich Spaß am Ficken? dachte Mary.) »Aber klar!« sagte Sharon entrüstet. Mary war erfreut, daß Sharon ihr die Stange hielt. Doch dann beugte sich Sharon nach vorn und sagte zu Trev: »Sie ist nicht sehr helle. Die macht alles mit. Mit der kannst du machen, was du willst.«

Mary spürte, wie Trevs Atem wieder näher kam – ein feuchter, fruchtiger Atem, der sich auf ihrer Wange niederschlug, Frage für Frage kleine klebrige Tröpfchen bildete.

»Wie heißt du?«

»Mary.«

»Wie alt bist du?«

»Jung.«

»Wo wohnst du?«

»Dort.«

»Aha, dort wohnst du also? Und was für ein Tag ist heute?«

Mary lächelte.

»Wieviel ist zwei und zwei?«

Mary lächelte.

»Und du hast keinen Typen, der sich um dich kümmert?«

»Ich ...«

»Du bist verdammt hübsch, weißt du das? He, Jock«,

sagte er, ohne die Stimme oder die Augen von ihr abzuwenden. »Ich hab gesagt, sie ist verdammt hübsch. Du hast ein Händchen dafür, Sharon, das muß man dir lassen. Jetzt hör mal her, Mary. Wir haben ein bißchen Whisky, und hier machen sie zu. Wie wär's, wenn wir zu Jock gehen und ich dich mal richtig durchficke?«

Mary zuckte die Schultern und sagte ja. Hinter ihr spuckte eine Maschine voll ehrlichem Abscheu Geld in ihren Metalltrog. »Zeit zum Heimgehen«, rief ein alter Mann müde, während er umherging und die Gläser einsammelte. »Es ist Zeit.«

• • •

Ich fürchte, Trev und Jock sind Kriminelle. Sie verdienen ihren Lebensunterhalt damit, Dinge zu tun, die so riskant und so deprimierend sind, daß es kaum ein anderer fertigbringt. Dabei geht es natürlich, wie so oft im Leben, um Geld. Mary weiß noch nicht viel von Geld.

Jock hatte als junger Bursche herausgefunden, daß man am einfachsten zu Geld kommt, indem man schwache Menschen, die welches haben, überfällt. Was für schwache Menschen? Er unterteilte sie in vier Kategorien: schwache junge Männer, schwache junge Frauen, schwache alte Männer und schwache alte Frauen. Nach ein paar Versuchen hatte er sich davon überzeugt, daß alte Damen am schwächsten und deshalb am leichtesten zu überfallen waren. (Ihnen schien es auch am wenigsten auszumachen, wahrscheinlich, weil sie ohnehin kaum Geld hatten.) Sein Vorstrafenregister klang bald wie eine monotone Aufzählung flachgelegter Omas. Jock rannte auf sie zu, schlug, so fest er konnte, auf sie ein und versuchte, mit ihrem Geld wieder davonzurennen. Das Problem war, daß selbst die ältesten von ihnen entschlossen schienen, sich nicht von ihrer Handtasche zu trennen; Jock haßte es, diesen Lederschlund voll glitzerndem, billigem Make-up zu durchwühlen, während die alten Damen ihn in ihrer typischen hysterischen Art anschrien. Manchmal schlug er einfach so fest wie möglich zu und wartete heftig atmend ab, bis er spürte, daß er wieder losrennen konnte – was er dann mit großem Geschick und wirklich sehr schnell tat. Darin war er gut. Wenn die Zeiten schlecht waren und Jock sich an die wenigen Erfolge in seinem Leben erinnerte, füllten sich seine Augen beim Gedanken daran, wie flink er in diesen Augenblicken war, mit Tränen des Stolzes.

Trev ist anders, er hat zwei Leidenschaften: sich betrinken und sich schlagen. Er weiß nicht, warum er immer wieder die gleichen furchtbaren Dinge tut. Manchmal schiebt er es auf seinen glühenden Haß gegen alle, die er nicht kennt. Aber da er auch alle haßt, die er kennt, kann es nicht nur daran liegen. Wie alle echten Helden hat Trev einen tragischen Zug: er ist kein besonders guter Schläger, behauptet aber das Gegenteil und glaubt auch tatsächlich daran. Und so fängt er immer wieder Schlägereien an, bei denen er dann den kürzeren zieht. Sieger bleibt er jedoch bei seinen Kämpfen mit Frauen, und das sind eine ganze Menge.

Ich hoffe, daß Mary nichts passiert. Es ist, gelinde gesagt, jammerschade, daß sie gleich an solche Leute geraten mußte. Sie ist einfach noch nicht darauf vorbereitet, mit ihnen klarzukommen. Außerdem: wo Kriminelle sind, ist die Polizei nicht weit. Und daß Mary mit *der* zu tun bekommt, wollen wir auf keinen Fall.

• • •

Jock an Sharons und Trev an Marys Seite, gingen sie durch einen steilen Durchgang, der so eng war, daß die Gebäude zu beiden Seiten sich mit der Stirn gegeneinanderzulehnen schienen. Mary war überrascht davon, wie sie sich zu Paaren gefunden hatten. Sie dachte, es würde nach der Haarfarbe gehen. Und Sharon und Trev waren beide rotblond, während Mary ebenso dunkel war wie Jock. Aber es war nach der Größe gegangen, und Trev war klein und kräftig, genau wie sie. Sharon und Jock lehnten sich ebenfalls mit der Stirn gegeneinander; sie erforschten zusammen die dunklen Ecken, während ein Stück zurück Mary neben dem rotbraunen Trev ging, der seinen rotbraunen Arm eng um ihre dunklen Schultern legte. So konnte sie nicht weglaufen. Dann wirbelten Jock und Sharon davon, tiefer ins Dunkel (mit einem unheimlich klingenden Geheul, damit die anderen ihnen folgen konnten), und Trev drückte Mary an eine Mauer und versuchte, seinen Mund auf ihren zu legen. Wieder der Mund. Seiner war genauso etwas Intimes wie ihrer; er enthielt viel Feuchtigkeit und schlechte Luft. *Ihr* Mund versuchte ganz ohne ihr Zutun immer wieder, seinem zu entschlüpfen, was zur Folge hatte, daß sich Trevs Arm noch fester um ihren Nacken legte. Und sein Mund schob sich, wie etwas Lebendiges, immer wieder auf ihren. Allmählich begann Mary zu verstehen; aber sie war sich noch immer nicht sicher, was für eine Art von Schaden ihr Trev zufügen wollte.

»Sag nicht, ich würde mich nicht um dich kümmern«, sagte Sharon voller Hochmut und schaute über die Schulter zu ihr zurück, während sie eine brüchige Steintreppe hinabging.

Mary, die gar nichts dergleichen hatte sagen wollen,

stand da und blinzelte das heruntergekommene Gebäude an. Plötzlich sah sie sich selbst, hinter einer eilig zugezogenen Tür, nackt und weinend auf den Knien. Sie spürte Trevs unnachgiebigen Druck auf ihren Schultern. Er hatte sie beinahe da, wo er sie haben wollte.

»Na, komm schon, Mary«, sagte er. »Jetzt geht's los.«
Mary ließ den Kopf sinken und ging weiter die Treppe hinab.

Als sie später versuchte, die Teile dieser langgezogenen Nacht wieder zusammenzusetzen, kam alles in heiß pochenden Knäueln von Bildern und Herzschlägen zu ihr zurück: ein dunkler, ranziger Raum mit einem rechteckigen Schleier milchigen Lichts an der Wand. Schwere braune Flaschen, die von Hand zu Hand schwappten, und weiße Nüsse, die die anderen schluckten. Sharon, die aufstand, wieder hinfiel, auf einem Bein herumhüpfte, mit elektrischem Knistern Kleidungsstücke über den Kopf zog und sorglos lachend zusammen mit Jock hinter einer Trennwand verschwand. Und dann Trevs langsame Attacke. Sie wußte nicht, was er wollte, kam nicht darauf. »Sei locker«, sagte er, »*ganz locker.*« Voller Forscherdrang untersuchte er ihre Haut nach Öffnungen. Wenn sie gewußt hätte, was er wollte, hätte sie sich vielleicht nicht so heftig gewehrt. Gleich zum Einstieg schlug er sie zweimal auf den Mund. Sie dachte, das gehöre dazu. Dann hörte sie von der anderen Seite der Trennwand rhythmisches Grunzen. Sie versuchte ihrem Körper jede Widerstandsfähigkeit zu entziehen. Allmählich begann sie zu verstehen. Seine zwei feuchten Spitzen wollten so nah wie möglich an sie herankommen, wollten in sie hinein. Seine zwei Zungen wollten in ihre zwei Münder. Das halte ich aus, dachte sie; doch das war nicht alles. Er legte sie anders hin, auf die Seite, mit gespreizten Beinen. Er hatte etwas Kompliziertes irgendwo in der Mitte ihres Körpers vor. Sie biß sich in die Hand, um sich von dem Schmerz abzulenken. Das war neu, ja, das war mehr. Und doch, es erinnerte sie an irgend etwas; wie sie am Boden gehockt hatte, neben der Flasche, die sich quietschend drehte, neben Impy, der ihr zusah, und Sharon, die sagte, das mache doch jeder. Trev sagte mit einem Lachen: »Du Miststück, du kennst das, du hast das schon öfter gemacht.« Mary konnte nicht glauben, daß sie das schon einmal gemacht hatte; sie wußte, daß sie es nie wieder tun wollte. Plötzlich versteifte sich sein Körper, und sie spürte ein häßliches Knurren in ihrem Rücken. Dann sank er zur Seite und gab sie frei. »Weck mich in einer Stunde«, sagte er. »Mit deiner Zunge.«

Mary blieb eine ganze Weile reglos liegen. Ich bin tot, dachte sie. Er hat mich umgebracht. Warum? Wie konnte er das wagen? Und bald wird er es noch einmal tun. Und so kam es ihr, als Trev sich selbst aus dem Schlaf hustete, wie die logischste Sache der Welt vor. Sie dachte: nein, nicht mich: *ihn*, bring *ihn* um. Hektisch tastete sie unter all dem Schutt herum, der am Boden lag, und stieß auf einen keilförmigen Ziegelstein, der scharfkantig und schwer war. Damit schlug sie zweimal nacheinander auf ihn ein, und jedesmal ertönte ein zweifaches Krachen. Natürlich schlug sie ihn auf den Mund. Wohin sonst?

Als die anderen aufwachten, war sie fertig. Sie hatte ebenfalls ein wenig geschlafen – und während sie reglos und hilflos dalag, war wieder die Vergangenheit gekommen und hatte sie malträtiert. Nun saß sie, den Rücken an der Wand, mit angezogenen Knien da. In der am weitesten entfernten Ecke des Raumes lag zusammengerollt und keuchend der rotblonde Trev. Mary hatte nüchtern sein Gesicht inspiziert – die untere Hälfte war blutrot und völlig zerfetzt – und es so zur Seite gedreht, daß es sich an den kalten Stein der nicht mehr benutzten Feuerstelle schmiegte. Dann wartete sie. Schließlich erwachten auch Sharon und Jock hinter der Trennwand wieder zum Leben und trennten sich unter gedämpftem, vorwurfsvollem Stöhnen voneinander.

Dann stand Jock splitternackt und keuchend mitten im Zimmer und sagte: »Mein Gott, da hat Trev aber eins abgekriegt.«

»Es tut mir leid«, sagte Mary und wollte erklären, was sie getan hatte und warum.

»*Du* kannst nichts dazu.« Er kam näher. »Im Suff ist er schon öfter durchgeknallt.« Er kniete sich neben Trev. »Verdammte Scheiße, da hat er sich die Fresse aber übel eingeschlagen«, sagte er und drehte sich konsterniert zu Mary um.

»Nichts wie weg mit dir, Mary«, sagte Sharon vom Boden aus und warf ihr einen matten Blick zu. Sharon war nicht mehr bei ihr. Sie war auf der anderen Seite.

Mary eilte hinaus ins Freie. Das Licht stach noch in ihren Augen, als sich eine unnachgiebige Hand auf ihre Schulter legte und sie von jemandem, der seine Brust fest gegen ihren Rücken drückte, hinaus auf die Straße gedrängt wurde. Mary dachte verständlicherweise, sie würde wieder gefickt werden.

»Reine Routine, junge Frau«, sagte eine unbeteiligte Männerstimme. »Nur die Ruhe bewahren, dann gibt's keinen Ärger. Wir haben das im Handumdrehen geregelt.«

Sein Griff lockerte sich, während er sie zu einem schwarzen Bus führte, an dessen Heck zwei Männer in mit Silbernieten verzierten blauen Anzügen lehnten. Die Bustür ging auf, um sie einzulassen.

»Sie kam gerade heraus, Sir. Nur zu, mein Engel, rein da.«

Mary folgte der Anweisung. Die Tür schloß sich wieder. Sie setzte sich auf die schmale Sitzbank und kratzte sich am Kopf. Durch die vergitterten Fenster strahlte die Sonne zu ihr herein. Es dauerte ein paar Sekunden, bis Mary merkte, daß da noch jemand war. Sie spürte den Atem, ehe sie die gedrungene Gestalt auf der anderen Sitzbank sah. Sie mußte ihre Augen mit der Hand abschirmen, um die des anderen zu sehen, die vor dem grellen Hintergrund grünlich schimmerten.

»Name«, sagte er.

»Mary.«

»Und weiter, Mary?«

»Wohin weiter?«

Er seufzte. »Dein Nachname, Mary?«

»Mary Lamb.« Mary Lamb – klingt gut, dachte Mary.

»Klingt gut«, sagte er. »Klingt jedenfalls unschuldig. Wir haben uns schon mal gesehen. Ich kenne dich.«

»Wir haben uns noch nie gesehen«, sagte Mary. Dann folgte ein langes Schweigen. Marys Blut beruhigte sich langsam wieder.

»Was führt dich hierher, kleine Mary Lamb? Das ist doch nicht die Art von Menschen, zu denen du gehörst, oder?«

»Nein, ich glaube, das kann nicht sein.«

»Bleib dort, wo du hingehörst. Ich sag dir, wenn wir uns nochmal sehen, gibt's Ärger. Und zwar nicht zu knapp. Verstanden? Und jetzt verschwinde.«

»Danke.«

Er stieß die Tür auf. »Laß sie gehen, Dave. Sie ist keine von denen.«

Als Mary aufrecht die Straße entlangging, spürte sie brennende Blicke in ihrem Rücken. Hinter der zweiten Ecke lehnte sie sich gegen eine Hauswand und drückte die Hand gegen die Stirn. Das Merkwürdigste an ihm war sein Atem. Er war genau wie in ihrer ersten Erinnerung – vor zwei Tagen, als sie in dem weißen Zimmer aufgewacht war. Jetzt erinnerte sie sich. Jemand war bei ihr gewesen, als sie aufwachte; jemand hatte sie gefragt, ob es wieder gehe, und gesagt, sie solle es gut machen ... Ich werd's versuchen, dachte sie und ging weiter.

Da war noch etwas mit seinem Atem. Alle anderen Menschen hatten einen lebendigen Atem. Er nicht. Sein Atem war tot.

Teil II

Tritt fassen

5 »Noch etwas Tee, meine Liebe?«
»Gern«, sagte Mary.
»Und wie kommst du voran?«
»Danke, gut. Ich fühle mich schon viel besser.«
»Und, kommt die Erinnerung langsam wieder?«
»Ja – ganz langsam«, log Mary.
»Es ist alles nur eine Frage der Zeit«, beruhigte Mrs. Botham sie.

Unter Marys freundlichem Blick hinkte Mrs. Botham zurück an ihren Platz – zu ihrem allerheiligsten Lehnstuhl in der Ecke am Kamin, in dem künstliche Flammen züngelten. Das Wort *Hinken* wurde Mrs. Bothams auffällig unausgewogenem Gehstil nicht gerecht (dachte Mary nüchtern): sie bewegte sich wie ein durch ein Uhrwerk angetriebener Hürdenläufer. Mary schrieb das der Tatsache zu, daß ein Bein von Mrs. Botham fast doppelt so lang war wie das andere. Das kürzere Bein schmückte sich mit einer Verlängerung, die einem schwarzen Ziegelstein ähnelte, den Unterschied aber nur notdürftig ausglich; ihr längeres Bein, das sich seines Übermaßes zu schämen schien, bog sich freiwillig nach außen. Mr. Botham – und natürlich auch Gavin – erzählten, daß vor langer, langer Zeit etwas schiefgelaufen sei mit Mrs. Bothams Bein. Da sei etwas mit einem bedrohlich klingenden Namen gekommen und habe es in die Länge gezogen. Wie oder warum, sagte niemand.

»Im Krankenhaus hab ich eine Frau kennengelernt«, sagte Mrs. Botham mit besorgt schiefgelegtem Kopf, »die hatte einen Schlag auf den Kopf gekriegt und meinte, sie könne sich praktisch an gar nichts mehr erinnern.«

»Wahrscheinlich war sie besoffen«, sagte Gavin, der auf der Couch saß und, wie meistens, in eine Zeitschrift voller forsch dreinblickender, halbnackter Männer starrte. Die betrieben alle Bodybuilding und hatten ihren Körper damit fürchterlich verunstaltet.

Mrs. Bothams Kopf ruckte zu ihrem Sohn herum. »Sie war nicht besoffen, Gavin! Ich meine betrunken«, fügte sie an und wandte sich lächelnd wieder Mary zu. »Sie hatte eine *Amnesie*. Ihr Kopf war ein vollständiges Vakuum! Am Morgen erkannte sie niemanden, nicht einmal ihren Mann, der sie in den Arm nahm, und auch nicht ihre Kinder, Melanie und Sue.«

»Das heißt nicht Amnesie, Ma«, sagte Gavin.

Mrs. Bothams Gesichtszüge, die bis zu diesem Augenblick auf einen resignierten, schwermütigen Schlaf eingestellt schienen, verhärteten sich mißtrauisch. »Wie denn sonst?« fragte sie.

»Das heißt Kater«, sagte Gavin, ohne aufzuschauen.

»Warum redest du so mit deiner Mutter, Gavin? Bitte sag mir, warum tust du das?«

Gavin schlug die nächste Seite seiner Zeitschrift auf, wo ein weiterer winziger Kopf zwischen mächtigen Muskelpaketen hervorstrahlte. »Weil du eine Alkoholikerin bist, Ma«, sagte er.

»Ist sie nicht«, sagte Mr. Botham, der wie gewöhnlich in gutgelauntem Schweigen am Tisch gesessen hatte. »Sie ist eine Exalkoholikerin.«

»O nein, mein Lieber«, sagte Mrs. Botham, deren Gesicht sich wieder aufhellte. »Da hast *du* unrecht. Exalkoholiker gibt es nicht.«

»Es gibt nur Alkoholiker.«

»Alkoholiker«, sagten sie alle drei zugleich.

»Sie hatte aber eine *Amnesie*!« sagte Mrs. Botham zu ihrem Sohn. »Und du bist ja auch sonderbar.«

»Schon gut, Ma«, sagte Gavin und blätterte eine Seite weiter.

»Weißt du, Mary«, sagte Mrs. Botham: »Einmal Alkoholiker, immer Alkoholiker. Oh, wenn ich Sharon doch dazu gebracht hätte, zu den Anonymen Alkoholikern mitzukommen! Aber sie hat nie gewollt. War immer zu betrunken. Weißt du, Mary, ein richtiger Alkoholiker« – jetzt schloß sie die Augen – »der fürchtet sich vor nichts. Vor gar nichts. Ich muß zugeben, Mary, ich hab alles probiert. Spiritus. Terpentin. Rasierwasser. Alles Mögliche. Pestizide. Lösungsmittel. Scheuermittel. Spülmittel. Wirklich alles. Desinfektionsmittel. 4711. Hustensaft. Nasentropfen. Augentropfen. Fensterreiniger. Alles hab ich schon versucht. Das war, bevor ich gelernt habe, daß nüchtern sein wichtiger ist als alles andere. Heute ist nüchtern sein für mich wie ein Schatz. Hast du schon mal *nüchtern* im Wörterbuch nachgeschlagen, Mary? Ja? Es bedeutet nicht nur, daß man nicht betrunken ist. Es heißt auch so was wie besonnen, realistisch, sachlich, unparteiisch, zweckmäßig …«

Mary machte es sich etwas bequemer. Mrs. Botham hatte ihr schon einmal erklärt, wie wichtig es sei, nüchtern zu sein, vor einer halben Stunde; aber mittlerweile war sie ziemlich betrunken und hatte das entweder vergessen, oder es war ihr einfach egal. Mary störte das nicht. Sie starrte Mrs. Botham unverwandt an und sah überall Sharon. Sie benutzte eine Fertigkeit, die sie in den vergangenen Tagen perfektioniert hatte: Wenn Mrs. Botham etwas zu ihr sagte, sah sie sie einfach nur an, ohne ihr wirklich zuzuhören. Mrs. Botham war das egal.

Ihr kam es nur darauf an zu reden. Ob man ihr zuhörte war unwichtig: es ging ihr nur um sich selbst. Das gab Mrs. Botham bereitwillig zu. Sie sagte immer wieder, wie nett man mit Mary reden könne. Genau das brauche sie – jemanden zum Reden.

Von Zeit zu Zeit ließ Mary sogar den Blick durchs Zimmer schweifen oder schickte ihre ruhelosen Sinne auf Streife. Auf dem Tisch standen der leere blaue Teller und die Teekanne mit ihrer Familie. Jeden Abend um neun verzog sich Mrs. Botham in die Küche und schloß die Tür hinter sich. Sie sagte, sie könne die Neun-Uhr-Nachrichten nicht ertragen. Mary verstand das nur allzugut. Sie fürchtete sich auch vor dem Fernsehen. Es war ein Fenster, wo alles auf der anderen Seite passierte – es war zuviel für sie, und sie bemühte sich, nichts davon hereinzulassen. Um halb zehn kam Mrs. Botham dann immer im Triumphzug zurück mit dem Tablett, auf dem sie eine richtige Stadt aufgebaut hatte: zwei Stapel buttergetränkter Toastscheiben, dampfenden rosigen Tee, der so stark war, daß es einem den Mund zusammenzog, fächerartig arrangierte Kekse, die den schlafenden Hunden auf der Dose ähnelten, aus der sie stammten. Gavin meinte, Mrs. Botham würde sich immer betrinken, wenn sie allein in der Küche war. Mary glaubte ihm. Jedenfalls mußte Mrs. Botham, wenn sie zurückkam, unbedingt erzählen, wie wichtig es war, nüchtern zu sein. Doch Mary störte das nicht. Sie war Mrs. Botham dankbar dafür, daß sie ihr das Gefühl gab, hier willkommen zu sein.

»Mach dir keine Sorgen«, sagte Gavin am ersten Abend zu Mary. »Ich bin schwul.« Sie sollten sich ein Zimmer und ein Bett teilen. Mary hatte trotzdem Angst, denn sie sah keinen Grund dafür, nicht wieder gefickt zu werden.

»Was bedeutet schwul?« fragte sie.

»Das bedeutet, daß ich Männer mag. Keine Frauen.«

»Das tut mir leid«, sagte Mary.

»Mach dir keine Sorgen«, sagte er noch einmal und sah sie mit seinem wissenden Blick an. »Mögen tu ich dich schon. Nur ficken oder so was will ich dich nicht.«

»Das ist gut«, sagte Mary zu sich selbst.

»Ich find's eher beschissen«, sagte Gavin und zog sein Hemd aus. Er hatte sich auch Muskeln antrainiert, aber ohne es ganz so schlimm zu treiben wie die Typen in seinen Zeitschriften. »Es soll okay sein, wenn man Männer mag. Ich find's nicht okay. Mir gefällt es nicht.«

»Und warum läßt du es nicht?«

»Gute Idee, Mary. Morgen ist Schluß damit.« Seufzend fuhr er fort: »Ich kenne einen, der ist noch schwuler als ich. Der mag nur spanische Kellner. Nur die. Schon italienische Kellner lassen ihn kalt. Ich hab zu ihm gesagt: ›Das ist komisch. Ich mag alle.‹ Da hat er gesagt: ›Dann bist du ein Glückspilz.‹ Aber ich bin kein Glückspilz. Ich hab nur nicht ganz so viel Pech wie er. Weißt du noch, wen du magst?«

»Nein«, sagte Mary.

»Das wär interessant, was?«

»Vielleicht mag ich ja auch Männer.«

»Das macht dich aber nicht schwul.«

»Nein?«

»Mal sehen. Schlaf gut, Mary.«

»Ich hoffe«, sagte sie.

• • •

Schwule mögen Männer mehr als Frauen, weil sie ihre Mutter mehr gemocht haben als ihren Vater. Das ist eine Theorie. Eine andere lautet: Schwule mögen Männer mehr als Frauen, weil Männer weniger Ansprüche stellen, weil sie umgänglicher sind und vor allem billiger als Frauen. Schwule suchen einfach nur Schutz vor dem Mondsturm. Aber Sie wissen ja selbst, wie Schwule sind.

Bald wird es Mary auch wissen. Sie wird hier schnell lernen, da bin ich sicher. Die Bothams sind genau das, was sie gebraucht hat. Sie machen ihr keine Angst, und – noch wichtiger – Mary macht ihnen auch keine Angst.

Mrs. Botham steht ziemlich allein da mit ihrer Meinung, daß Mary eine Amnesie hat – deshalb fängt sie auch immer wieder davon an. Gavin, der mehr Zeit mit ihr verbringt als die anderen, hält sie für irgendwie zurückgeblieben: Mary hatte den Verstand einer ungewöhnlich aufgeweckten, neugierigen und systematisch denkenden Zwölfjährigen, fand er (wenn sie einmal erwachsen war, würde sie ziemlich clever sein, dachte er oft). Mr. Botham schließlich neigt aus verschiedenen guten Gründen insgeheim zu der Ansicht, daß Mary in jeder Hinsicht ganz normal ist. Nun gut, Mr. Botham ist selbst durchaus rätselhaft. Viele Leute – Nachbarn und manche andere, Mary zum Beispiel und vielleicht auch Sie – vermuten, daß er einen phänomenal niedrigen Intelligenzquotienten haben muß. Wie hätte er sonst dreißig Jahre mit einer Alkoholikerin zusammenleben können? Die Antwort ist, daß er neunundzwanzig von diesen dreißig Jahren ebenfalls Alkoholiker war. So hat er es all diese Jahre, in denen sie ständig betrunken war, an ihrer Seite ausgehalten: ebenfalls ständig betrunken.

Doch Mary wird jetzt rasch Tritt fassen. Sollten Sie je einen Film über ihr rätselhaftes Schicksal drehen, bräuchten Sie viel optimistische Musik, um zu unterstreichen, wie die Bothams ihr wieder auf die Beine helfen. Paradoxerweise hat sie gewisse Vorteile gegenüber anderen Menschen. Ihre Wahrnehmungen sind noch nicht von der Zeit gedehnt, noch nicht in Wiederholungen erstarrt: sie sind vielfältig, unmittelbar und zufällig, genau wie die Gegenwart. Sie kann einige Dinge tun, die Sie nicht können. Wenn Sie einen kurzen Blick in eine unbekannte Straße werfen, was sehen Sie dann: ein Durcheinander von Formen, Lichtern, Gestalten und Bewegung, oder das Fehlen von Bewegung? Mary sieht ein Fenster und ein Gesicht dahinter, das Gitter der Pflastersteine und das Netz der Regenrinnen und Fallrohre und wie die Schatten am Boden auf die wechselnde Gestalt des Himmels reagieren. Wenn Sie einen Blick auf Ihre Handinnenfläche werfen, sehen Sie fünf oder sechs tiefe Rinnen und ein paar wichtige Querfurchen, Mary hingegen sieht zahllose krakelige Linien, die sie ebensogut kennt wie Sie die Zinnen Ihrer Zähne. Sie weiß, wie oft sie auf ihre Hände geschaut hat – hundertunddreizehnmal auf die linke, siebenundneunzigmal auf die rechte. Sie kann einen Rauchschleier, der aus einer Tür tritt, mit einer schwungvollen Bewegung der Bettdecke beim Abziehen des Bettes vergleichen. Das ergibt für sie durchaus einen Sinn. Die Vergangenheit zu vergessen macht die Gegenwart unvergeßlich.

Mary weiß immer, wie spät es ist, ohne jemals auf die Uhr zu sehen. Und dennoch weiß sie kaum etwas über die Zeit und über andere Menschen.

• • •

Doch sie faßte jetzt rasch Tritt.

Sie lernte ihren Körper und seine Hügellandschaft kennen – die sieben Flüsse, die vier Wälder, die atonale Musik in seinem Inneren. Indem sie Mr. Botham beobachtete, der sich oft und voller Inbrunst die Nase putzte, lernte sie auch das. Ihr Körper kam ihr nicht mehr ständig mit neuen Überraschungen. Auch die ersten Tropfen Mondblut beunruhigten sie nicht. Mrs. Botham sprach in einem fort von diesen Dingen, und Mary war auf das Schlimmste vorbereitet. (Mrs. Botham war besessen von den grausigen Qualen, die der ›Wechsel‹, wie sie es in unheilschwangerem Ton nannte, ihr zufügte. Der Wechsel klang für Mary nicht wie etwas Erstrebenswertes, und sie hoffte, noch lange davon verschont zu bleiben.) Sie erzählte Mrs. Botham von dem Blut, und Mrs. Botham, die durch nichts in Verlegenheit zu bringen war, erklärte ihr, wie sie damit umzugehen hatte. Es schien ihr eine geniale Lösung. Ja, alles in allem war Mary recht zufrieden mit ihrem Körper. Auch Gavin, der Körperkulturexperte, erklärte, abgesehen vom Trizeps habe sie einen tollen Körper. Mary hingegen hielt Gavins Körper für nicht ganz so toll, wie er mit Hilfe der vibrierenden Expander, der Hanteln und der stinkenden Trikots eigentlich werden sollte. Doch sie nahm an, daß Gavin wußte, wovon er sprach. Außerdem waren da, wo sie lebte, einige wirklich üble Körper im Umlauf, mit fehlenden oder angesetzten, verdrehten oder gedehnten Teilen. Und so war Mary mit ihrem ganz zufrieden; jedenfalls war das alles höchst interessant.

Sie begann ernsthaft zu lesen.

Mit Hemmungen zunächst, weil sie nicht gewußt hatte, daß Lesen etwas so Intimes war. Sie achtete darauf, was die anderen lasen, und las dann heimlich dasselbe.

Mr. Botham las einen Packen schmutziggraues Papier, der jeden Tag kam und immer anders genannt wurde. Auf dem Papier waren Bilder von nackten Frauen; und auf den letzten Seiten wurden Männer, niemals Frauen, zum Kauf und Verkauf angeboten: sie waren sehr teuer. Auf den Mittelseiten erzählte ein Mann, der Stan hieß, vom Kampf zwischen dem Krebs und seiner Frau Mildred. Am Ende gewann der Krebs, doch Heldentum wie das von Stan und Mildred kennt keine Niederlagen. Alles spielte sich anderswo ab, wenn auch vielleicht nicht allzuweit entfernt. Da wurde von schrecklich ungerecht verteilten Glücks- und Unglücksfällen erzählt, von Todesfällen, Naturkatastrophen und Jackpots. Und es war mühsam zu lesen, weil sich die Wörter nie so recht einigen konnten, in welcher Größe und Form sie erscheinen wollten. Mrs. Botham las die Broschüren, die ihr die Anonymen Alkoholiker zusandten. Von denen sprach sie immer ganz begeistert. Die Broschüren handelten von Alkoholikern und klangen genauso wie Mrs. Botham. Sie zeigten in Tabellen und Kurven, wie weit es mit Alkoholikern kommen konnte: sie tranken allein, logen und stahlen, sie zitterten und sahen Mäuse und Krabbeltiere. Sie vergaßen alles. Und dann starben sie. Doch wenn man auf die Anonymen Alkoholiker und auf Gott vertraute, wendete sich schließlich alles zum Guten.

Gavin brachte viel Zeit damit zu, mit verächtlichem Blick seine schlüpfrigen Zeitschriften durchzublättern, doch in einem Schrank in seinem Zimmer hatte er noch ein paar andere Dinge, in die er auch ab und zu einen Blick warf. Das waren Bücher, und Bücher erwiesen sich als etwas, worin Sprache aufbewahrt wurde. Manche waren aus der Schule, andere für einen Abendkurs angeschafft, den Gavin dann nicht zu Ende gebracht hatte; und wieder andere hatte ihm ein Freund aufgedrängt, ein Dichter und Träumer. Mary war ziemlich erschüttert, als sie erfuhr, daß Gavin elf Jahre lang zur Schule gegangen war und sich trotzdem nach wie vor für schrecklich ungebildet hielt. Daß es so viel zu lernen gab, hatte sie nicht gedacht. Gavin sagte, sie könne sich seine Bücher gerne ausleihen, und so fing Mary, bald von zustimmendem Nicken, bald von Stirnrunzeln begleitet, gleich damit an.

Bücher waren schwierig. Sie las *William Shakespeares große Tragödien*. Da ging es um vier Männer, Macht, Schmeichelei und Hysterie; sie lebten in hohen kahlen Gemäuern, die ihnen solche Angst machten, daß sie große Reden schwangen, und wurden alle von gerissenen Frauen ermordet, mit Hilfe einer Zwiebel, eines Rätsels, eines Taschentuchs, eines Knopfs. Dann las sie *Ausgewählte Werke von Charles Dickens*. Darin ging es um Teile Londons, die sie noch nicht gesehen hatte. In jeder Geschichte kämpften sich ein netter junger Mann und eine nette junge Frau durch eine Welt voller finsterer Schurken, verkrüppelter Witzbolde und verhärteter Patriarchen, um schließlich, nach langer Krankheit oder Trennung oder einer ausgedehnten Schiffsreise, wieder zueinanderzufinden und bis an ihr seliges Ende glücklich vereint zu sein. Sie las *Verse verstehen. Eine Einführung in die englische Dichtkunst*. Darin ging es um eine langgezogene Welt von schwer faßbarer Lebendigkeit und Symmetrie, die von einem Mantel, einer Schicht umhüllt war, auf die sie nirgends sonst stieß und die sie mit Sicherheit niemals durchdringen würde; die Wörter marschierten die Zeilen entlang, ließen am Ende eine Glocke ertönen und sausten zurück, um vergnügt und mit frischem Eifer wieder von vorne zu beginnen, in vollem Einklang mit irgendeinem Prinzip, das ihre

Rolle bestimmen mochte. Sie las *Die Jane-Austen-Geschenkausgabe.* Die sechs Geschichten, die das Buch enthielt, sprachen sie unmittelbarer an als alles, was sie zuvor gelesen hatte. Es passierte immer das gleiche: eine junge Frau liebte erst einen scheinbar guten, in Wirklichkeit aber schlechten Mann, und dann einen scheinbar schlechten, in Wirklichkeit aber guten Mann, den sie dann auch heiratete. Was war verkehrt mit den scheinbar guten, in Wirklichkeit aber schlechten Männern? Sie waren unmännlich und unehrlich, und in mindestens zwei Fällen hintergingen sie andere Menschen. Als Mary eine dieser Geschichten ein zweites Mal las, hoffte sie sehnlichst, daß sie wieder genauso enden würde wie zuvor, und fand es sehr beruhigend, daß sich ihre Hoffnung erfüllte. Sie las *Der Regenbogen, Maisie* und zwei dicke, buntschillernde Bände über Naturkatastrophen und Massenhysterie ... Irgendwann wurde ihr klar, daß es in den Büchern gar nicht um andere Orte ging: es ging um andere Zeiten, um die Vergangenheit und die Zukunft. Doch als sie noch einmal nachsah, stellte sie fest, daß das Buch von Shakespeare, zum Beispiel, viel neuer war als das von Lawrence, und das konnte nicht sein. Nein. Es ging doch um andere Orte.

Wo waren sie? Wie weit dehnte sich das Leben? Ging es für immer weiter, oder endete es hinter der übernächsten Ecke? Auf der anderen Seite des Flusses gab es einen Ort, der hieß ›The World's End‹. Eine ganze Zeit lang war das für Mary die Grenze, an der das Leben endete. (So ähnlich war es ihr schon einmal gegangen: Da hatte sie im Fernsehen irgend etwas von Kämpfen in Kentish Town gehört – mit Panzern und Maschinengewehren. Auch als sie dann mitbekam, daß die Kämpfe in Wirklichkeit in Kurdistan stattfanden, war ihr nicht klar, ob sie nun erleichtert sein konnte oder nicht.) Sie fragte sich, wo das Ende der Welt war und wie die Welt wohl endete – in Nebelschwaden, mit hohen Schranken oder einfach damit, daß nichts mehr kam. Würde man sterben, wenn man dort hinginge? Im Geist stieg sie oft hoch in den Himmel, an den aufgequollenen Spielzeugen der Lüfte vorbei, immer höher hinauf in das weißliche Blau. Sie wußte bereits ein wenig vom Sterben. Sie wußte, daß es anderen passierte, allen anderen. Es war eindeutig etwas Schlechtes, und niemand mochte es; doch niemand wußte, wie weh es tat, wie lang es dauerte und ob damit alles zu Ende war oder etwas Neues begann. So schlecht konnte es gar nicht sein, dachte Mary, wenn es doch immer wieder Menschen taten.

Mit Gavin, mit Mrs. Botham oder auch allein durchstreifte Mary die Straßen von London, von Londons Süden, bis hoch zum Fluß und hinunter zum Common, und zog eine vertraute Spur durch das Netz der heruntergekommenen Straßen mit ihren ausgeweideten Baustellen und den hohen Käfigen aus Beton und dicken Stahldrähten. Siebenmal mußte sie an alldem vorbeigehen, bis es ihr keine Angst mehr machte. Andere Menschen zu kennen war hilfreich, und Mary lernte in diesen Tagen eine ganze Menge andere Menschen kennen. Sie winkten ihr zu, wenn sie auf der Straße an ihnen vorbeiging, oder sagten etwas zu ihr, wenn sie in ein Geschäft ging, um unter Mrs. Bothams strenger, aber planloser Anleitung Geld gegen Waren zu tauschen. Mary investierte in diese Routineausflüge ungeheuer viel Gefühl. Ein freundliches Kompliment des Gemüsehändlers ließ sie den ganzen Nachmittag lang vor Freude strahlen; und wenn der

Milchmann ihren Blick nicht erwiderte, traten ihr schon mal die Tränen in die Augen, und der ganze Tag versank im Nebel. Im Zeitungsladen war Mary erst ganz aus dem Häuschen, als sie all die Zeitschriften mit Namen wie *People*, *Life*, *Woman* und *Time* sah. Doch dann waren sie doch nicht das, was sie gehofft hatte. Auch in ihnen ging es nur um andere Orte.

In den Geschäften sprachen alle nur vom Geld. Das Geld hatte vor kurzem etwas Unverzeihliches getan: niemand schien ihm verzeihen zu können, was es getan hatte. Doch Mary verzieh dem Geld. Sie fand, es war eine gute Sache. Ihr gefiel es, daß man Geld sparen konnte, während man es ausgab. Mary entwickelte einen Blick für Schnäppchen, insbesondere in den Supermärkten, wo man offen aufgefordert wurde, sie zu nutzen. Mrs. Botham betonte immer wieder, wieviel Geld sie mit Marys Hilfe sparte. Nicht schlecht, dachte sie, wo sie doch immer nur welches ausgab. Und dennoch brachte es Mrs. Botham nicht übers Herz, dem Geld zu verzeihen. Sie haßte es, und zwar mit voller Inbrunst, und schimpfte tagtäglich immer wieder darüber.

Und so erfuhr Mary obendrein ein wenig über Glas, Sehnsüchte, Voodoo, Frieden, Lotterien, Lachen, Labyrinthe, Büchereien, Rache, Obst, Könige, Verzweiflung, Veränderung, Vergessen, Trommeln, Unterschiede, Schlösser, Amerika, Kindheit, Zement, Gas, Wale, Wirbelstürme, Gummi, Onkel, Herbst, Musik, Feindschaft, Zeit.

Das Leben war gut, das Leben war interessant. Nur eines beunruhigte sie, und das war der Schlaf.

»Schlaf gut«, sagte Gavin, noch ganz außer Atem von den fünfzig Liegestützen, die er jeden Tag als letztes machte.

»Ich hoffe«, sagte Mary.
»Warum sagst du das immer: ich hoffe?«
»Na ja. Weil ich hoffe, daß ich gut schlafen werde. Bisher war es nicht so gut.«
»Warum, hast du Alpträume?«
»Ja, ich glaube schon.«

Sie hatte erwartet, daß der Schlaf geordnet und gleichförmig sein würde. Doch das war er nicht. Den Tag über lebte sie in festen Bahnen, wie alle anderen. Doch ihre Nächte waren vom Zufall beherrscht und von Angst.

Mary wußte, daß auch die Anderen schlechte Träume hatten, aber nicht so schlechte wie sie, das schien ihr ziemlich sicher. Ihr passierten im Schlaf unglaubliche Dinge. Stundenlang kämpfte ihr Verstand in der Dunkelheit, um die Träume fernzuhalten, während Mary ihnen am liebsten gleich nachgegeben hätte. Doch ihr Verstand hörte nicht auf sie; er pulsierte fieberhaft, lieferte ihr halbfertige Bilder von plastischer Traurigkeit und fluoreszierendem Chaos, konfrontierte sie mit schmerzhaften Aufgaben voll Angst und Lust, spulte das Abc des Lebens mit all seinen giftigen Wenn und Aber vor ihr ab. Und dann kamen die Träume, und sie mußte sie willenlos ertragen.

Sie spürte, daß die Träume aus der Vergangenheit kamen. Sie hatte nie einen mit Wasserlachen übersäten roten Sandstrand gesehen, über dem eine wilde, wechselhafte Sonne thronte. Sie hatte nie ein so intensives Gefühl der Geschwindigkeit verspürt, daß ihr der Geruch schmorender Luft in die Nase stieg. Und stets malträtierten sie die Träume, senkten sich wie schwarzer Rauch auf sie und zerpflückten sie Nerv um Nerv.

Und sie wollte es so und verlangte nach mehr.

Auge des Gesetzes

6 »Besonnen«, sagte Mrs. Botham. »Realistisch, sachlich, unparteiisch. Nicht ständig betrunken. *Das* bedeutet nüchtern sein, Mary! Wer das aufgibt, verliert alles. Ja, ich gebe es zu, Mary! Schuhcreme, Shampoo, Möbelpolitur, Toilettenreiniger, Desinfektionsmittel ...«

In der Luft hing der süßliche Geruch von Toast und Tee. Das Fernsehprogramm, das Mr. Botham mit einem schiefen Grinsen verfolgte, berichtete zuckend und dröhnend von anderen Orten. Gavin saß, eine Zeitschrift auf dem Schoß, neben Mary. Die aufgeschlagenen glänzenden Seiten beschrieben eine neue Art von Mensch, einen Mann mit Haaren am ganzen Körper. Nach dem Gesichtsausdruck des Mannes zu urteilen, waren Menschen dieser Art sehr geschätzt und selten und genossen die Hochachtung aller anderen. Gavins Unterarm lag schlaff in Marys Schoß. Es gefiel ihr, daß er da lag. Auch daß Mr. und Mrs. Botham da waren, wo sie waren, gefiel ihr. Und ihr gefiel auch das Feuer mit den Flammen, die nicht brannten. Sie schnupperte die Luft, und der Geruch gefiel ihr. Es geht mir gut, dachte sie. Sie sah auf die bucklige Teekanne und ihre folgsamen Kinder; sie sah auf die hohen Rücken der ulkigen Lehnstühle, die ihre Flügel zu einem arthritischen Willkommensgruß spreizten. Das ist gut so, dachte Mary, und warum sollte es jemals enden?

· · ·

Darum.

Hundert Meter weiter, die Häuserreihe entlang, in einer öden Baulücke voller armseliger Möbelstücke und demolierter Kinderwagen, kauern Jock und Trev. Sie hecheln vor bösen Absichten und glucksen nervös vor Adrenalin und Alkohol. Ihre Blicke beraten darüber, wann sie loslegen sollen, und Trev kichert boshaft im Dunkeln ...

Wahrlich ein heroischer Traum: in die Wohnung der Bothams zu stürmen, der Einrichtung und den Bewohnern möglichst viel Schaden zuzufügen, soviel in den wenigen lärmenden Minuten, die sie dafür vorgesehen haben, möglich ist, und dann Mary, unserer Mary, den besonderen Schaden anzutun, vor dem sie sich fürchtet. Möglicherweise werden sie Mary nachher sogar mitnehmen müssen. Denn Trev hat noch eine ganze Reihe von Dingen im Kopf, die er Mary antun möchte, und hofft auf genug Zeit und Muße, alles in die Tat umzusetzen.

»Du packst ihn und sie. Ich knöpf mir den Schwulen vor«, hatte der rotblonde Trev wenige Sekunden zuvor seinem Freund zugekeucht. Der klobige Jock, der gar keine rechte Lust auf diese Unternehmung hatte, war erleichtert, als er Trevs Worte hörte. Ihn und sie bedeutete Mr. und Mrs. Botham, und Mr. und Mrs. Botham waren alte Leute. Mit alten Leuten kennt Jock sich aus. Mit denen kann er umgehen. Jock macht das alles nur, weil Trev es unbedingt will. Trev hingegen meint, Jock wolle es genauso dringend wie er, und ihm liegt in der Tat sehr viel daran.

... Trevs Zunge zappelt sinnlos zwischen den Pfützen und Klippen seines Mundes herum wie ein kranker alter Seehund. Trev erinnert sich an die Nacht, daran, was er ihr angetan hat und sie ihm. Seit dieser Nacht pulsiert und tobt sein Mund, ein teuflisches Geflecht bloßgelegter Wurzeln und blankgescheuerter Nerven. Trev ist nicht ganz sicher, was Mary ihm angetan hat, aber ihm ist völlig klar, was er ihr antun wird. Er wird ihr an die Gurgel gehen. »Also, dann ...« sagte Trev.

Die Zeit ist ein Rennen, ein Rennen, das immer schneller wird. Wer die Ohren spitzt, hört die Sekunden keuchen im Bemühen, Schritt zu halten. Versuchen Sie es! *Hören Sie hin.* Die Zeit ist ein Staffellauf mit sechzig Läufern, und die Sekunden geben den Stab weiter und bleiben erschöpft zurück. Auch die Zeit wird eines Tages zu Ende gehen. Irgendwann hat auch sie ein Ende. Gott sei Dank. Alles wird mit der Zeit ein Ende haben, Ihre Knochen, ja auch die Luft, alles.

• • •

Als sie das Klingeln an der Tür hörte, hatte Mary eine stille Vorahnung von Veränderung. Es war spät. Mr. und Mrs. Botham reckten sich in geübtem Gleichklang, und Gavin blickte mürrisch von seiner Zeitschrift auf. Für Mary wurde das Zimmer kahl und abstrakt, es floh vor ihrem Blick und verewigte sich zugleich in ihm. Sie wußte, daß sie es bereits verloren hatte, das Zimmer und alles, was darin war.

»Wenn das wieder Sharon ist ...« sagte Mrs. Botham spitz, während ihr Mann sich erhob. »Bei Gott, ich bring sie um.«

Mr. Botham ging an Mary vorbei zur Tür. Man sah ihm an, daß er an nichts Böses dachte. Langsam ging er den Flur entlang. Er wußte, daß er sich nicht zu beeilen brauchte ... Sie hörten die Tür aufgehen, dann hörten sie Mr. Bothams erstickten Aufschrei und dann einen Doppelschlag, zwei dicht aufeinanderfolgende dumpfe

Geräusche, das zweite fast noch überraschender als das erste. Mrs. Botham konnte nur noch einen kurzen Schrei ausstoßen, da standen die beiden Männer schon im Zimmer.

Mary sah alles, was geschah.

Jock führte, zu seinem offensichtlichen Leidwesen, den Überfall an. Trev hatte im Flur noch ein wenig lautstark herumgestampft. Von der Zeit vorwärtsgedrängt, stürmte Jock mißmutig durchs Zimmer und begann Mrs. Botham zu attackieren. Augenblicklich kam, wie von einem Stromschlag durchzuckt, als Reflex der Selbstverteidigung ihr verstärkter Fuß hochgeschossen und knallte Jock den schweren schwarzen Ziegelstein wuchtig zwischen die Beine. Jock rang nach Luft, krümmte sich, wankte benommen zur Seite und ging dann langsam in die Knie. Mittlerweile stand auch Trev in der Tür, schon etwas außer Atem vom vielen Herumstampfen. Als er Mary sah, trampelte er gierig auf sie zu und schien keine Zeit mehr für Gavin zu haben, der sich erhob und ihm mit einer knappen, schwungvollen Armbewegung seine muskulöse Faust in die untere Gesichtshälfte donnerte. Trev hielt inne und wandte den Blick irritiert und verärgert zur Seite, ehe ihn der Schlag zurückwarf und er wild mit den Armen fuchtelnd neben der Tür auf dem Boden landete und reglos liegenblieb. Jock, der wieder auf alle viere hochgekommen war, übergab sich (in einem letzten Reflex guten Benehmens) in den dekorativen Kohleneimer. Nun schrie Mrs. Botham noch lauter. Gavin rieb sich die Fingerknöchel und stieg mit einem Stirnrunzeln über Trev hinweg in den Flur.

Mary rührte sich die ganze Zeit nicht von der Stelle.

Am nächsten Tag mußte sie sich dann von der Stelle rühren – sie hatte keine Wahl. Am nächsten Tag war sie wieder allein. Mary wußte, daß das früher oder später passieren würde.

»Ich habe doch gesagt, wenn wir uns nochmal sehen, gibt's Ärger, stimmt's?«

»Ja, das stimmt«, sagte Mary.

»Und jetzt sehen wir uns wieder.«

»Stimmt.«

»Und jetzt gibt's Ärger.«

»Ich weiß.«

»Wie alt bist du ... Mary Lamb? Wissen deine Eltern, was du treibst?«

»Ich werde fünfundzwanzig«, sagte Mary bedächtig. »Meine Eltern sind gestorben.«

»Woran?«

Mary zögerte. »Mein Vater an Schwindsucht, meine Mutter an gebrochenem Herzen.«

»Daran stirbt heute niemand mehr. Das heißt, vielleicht schon, aber wir nennen es anders. Also, Mary, woran sind sie gestorben – wenn es nicht zu *schmerzlich* für dich ist.«

Doch das war es. Mehr, weil sie das Thema wechseln wollte, als aus echter Entrüstung sagte Mary: »Ich glaube nicht, daß Sie so mit mir reden dürfen.«

»O doch. Das müßtest du wissen.«

»Wieso?«

»Weil du das Gesetz gebrochen hast.«

Mary wußte nicht, was das bedeutet. Am liebsten hätte sie gefragt, ob das Gesetz wieder heil werden würde. Doch dann sagte sie: »Es tut mir leid. Das hab ich nicht gewußt. Was bekommt man, wenn man das Gesetz gebrochen hat?«

»Man muß viel Zeit absitzen«, sagte er.

Sein Zimmer war wie sein Atem; es hatte einen toten Krankenhausgeruch. Und noch etwas anderes, Beißendes, den Geruch von Kopfschmerzen und Wachs.

»Ach so«, sagte Mary.

»Mach dir keine Sorgen.«

»Warum nicht?«

»Bis jetzt hast du nichts besonders Schlimmes getan vor dem Auge des Gesetzes.«

Mary wandte sich von ihm ab. Seine Augen machten ihr angst: sie wußten zuviel. Sie waren grün, ein feminines Grün, schmal und nach außen hin merkwürdig geschwungen. Statt Licht enthielten sie nur einen gelben Schimmer, ein häßliches Gelb, das Gelb von Urin und Fieber. Oder waren das die Augen des Gesetzes, fragte sie sich, die Augen der Autorität und der Veränderung? Er stand auf. Er füllte seine Kleider mit der folgsamen Gleichgültigkeit einer Schaufensterpuppe aus. Wer hatte ihn zusammengefügt, wer hatte ihn geträumt, diesen schmalen Nasenkeil, den völlig geraden Mund, das kurze, aber dichte Haar? Er zog ein weißes Taschentuch heraus und ließ es auseinanderfallen.

»Du weinst ja«, sagte er.

»Es tut mir leid. Danke«, sagte Mary.

»Hör mir zu. Du hast schlecht angefangen. Du mußt raus aus dieser Art von Leben, weg von dieser Art von Menschen. Du gehörst nicht zu ihnen, und sie werden dich immer wieder ausspucken. Du brauchst einen Job. Und eine Unterkunft. Augenblick mal.« Er beugte sich über seinen Schreibtisch und schrieb rasch etwas auf. »Da kannst du eine Zeitlang bleiben. Ich werde vorher anrufen. Wenn du Hilfe brauchst, weißt du ja, wo ich bin. Ich heiße John Prince. Das schreib ich hier hin.« Er richtete sich auf und blickte Mary ein paar Sekunden lang in die Augen. Sie hätte nicht geglaubt, daß dieses Gesicht jemals verunsichert wirken konnte, doch genau das tat es jetzt. Sie sah, daß er sich bemühte, sie einzuordnen.

»Sie versuchen, mich einzuordnen, nicht wahr?« sagte sie voller Angst.

Er entgegnete lachend: »Ich habe viel Zeit für dich, Mary.«

Mary und Gavin fuhren mit der U-Bahn zurück. Gavin hatte eine Aussage gemacht, wollte aber nicht darüber reden. Mary war noch nie mit der U-Bahn gefahren, nur ein- oder zweimal in einem der roten Busse, zusammen mit Mrs. Botham. Gavin war kurz angebunden, und Mary war ihm dankbar dafür. Er hatte keine Lust, auf dem Heimweg viel zu reden, und sie auch nicht.

Wenn man diese Welt betrachtete – Menschen, die in Stahlkäfigen in die Erde hinabgelassen und mit rasender Geschwindigkeit durch die Tunnels gejagt wurden, all die Türen, die sich krachend schlossen, und die arktischen Winde, die sich mit staubigen Feuerstößen aus dem Erdinneren mischten –, war es kaum vorstellbar, wie empfindlich das Leben war, wie leicht die Dinge zerbrachen. Sie waren so zerbrechlich, so furchtbar empfindlich. Offenbar hatte Mary jetzt das Gesetz gebrochen, so wie sie am Abend zuvor Mr. Botham den Rücken gebrochen hatte. Ja, das war ihre Schuld gewesen. Nur wegen ihr war er zerbrochen. Trev würde dafür viel Zeit absitzen müssen, aber sie auch, auf ihre Weise. Alle sagten, Mr. Bothams Zustand sei »sehr ernst«. Mary widersprach nicht, dachte aber, es hätte noch viel ernster sein können: sie hätte Mr. Botham das Herz brechen können oder seinen Lebenswillen, und daran konnte man sterben. Doch auf alle Fälle war sein Zustand sehr ernst. Mary hatte von Gavin erfahren, daß Mr. Botham Teppiche verlegte, wenn er Arbeit hatte. Jetzt würde er keine Arbeit mehr finden; er würde nicht einmal mehr danach suchen können. Niemand wußte, ob sein Rücken noch einmal heil werden würde. Und außerdem war er schon alt. Dadurch wurde alles noch ernster.

Die kleine Wohnung spürte genau, daß sich etwas geändert hatte; sie ließ sich nicht gerne inspizieren, nachdem so etwas passiert war. Sie wirkte verletzlich und mitgenommen. Natürlich war niemand da. Mrs. Botham war Tag und Nacht im Krankenhaus, bei ihrem Mann; sie trank jetzt wieder mehr, oder jedenfalls offener. Mary konnte nicht bleiben – da war nichts, bei dem sie hätte bleiben können. Dennoch sagte sie:

»Warum können wir nicht beide hierbleiben und hoffen, daß sie wiederkommen?«

Er sah sie voller Abscheu und Verachtung an. Ihr war klar, sie hätte das nicht sagen sollen. »Sei *vernünftig*«, sagte er. »Du kannst nicht hierbleiben. Das können wir uns nicht leisten. Wir sind nicht – hier ist einfach kein Platz. Verstehst du das denn nicht?«

»Es tut mir leid.«

Er fragte: »Wohin wirst du gehen?«

»Hierhin.« Sie zog den Zettel aus der Tasche.

»Mein Gott«, sagte er.

»Er hat gesagt, er ruft dort an. Das ist schon in Ordnung, hat er gesagt.«

Gavin wandte den Blick ab. »Na, für eine Weile wird es wohl gehen«, sagte er. »Aber der Gedanke, daß du dort bist, gefällt mir ganz und gar nicht.«

Sie packten zusammen einen Koffer für Mary, legten ein paar Kleider von Sharon und ein paar von Mrs. Botham hinein, die Mary schon mehr oder weniger gehörten. Mary hätte gern ein oder zwei Bücher mitgenommen, traute sich aber nicht zu fragen. Er erklärte ihr, wie sie mit der U-Bahn dort hinkam, und gab ihr vier Pfund: mehr hatte er nicht übrig. Als er sie an der Tür fest in den Arm nahm, spürte sie, daß er bereits auf der anderen Seite war; sie riß sich rasch von ihm los und eilte die Treppe hinunter.

Mary wollte nicht wieder unter die Erde.
Sie ging zu Fuß. Der Koffer war anfangs ganz leicht, wurde aber mit der Zeit immer schwerer. Sie fragte andere Menschen nach dem Weg, hielt ihnen den Zettel vor die Nase. Sie lasen die Adresse und taten, was sie konnten. Einige konnten ihr überhaupt nicht helfen; andere hatten solche Mühe mit dem Sprechen, daß sie es sowieso nicht verstanden hätte; wieder andere fanden den Zettel so abstoßend, daß sie einfach weitergingen. Doch schließlich kam sie an. Es dauerte nicht allzulange.

Unterwegs kam ihre erste Erinnerung, ließ sie anhalten, den Koffer absetzen und die Hände aufs Haar legen. Als sie ein Kind rufen hörte, wandte sie sich scheu um; sie war in einer ruhigen Straße, einer Straße voller Anmut und Armut; die kleinen Häuser standen mit offenen Türen und Fenstern dicht beieinander, und in den Gärtchen davor wurden die Kleider der Familien zur Schau gestellt. Sie war in einer ruhigen Straße, und doch, für Mary gab es nirgends einen ruhigen Ort. Sie wünschte sich einen Ort, dessen Größe der ihren entsprach und der von trägem Dunkel erfüllt war, einen

Ort, an dem sie die lärmende Gegenwart ausschließen konnte. Doch jetzt blieb Mary, die Hände auf die Haare gelegt, einfach stehen und ließ die Erinnerung kommen.

Sie erinnerte sich, wie sie als Kind immer mit der Taschenlampe in anderer Leute Fenster leuchten wollte, um in anderer Leute Häuser zu sehen ... Wie sie am Abend auf der grauen Kuppe eines mit Reihenhäusern bebauten Hügels stand. Eben wurden die dornenbewehrten Tore des Stadtparks geschlossen; der Parkwächter steckt die Schlüssel in die Tasche und geht wieder davon, wirft Blicke nach links und nach rechts. Die Jungs sind alle nach Hause gegangen, sitzen jetzt in anderer Leute Häuser, hinter anderer Leute Fenster, und trinken Tee. Wenn sie den Kopf zur Seite drehte, konnte sie den Hügel hinuntersehen bis zu dem Platz. Hier verbarrikadierten sich alle in ihren Zimmern vor der Dunkelheit. Sie wollte sie sehen, wollte hineinleuchten in die Zimmer, wollte die Muster ihrer Teppiche, die Risse in ihren Tapeten, die Schatten auf ihren Treppen sehen. Sie wußte, das war unmöglich – niemand würde sie einlassen. Sie drehte sich um und rannte los zu dem Ort, zu dem sie gehen sollte, wo immer das sein mochte.

Mary ließ die Arme sinken. Das war alles: weiter konnte sie sich selbst nicht folgen. Als sie aufblickte, erschien ihr die Straße – die Luft, die unverbesserliche Gegenwart – plötzlich nicht mehr ganz so einmütig strahlend. Sie packte ihren Koffer und ging noch schneller weiter, wollte unbedingt ihren Ort finden. Sie wußte jetzt, daß das nur eine Frage der Zeit war.

Nicht zerbrechen

7 Die jungen Frauen im Wohnheim der Heilsarmee haben alle Schläge einstecken müssen. Fürchterliche Schläge. Einige sind daran zerbrochen. (Manche sind auch gar nicht mehr so jung.) Sie haben sich alle zu tief ins Leben hineingewagt.

Sie haben alle zu viele Dinge getan, zu oft und mit zu vielen Männern, mal so, dann wieder anders, bald mit diesem, bald mit jenem. Sie sind deshalb hier drinnen, weil sie draußen alles verbraucht haben – ihr Geld, ihre Freunde und ihr Glück. Sie haben alle einen Schlag eingesteckt und sind zusammengebrochen. Manche versuchen, wieder auf die Beine zu kommen. Einige haben aufgegeben. Es sind gefallene Mädchen.

Ihr Leben ist beschämend, jedenfalls könnte man es so sehen. Aber *Scham* ist es nicht, was sie empfinden. Meinetwegen. Aber was sollten sie statt dessen empfinden? Wer hat ihnen das angetan? Was würden *Sie* empfinden?

... Mußten Sie schon einmal einen solchen Schlag einstecken? Einen wirklich fürchterlichen Schlag? Werden Sie sich wieder davon erholen? Wenn man einen Schlag kommen sieht und ihm nicht ausweichen kann, dann ist eines wichtig: nicht zerbrechen. Auf keinen Fall! ... Und kommt da noch ein Schlag? Wie heftig wird er sein? Wenn man einen Schlag kommen sieht und ihm nicht ausweichen kann: nicht zerbrechen. Denn wer zerbricht, der wird niemals wieder heil. Ich habe schon einmal einen fürchterlichen Schlag eingesteckt und weiß es. Nie wieder.

• • •

Und so begann Mary nach festen Regeln zu leben.

Punkt halb sieben wurde sie in dem Zimmer im Souterrain, wo sie mit zwei Mitbewohnerinnen untergebracht war, von einer Glocke geweckt. Jeden Morgen wachte sie angsterfüllt auf und versuchte hastig, ihre verstreuten Sinne zu sammeln. Mit dem Anziehen war sie immer zur gleichen Zeit fertig wie Trudy, eine grell bemalte, kettenrauchende Geschiedene. Sie stellten sich zusammen vor dem Bad an, während Honey, eine apathische junge Schwedin, noch eine Weile im Bett herumstöhnte und erst beim gemeinsamen Frühstück oben im Speisezimmer wieder zu ihnen stieß, wo der strenge Blick von Mrs. Pilkington rasch über die Mädchen hinwegglitt. Die Heimleiterin aus Sri Lanka frühstückte alleine an einem separaten Tisch. Ihr Mann und Mitheimleiter, Mr. Pilkington, kämpfte währenddessen in seinem überheizten Büro beim Hauseingang bereits hektisch mit dem täglichen Papierwust. Bei der geringsten Schwierigkeit flogen die Mädchen raus. Das Frühstück kostete sechzig Pence, deshalb trank Mary nur ihren Tee.

»Du wirst noch blind werden, wirklich«, sagte Trudy.

»Nix blind«, antwortete Honey blinzelnd.

»Doch, ganz bestimmt. Kannst einfach nicht die Finger von dir lassen, was? Kann sie nicht. Wirst bestimmt nochmal in der Kiste verschwinden, eh wir rausmüssen, oder? Noch einen Quickie für alle Fälle.«

»Sie schreiben, es tut gut.«

»Wer schreibt das? Die Mösenratgeber, die du immer liest?«

»Sie schreiben, es tut gut, sich anzufassen.«

»Ah ja?«

»Tut gut für Verspannungen.«

»Wo willst du denn Verspannungen herhaben, Klugscheißerchen? Liegst doch den ganzen Tag nur rum und polierst dir die Zwetsche.«

»Ich möchte einen Job«, sagte Mary. »Wie kriegt man einen?«

»Aha, du möchtest einen Job«, sagte Trudy und wandte sich mit bedächtigem Kopfnicken Mary zu, wippte dabei unter dem Tisch mit ihrem übergeschlagenen Bein. »Aha. Nun, an welchen Tätigkeitsbereich haben wir denn da gedacht? Was haben wir *früher gemacht?*«

»Das weiß ich noch nicht«, sagte Mary, die sich oft fragte, was sie früher gemacht hatte, ehe ihr Gedächtnis zerbrochen war.

»Also, Leute gibt's«, sagte Trudy. Trudy mißfiel Marys Aussehen. Das spürte Mary. Trudy mißfiel es, daß Mary besser aussah als sie. Und sie schob jeden Mißerfolg im Leben auf ihr mißliches Aussehen. Mary sah sie immer mit verzerrtem, wehem Gesicht aus dem Schlafzimmerfenster ins Leere starren. Mary wußte, was sie dachte: Könnte ich doch nur etwas von meinem hellen Verstand gegen ein hübsches Gesicht eintauschen. O Mann, wär das toll ... Mary dachte, daß die Menschen wohl recht hatten, wenn sie im stillen andauernd über solche Dinge klagten. Aber sicher war sie nicht. Konnte man die Dinge verändern? Es mußte möglich sein. Sonst würden ja alle nur ihre Zeit verschwenden.

Auch Honey sah ganz gut aus, und als sie sagte: »Ich geh jetzt runter« und mit Tasse und Untertasse in der Hand davontrottete, rief Trudy ihr hinterher: »Noch 'n Quickie, ja? Kriegst noch ganz rissige Hände, Schätzchen. Mann, ist die doof«, fügte sie an Mary gewandt hinzu. »Aber ein Phänomen. Besorgt sich's selbst, bis sie nicht mehr kann, bis sie fix und fertig ist.«

»Ich möchte einen Job«, sagte Mary. »Ich will Geld verdienen.«

»Nur nichts überstürzen, Mädchen«, sagte Trudy und sah Mary mit wissendem Blick an. »Weißt du, Jobs brauchen Zeit.«

»Ich weiß«, sagte Mary.

Um neun mußten sie aus dem Haus sein. Und durften es bis zwölf nicht wieder betreten. Und die Zeit zog sich hin auf der Straße, wenn man kein Geld hatte. Die Zeit brauchte ewig. Durch einen Maschendrahtzaun beobachtete Mary Kinder, die in der Sonne spielten, ihre unschuldigen Geräusche und Bewegungen. Sie beobachtete die tonnenförmigen Hausfrauen, die von Geschäft zu Geschäft trotteten. Die Hausfrauen sammelten verbissen Waren an, bis sie – Opfer ihrer Einkaufstaschen – kaum mehr gehen konnten. Sie beobachtete die Männer, die sich in losen Pulks vor den Wettbüros oder an den Ecken vor den geschlossenen Pubs herumtrieben. Die Männer, die im Moment nichts Dringendes zu tun hatten, ließen sich den Wind um die Nase blasen und gestikulierten wild mit den Armen. Ein großer Hund lag keuchend im ausgetrockneten Rinnstein. Aus den Spalten quollen Ameisen und schlängelten sich über die unebenen Pflastersteine. Die dicken weißen Geschöpfe des Himmels mochten Tage wie diesen. Sie waren alle da. Nicht eines fehlte.

Mary suchte einen Job. Sie wußte nicht, wie man eher einen fand: wenn man sich bewegte oder wenn man still stehenblieb. Wo waren sie? Wer vergab sie? Sie hatte soviel Zeit zu verkaufen, wußte aber nicht, wer sie ihr abkaufen könnte. Sie dachte an die Jobs, die sie kannte, die Jobs der Anderen, und an die besondere Art von Zeit, die sie verkauften. Sie alle verfügten über geheimnisvolle Fähigkeiten, die sie meisterhaft beherrschen. Der Lebensmittelhändler mit seinen gefüllten Regalen, der mit einer geschickten Drehung die Papiertüten schloß, die ruckende, vielfüßige Maschine, die ihm Geld zuteilte: doch er hatte nicht nur Zeit zu verkaufen, sondern auch Lebensmittel (die er in einem unterirdischen Lager wie Munition aufeinanderschichtete). Der Busschaffner, der sich fachmännisch von einem Haltegriff zum nächsten durch den Tag schwang, lautstark sein Kommen ankündigte und die teuren Papierchen aus dem Apparat neben seiner Geldtasche zog: doch er hatte nicht nur Zeit, sondern auch den Bus, den er sich mit dem Mann ganz vorne teilte, und die Fahrt, die sie verkauften. Wer bezahlte die Straßenkehrer für ihren gebeugten Rücken, wer die Müllmänner, die wie Gladiatoren mit ihren Stangen und Schilden durch die Stadt zogen, wer die großspurig umherstolzierenden Polizisten? Sie alle wurden von irgendwem bezahlt. Nur Tramps verschenkten ihre wertvolle Zeit ... Wenn sie durch die Straßen ging, ließ Mary oft den Blick an den glitzernden Canyonwänden hinaufgleiten und sah mit einem Gefühl gläsernen Ausgeschlossenseins die Menschen dort oben hinter den Fenstern auf das konzentriert, was am Himmel geschah.

Mary aß etwas zu Mittag, weil das um diese Zeit alle taten. Am Nachmittag durfte man im Gemeinschaftsraum bleiben, solange man Ruhe gab. Da saßen die Mädchen über den Tisch gebeugt und schrieben Briefe, strickten oder starrten Löcher in die Luft. Der Tag machte ihnen bereits zu schaffen, warf sie auf sich selbst zurück, schnüffelte an der Leere in ihnen ... Man durfte die Bücher im Schrank lesen, wenn man sie zurückstellte. Mary las sie alle. Die Frauen in den Büchern im Schrank waren spöttische Parodien der jungen Frauen, die dazu verurteilt waren, die Bücher zu lesen. Wird Alexandra den ältlichen Lord Brett heiraten oder den jungen, aber launenhaften Sir Julian? Während ihres Aufenthalts in Farnsworth wird Bettina von allen Boyd-Partingtons außer Jeremy schäbig behandelt, bis sie dann den kleinen Oliver vor dem Ertrinken rettet und sich herausstellt, daß sie eine reiche Erbin ist. Einsame Jagdhütten, Postillione, zu Tode gerittene Pferde, Wälder, Schwüre, Tränen, Küsse, gebrochene Herzen, Ruderpartien im Mondlicht, immerwährendes Glück. Wie so viele Geschichten endeten sie mit der Ehe; doch sie weckten kein Interesse. Sie machten lediglich etwas deutlich, was in anderen Büchern nur ein vager Eindruck blieb: diese Geschichten waren Lügen, die sich jemand für Geld ausdachte, sie waren verkaufte Zeit.

Am Abend saßen die Mädchen hier, auf der Treppe und in ihren Zimmern zusammen. Da war immer vom Glück die Rede, und davon, daß sie nie welches gehabt hatten. Die Gespräche waren nicht sehr heiter. Hätte ich damals bloß nicht, wenn sie nur nicht, gäbe es doch ... Einige von ihnen hatten von Männern Babys bekommen, die ihnen dann von jemand anders wieder weggenommen wurden. Sie sprachen die ganze Zeit von diesen Babys, die durch ihre Hände gegangen waren, und davon, wie sie sie behandeln würden, falls sie sie zurückbekämen oder ein anderes kriegten, wie sorgsam sie sich um sie kümmern und daß sie sie nie mehr schimpfen oder schlagen würden. Einige von ihnen hatten nicht aufgehört, mit Männern zu kämpfen, und zogen dabei immer den kürzeren. Das sah man ihnen an. Warum sollte ein Mann mit einer Frau kämpfen? fragte sich Mary. Wo er doch immer gewinnen würde. Für ihn war es kein Kampf – er tat ihr nur weh, fügte ihr Schaden zu. Die Mädchen sprachen von den Männern, mit denen sie gekämpft hatten, einige voll Angst und Haß, andere eher apathisch, wieder andere mit verhärmter Wehmut wie von einer zwar nicht unbedingt angenehmen, aber doch eindeutigen Form von Fürsorge, als wäre ein blaues Auge für Frauen in festen Händen eine große Auszeichnung. Einige waren Prostituierte oder versuchten sich zumindest in diesem Gewerbe. Die meisten offenbar ohne großen Erfolg. Sie hatten sich vorgenommen, den Männern ihren Körper zu einem bestimmten Preis anzubieten; doch die Männer meinten immer, das sei er nicht wert. Und so gaben sie ihren Körper umsonst hin. Mary beobachtete sie genau, diese Expertinnen für Männer, Fügsamkeit und Zeit. Sie sprachen von den Dingen, die man für Geld kaufen konnte, als ob Geld ein Spiel wäre, ein Trick, ein Wort. Einige tranken. Sie sprachen von ... Mary wußte schon, wovon Trinker sprechen. Über Trinker wußte sie Bescheid. Sie wußte, was Trinker taten.

Was sie aber nicht wußte, war, ob sie jemals von diesen Menschen wegkommen würde, die sich zu tief ins Leben hineingewagt hatten und nun von unten angeschwommen kamen und versuchten, sie hinab in die Tiefe zu ziehen, wo sie ersticken oder ertrinken würde. Würde sie je auf die andere, von Prince angedeutete Seite gelangen, wo Geld keine Rolle spielte und die Zeit angenehm verstrich? Ein Blick auf die Mädchen machte ihr klar, daß es dort draußen immer die Anderen geben würde. Sie würden immer dort draußen sein und sie zurückhaben wollen, diese Verlorenen und Verkommenen, die Zerbrochenen und die Abgeschobenen. Sie dachte: Ich darf mich nicht zu tief ins Leben hineinwagen. Ich muß im Flachen bleiben, mich an der Oberfläche halten. Man geht so leicht unter und kommt so schwer wieder hoch.

Nachts, nachdem das Licht gelöscht war, lauschte Mary mit einem Gefühl der Befreiung Honeys gewohnten dümmlichen Lauten der Hingabe und Erlösung. »Ich bin gleich fertig!« bettelte sie als Antwort auf Trudys unerwartet heftige Vorhaltungen. Honey hatte echten Spaß, und Mary fand das gut. Zugleich aber beunruhigte es sie. Mary hatte diese Technik insgeheim selbst probiert, ohne Erfolg. Sie fand nichts, woran sie ihre Gedanken festmachen konnte. Und da ihr Verstand nichts zu tun hatte, wanderten ihre Gedanken zu anderen Dingen.

»Woran denkst du, wenn du es machst?« fragte sie Honey einmal.

»An schöne Männer«, sagte Honey mit einem verzückten Lächeln. Ihr Lächeln hatte in solchen Augenblicken etwas jenseitig Ausdrucksloses. »An schöne, starke Männer.«

»Ah ja«, sagte Mary.

In dieser Nacht bemühte sich Mary, an Gavin und Mr. Botham zu denken. Es funktionierte nicht. Immer wieder kam ihr unwillkürlich Trev in den Sinn, doch das half auch nicht. Das Problem war: Man konnte offenbar nicht selbst über seine Gedanken bestimmen. Diese Beschäftigung gehörte eindeutig zu den merkwürdigsten Dingen, die andere taten.

»Und woran genau denkst du da, mit den schönen

Männern, wenn du es machst?« fragte sie Honey am nächsten Tag.

»Ich denke an Keith. Er ist mir am allerliebsten. Und an Helmut. Die peitschen mich aus«, sagte Honey und strahlte verschämt, »und verlangen, daß ich alle möglichen schrecklichen Dinge tu. Keith packt mich von hinten, und Helmut steckt mir seinen ...«

»Ah ja.«

Honey blickte sie lammfromm an und sagte: »Soll *ich* dir's mal machen?«

»Nein, nein, ist schon okay«, sagte Mary. »Aber das ist wirklich nett von dir.«

»Schon gut, keine Ursache«, sagte Honey.

Sobald Mary allein im Schlafzimmer war, nahm sie sich Honeys Lektüre vor – *Liebe dich selbst*, *Ganz Frau sein*, *Die erotischen Phantasien der Frauen*. Sie verstand schnell: das war eine Art Memory. Jetzt war ihr klar, warum sie es nicht spielen konnte.

Der Brief kam am siebten Tag.

»Für dich«, sagte Trudy.

Mary saß vor ihrem Frühstückstee. Sie schaute auf den weißen Umschlag, auf den Namen und die Adresse. Ja, Trudy hatte recht. Er war für sie.

»Von einem *Mann*?« fragte Honey.

»Natürlich von einem *Mann*«, sagte Trudy. »Lies mal auf der Rückseite.«

Von ihren Blicken gedrängt, drehte Mary den Brief um. Da stand in kleinen schwarzen Buchstaben: »Nicht öffnen, wenn andere dabei sind.«

»Hab ich's nicht gesagt«, meinte Trudy bitter.

Mary ging nach unten und setzte sich aufs Bett. Während sie darauf wartete, daß ihr Atem sich beruhigte, inspizierte sie den Umschlag – ganz ruhig, wie sie meinte. Sie hatte schon andere Menschen Briefe öffnen sehen, doch es erwies sich als wesentlich schwieriger, als es den Anschein hatte. Der Umschlag entzog sich immer wieder ihrem Griff, rutschte ihr aus der Hand, bekam kleine Risse, wenn sie versuchte, an den Brief zu kommen. Dann verlor sie die Geduld und zerrte ihn brutal heraus.

Der Brief zerriß, genau in der Mitte. Mary war klar, daß sie etwas Schreckliches getan hatte. Seufzend legte sie die zwei rosa Papierfetzen aneinander und strich sie auf der Bettdecke glatt. Es war ein kurzer Brief:

Liebe Mary Lamb,
ist es richtig, wenn ich Dich so nenne? Ich meine, heißt Du wirklich so? Ich habe Dir doch gesagt, daß ich Dich schon mal gesehen habe. Weißt Du nicht mehr?

Ich kann mich natürlich täuschen. Aber bitte, bleib in der Nähe, während ich weiter nachforsche. Ich melde mich wieder.

Beste Grüße
John Prince

Mary las den Brief mehrere Male. Aber er ergab keinen Sinn für sie. Dann drehte sie, von einem Impuls gedrängt, die untere Hälfte des rosa Blattes Papier um. Da standen noch mehr Worte. Sie beschrieben eine junge Frau, die Amy Hide hieß (26 Jahre, 1,69 m, dunkel, britisch, keine besonderen Kennzeichen) und seit kurzem vermißt wurde. Die Polizei nahm an, daß sie ermordet wurde, schien aber nicht völlig sicher zu sein.

Mary griff nach der oberen Hälfte des Blattes und drehte sie um. Sie zeigte das Foto einer jungen Frau. Es war Mary.

Erstarren

8 Es war Mary. Oder? Ja ... es war Mary. Wie konnte das sein?

Spät in der Nacht, als eigentlich kein Licht mehr brennen durfte, stand Mary im Badezimmer vor dem Spiegel und hielt den rosa Brief neben ihr Gesicht. Über ihr verbreitete eine nackte Glühbirne ihr staubiges Licht.

Es war Mary. Nur *älter* ... Das Gesicht sah sie trotzig an, den linken Mundwinkel zu einem ansatzweisen Grinsen oder Kichern hochgezogen. Der Mund selbst war lockerer als Marys Mund und von mehr Fältchen umgeben. Der Leberfleck unter ihrer rechten Schläfe war da, aber auf der falschen Seite. Und die Augen – das waren nicht ihre Augen. Es waren tote Augen, die alles wußten, die keine Neugier mehr besaßen, es waren alte Augen. Mary starrte darauf. Das Grinsen im Mundwinkel schien sich einen Augenblick lang zu verbreitern, schien lebendig zu werden, Mary einzuladen. Sie blinzelte und sah dann noch einmal hin. Das Lächeln war verschwunden, doch jetzt waren die Augen von Triumph erfüllt. Rasch ließ sie den Brief fallen, faßte sich an den Kopf und wandte sich ab. Sie wußte, worin der eigentliche Unterschied bestand. Marys Gesicht war – wie Mary glaubte und sich immer wieder sagte – ein gutes Gesicht, das Gesicht eines guten Menschen. Das Gesicht der Frau auf dem Foto dagegen ...

»O Gott, was hab ich in meinem Leben getan?« sagte Mary.

Schon den ganzen Tag hatte Übelkeit versucht, die Strickleiter in ihrer Brust emporzuklettern. Nun sank Mary erleichtert, erniedrigt und angsterfüllt auf die Knie und übergab sich mit angewidertem Zucken, würgte sterbenselend ihr Innerstes nach außen. Sie konnte gar nicht genug von sich loswerden. Ihr war so lange übel, daß sie fürchtete, das Herz könne ihr aus dem Leib fallen, es könne herausfallen und zerbrechen.

Jetzt wartete sie jeden Morgen darauf, etwas Neues über sich zu erfahren, doch es kamen keine Neuigkeiten. Und auch sonst passierte nichts.

Die Zeit verging so langsam. Sie hatte kein Geld mehr, um ihr auf die Sprünge zu helfen. Man brauchte Geld, um die Zeit totzuschlagen: So zahlte es das Geld der Zeit heim. Und die Zeit brauchte ewig.

Mary las alle Bücher noch einmal. Sie las die religiösen Schriften auf dem Tisch im Flur. Der Grundgedanke darin war, genau wie in den Broschüren, die Mrs. Botham von den Anonymen Alkoholikern bekam, daß sich am Ende schon alles richten würde, auch wenn es vorher nicht so aussah. Wir bekamen alle mehrere Chancen im Leben und konnten wahrscheinlich ohne große Mühe gerettet werden. Das war schon so seit dem Sündenfall, als der Mensch gefallen und zerbrochen war. Aber man brauchte sich keine Sorgen zu machen. Gott würde alles richten. Die Mädchen sprachen ziemlich oft von Gott oder erwähnten ihn zumindest recht häufig, und auch seinen Sohn, Jesus Christus. Und das schien ihnen gar nicht besonders gutzutun.

»Ich möchte wissen, was ihr Mädels im Kopf habt«, sagte Mrs. Pilkington. »Ihr verliert alles, was ihr habt, und kommt ohne einen Penny hierher.«

Mary stimmte ihr in allen Punkten zu.

»Du kennst nicht einmal deine Sozialversicherungsnummer.«

»Das stimmt.«

»Du hast keine Ahnung, ob du mit den Beiträgen auf dem laufenden bist.«

»Stimmt.«

»Wo sind bloß deine Versicherungsnachweise?«

»Keine Ahnung«, sagte Mary, ohne nachzudenken.

»Wo könnten sie sein?«

»Jetzt werd mir bloß nicht frech. Du sagst, du suchst einen Job, es wird lange dauern, bis du einen findest. Erst mal mußt du da durch.« Bedrohlich pochte sie mit dem Finger auf einen Stapel Formulare. »Hier. Die mußt du alle ausfüllen.« Dann wandte sie sich wieder ihrer Arbeit zu. Ohne aufzuschauen, fügte sie an: »Hier kannst du nur drei Monate bleiben, klar?«

»Drei Monate?« sagte Mary.

Tränenüberströmt setzte sich Mary nach draußen auf die windige Bank. Hier verbrachte sie jetzt ziemlich viel Zeit. Sie ließ das letzte Formular in ihren Schoß fallen. Shakespeare konnte sie lesen, aber nicht diese Formulare. Selbst wenn sie ganz langsam las und die Sätze mit dümmlichen Lippenbewegungen begleitete, so wie Honey es bei ihrem *Liebe dich selbst* machte, gaben die Wörter nichts preis, sondern enthielten ihr in höhnischer Selbstgefälligkeit all die guten Dinge vor, mit denen sie angefüllt waren. Mary wollte hier weg und auf eine andere Ebene des Lebens gelangen; aber diese Wörter würden ihr dabei nicht helfen. Sie waren nur mit einer einzigen Absicht zusammengestellt worden: sie hier einzusperren.

Es kamen keine Neuigkeiten. Mary suchte im Spiegel

danach. Sie spielte das Spiegelspiel. Mary Lamb kannte Amy Hide mittlerweile ganz gut.

War Mary Amy, oder war sie irgendwann einmal Amy gewesen, und wie weit war das gegangen? Amy hatte bestimmte Dinge getan. Hatte Mary die automatisch auch getan, und wie weit war sie dabei gegangen? Spielte das eine Rolle? Wer urteilte darüber? Gott? Prince? Wer interessierte sich dafür?

Mary interessierte sich dafür. Sie sperrte sich im Bad ein und schaute in den Spiegel. Sie wollte gut sein und verstand nicht, wie Amy rundum schlecht gewesen sein konnte, wenn Mary doch in gewisser Weise aus ihr hervorgegangen war. Vielleicht war jede Frau in Wirklichkeit zwei Frauen ... Mary blickte in den Spiegel. Sie sah gar nicht so schlecht aus. Im Gegenteil, eigentlich ziemlich gut. Das Weiß ihrer Augen, wie Eiweiß, die wohlgeformte Nase; die Zähne wiesen hie und da eine verfärbte Stelle auf, doch das intime Rosa des Zahnfleischs war glatt und makellos; und die Kurve ihrer Lippen paßte gut zum gleichmäßigen Oval ihres Kinns ... Als sie sich vom Spiegel abwandte, sah sie das gespenstische Lächeln des allwissenden Wesens, das hinter dem Glas lebte. Das Bild flackerte: irgendwo dort drinnen herrschte Chaos. Mary starrte weiter darauf. Ihre Augen kämpften mit all ihrem Glanz, bis sie das, was sich hinter dem Glas verbarg, besiegt hatten. Doch als sie sich abwandte, wußte sie, das Wesen, das sich dort drinnen verbarg, würde jetzt in aller Ruhe wieder seine alte Gestalt annehmen und weiter warten, worauf immer es auch wartete.

Ihre Träume veränderten sich. Sie hörten auf, oder zumindest dachte Mary, sie hätten aufgehört. In Träumen herrscht bunte Vielfalt, doch ihre Träume waren nicht mehr vielfältig. Die Nächte waren jetzt alle gleich, genau wie die Tage.

In den ersten Stunden legte sie sich zurück und ließ wilde Gedanken, verletzende Gedanken in ihrem Kopf brodeln, Gedanken, die keine Rücksicht darauf nahmen, ob sie sie ertrug oder nicht. Dann schlief sie ein, und es war jedesmal dasselbe.

Amy rannte über einen schwarzen Himmel. Amy flog: wohin sie wollte, und fast so schnell, wie sie wollte. Sie hatte keine Angst vor ihrem Verfolger; hin und wieder drehte sie sich sogar um und stieß ein erregtes, spöttisches Lachen aus. Ihr Verfolger war ein Untier. Natürlich ein schwarzes – ein Panther vielleicht, aber mit den gelben Hauern und dem kopflastigen eckigen Schädel eines Ebers. Amy ließ ihren Verfolger immer wieder nahe herankommen, ehe sie in einem Manöver von luftiger Leichtigkeit so abrupt zur Seite abdrehte, daß das Untier erst einmal weiter geradeaus raste, um dann in einem weiten, taumelnden Bogen auf ihren neuen Kurs einzuschwenken, bis im Dunkel hinter ihr wieder seine mechanischen, stets gleichen Schritte zu hören waren. Sie drehte erneut ab, doch diesmal raste das Untier nur ein kurzes Stück weiter geradeaus, und sie spürte den glühenden Hauch rasender Wut und den Geruch von heißem Geifer und entzündetem Zahnfleisch. Jetzt war sie Mary, jetzt war sie Beute. Mit einemmal wurde das schwarze Gelände um sie zu einem engen Tunnel, und sie raste – ihre Beine goldene Wagenräder, ihr Haar eine Nervenmähne – mit so verzweifeltem Tempo dahin, daß sie sich beinahe selbst zu überholen schien. Das Untier folgte ihr mit riesigen Sätzen. Sie rechnete jeden Moment damit, seine Pranken im Nacken zu spüren und sein drängendes Gewicht im Rücken, von ihm niedergedrückt und von seinen Pranken zerfetzt zu werden. Sie bremste ab, damit es nicht so lange dauerte, erstarrte, damit es schneller geschah, und dann kam das Untier über sie und verwandelte mit einem schnellen, verächtlichen Schlag ihren Körper in Flammen von Blut. Als sie aufwachte, brodelte es in ihrem Kopf schon wieder vor Gedanken, die keine Rücksicht darauf nahmen, ob sie sie ertrug oder nicht. Das war jede Nacht so. Ohne Ausnahme. Warum?

• • •

Weil das eine Art ist, in der sich die Vergangenheit an einem rächt, die Vergangenheit, die unermüdlich alles zunichte macht.

Sie wissen doch, daß das vergessene Unrecht, das Sie getan haben, nie aufhören wird, ihre Gedanken aufzuschrecken? ... Wie steht es um Ihren Schlaf? Können Sie ihm trauen? Ist es da drinnen halbwegs ruhig? Oder pulsiert es – wird es platzen? Drängt alles heraus, um Sie zu packen?

Oh, Mann ... manchmal wache ich mitten in der Nacht auf, und da ist nichts. Ich bin ein toter Zahn im Kiefer der lebendigen Welt. Nur daß mein Verstand nicht mehr auf meiner Seite ist, sondern schon auf der anderen. Er ist der Prinz der anderen Seite ... Mach es nächstes Mal richtig, Mary, sei beim nächsten Mal gut. Rette mich, liebste Mary.

Ich dachte immer, keine Zeit wäre wie die Gegenwart, ja, es gäbe keine Zeit außer der Gegenwart. Jetzt weiß ich, das stimmt nicht, es ist anders. Die Vergangenheit wird letztlich immer da sein. Es gibt nur die Vergangenheit: die Gegenwart bleibt nie lange genug da, und die Zukunft ist nichts als eine Vermutung. Die Vergangenheit behält immer die Oberhand. Sie kriegt einen letztlich immer.

• • •

Diese Mädchen, diese gefallenen Mädchen wollten alle nur eine zweite Chance, suchten nichts anderes. Genauso Mary. Und dann bekam sie eine.

Es war Mittag. Sie ging in einer Art geplanter Ziellosigkeit durch die Straßen, hatte sich nichts weiter vorgenommen, als die vertrauten Wege, die bekannten Orientierungspunkte im Raster der Stadt zu meiden. Sie spazierte in eine belebte, geschützte Gegend mit heruntergekommenen Häusern und höhlenartigen Läden. Auf der Straße ordneten Männer und Frauen mit gebeugtem Rücken auf schmucklosen Tischen ihr Hab und Gut an, und Passanten verstärkten mit ihren Stimmen den Lärm jugendlicher Händler und zwanglosen Warentausches. Darüber schwang sich eine Straße auf Stelzen hinauf in das kalte, klare Morgenlicht, wie eine eben eröffnete Auffahrt zum Himmel. Selbst die dicken weißen Faulenzer der Lüfte kamen tiefer herab, um zu sehen, was sich hier tat ... Ja natürlich, dachte Mary, ich darf es nie vergessen: das Leben ist interessant, das Leben ist gut, alles, was man sieht, ist insgeheim randvoll mit Leben. Als sie um die nächste Ecke bog, sah sie ein breites, dunkles Fenster: das Fenster hielt eine Botschaft für sie bereit. Doch in diesem Augenblick spielte ein vorbeifahrender Lieferwagen mit dem Sonnenlicht, und die Wörter wurden von blinkenden Lichtreflexen ausgelöscht. Sie wartete, und die Botschaft tauchte wieder auf, mit kaum verminderter Klarheit. Es war ein Schild, auf dem stand: »BEDIENUNG GESUCHT«.

»Von der Polizei?« überlegte Mary, und sofort fielen ihr Prince und sein Zimmer ein.

Sie ging näher heran und las: »BEDIENUNG GESUCHT – Dringend Hilfe benötigt. Fragen Sie drinnen nach.«

Mary ging hinein und fragte nach. Während ihre Augen sich an das Halbdunkel gewöhnten, musterte ein gähnender junger Mann sie von Kopf bis Fuß, lehnte sich in seinem Sessel zurück, um sich per Kopfnicken mit der Frau hinter der Theke zu verständigen, und fragte Mary, ob sie am nächsten Tag anfangen könne. Mary sagte ja und wandte sich wieder zum Gehen, ehe irgend etwas schieflaufen konnte.

»Moment!« rief er ihr nach. »Sonst willst du nichts wissen? Geld? Arbeitszeit?«

»O ja, bitte«, sagte Mary.

»Von acht bis sieben, sonntags frei.«

»... Und das Geld?«

»Darüber reden wir morgen früh. Ich heiße Antonio, aber du kannst ruhig Mr. Garcia zu mir sagen. Wie heißt du?«

»Mary Lamb.«

»Okay, Mary. Morgen früh – Punkt acht.«

»Ich hab aber keine Versicherungsnummer oder sowas«, fügte sie rasch an.

»Na und?« sagte Mr. Garcia und gähnte. »Der Kram interessiert uns nicht.«

Mary ging wieder die Straße entlang. Sie war sehr optimistisch. Sie wußte, was man als Bedienung zu tun hatte, und sie wußte, daß sie es genausogut konnte wie jede andere.

Kraftfeld

9 Der fahle Alan saß in seinem kleinen Büro hinter der Küche, starrte aus dem Fenster und machte sich Sorgen wegen seiner immer dünner werdenden Haare.

Mary beobachtete ihn aufmerksam. Es war höchst interessant. Alle zehn oder zwölf Sekunden löste sich Alans rechte Hand vom Schreibtisch, zuckte unsicher und schlängelte sich zaghaft, als stünde sie nur formal unter der Kontrolle ihres Herrn, hoch zum Kopf, um mit einem kräftigen Biß ein Büschel aus Alans Haar auszureißen. Anschließend inspizierte Alan mit einem Ausdruck wissender Verärgerung den Inhalt seiner Hand, spannte dabei lautlos die bleichen Lippen an; dann schüttelte er alles wie ein begossener Pudel von sich und klatschte die Hand wieder auf den Schreibtisch. Zehn oder zwölf Sekunden später begann das Ganze von vorn.

Nun machte Mary, aus unverhohlener Neugier und nicht zum ersten Mal, mit ihren Haaren das gleiche, was Alan mit seinen tat. Ihre Hand gab einen vibrierenden Lichtfaden frei, den sie, genau wie Alan, auf den Fußboden beförderte. Aber Mary war deshalb nicht so besorgt wie der fahle Alan. Bei ihr waren dort, wo das eine herkam, noch genug davon. Marys Haar war außerdem dicht und kräftig, etwas, worauf sie stolz sein konnte. Ganz anders bei Alan. Sein Haar war matt und strohig, wie kranker Mais – und recht spärlich. Mary war der Ansicht, es wäre das beste für Alan, wenn er möglichst bald überhaupt keine Haare mehr hätte, wenn sie einfach fort waren. Dann mußte er sie sich nicht mehr selbst ausreißen. Und im Grunde brauchte man doch gar keine Haare, oder? Viele Menschen kamen gut ohne klar. Alan sah das allerdings anders, und wenn Mary ihn leiden sah, durchzuckten sie ähnliche Schmerzen. Sie hätte ihm gern gesagt, wenn ihm seine Haare so wichtig waren, solle er doch aufhören, sie auszureißen. Doch sie tat es nicht. Sie wußte, es war für den fahlen Alan ein Greuel, über alles zu sprechen, was auch nur im entferntesten mit Haaren zu tun hatte.

»He, Glatzkopf!«

Mary spürte den Luftschwall von der Pendeltür und hörte das fröhliche Todesklappern der schmutzigen Teller. Als sie sich umdrehte, sah sie Russ in die Küche kommen – den locker daherschlendernden Russ mit seinem tollen schwarzen T-Shirt, den wohlgefüllten Jeans und den spektakulären Schuhen, die wie plattgedrückte Ratten aussahen. Mary schien es, als seien diese Ratten alles andere als zufrieden mit ihrer Rolle im Leben und als dächten sie fieberhaft über ein Comeback nach.

»He, Glatzkopf, dich mein ich!«

»Ja«, sagte Alan, verkrampft über seinen Schreibtisch gebeugt.

Russ drängte sich von hinten an Mary heran, so nah, daß sie das angenehme Summen seines Kraftfeldes spürte, und kippte ihr mit einem artistischen Schwung seines Arms den Stapel weißer Teller ins Spülbecken. Mary wandte sich lächelnd zu ihm um. Jemandem wie Russ war sie noch nie begegnet. Aber Mary war sowieso noch nie jemandem begegnet, der so war wie jemand anders.

»Oh, wie lecker«, murmelte Russ und drückte seine dicken Lippen auf Marys Hals. In der Küche trug sie – auf Mrs. Garcias abfälligen Rat hin – das Haar hochgesteckt. Plötzlich trat Russ einen Schritt zurück, ließ den Kopf sinken und hob die Hände, als wehre er verlegen unverdienten Applaus ab.

»Nein, nein«, sagte er. »Ich darf dir keine falschen Hoffnungen machen. Hab schon so viele Herzen gebrochen.« Er kam wieder näher, rieb sich dabei mit dem ausgestreckten Zeigefinger hinter dem Ohr. »Ehrlich gesagt, Mädel, ich weiß nicht, ob du hübsch genug bist für meinen Geschmack. Eigentlich hab ich sie lieber ein bißchen hübscher als dich. Mein Gott, nicht weinen, Mary! Bitte keine Tränen!« Mary hätte eigentlich immer am liebsten losgeheult, wenn er ihr sagte, sie solle nicht weinen. Er sagte es so ernst. »Kopf hoch, Mädel. Nur die Hoffnung nicht aufgeben. Dat Glück is mit die Doofen. Ich sag dir was: Ich könnt dich glatt umlegen. Du wärst es wert, umgelegt zu werden, ehrlich.«

Mary sagte nichts. Das war auch nicht nötig. Russ sprach so oft und so selbstverständlich davon, Frauen umzulegen, daß Mary sich mittlerweile fragte, ob das überhaupt so schlimm war. So wie Russ die Welt sah, war es für Frauen besser, wenn sie es wert waren, von ihm umgelegt zu werden, als wenn sie es nicht wert waren. »Die ist es nicht wert, umgelegt zu werden«, war das Schlimmste, was er über eine Frau sagen konnte, und Mary war erleichtert, daß er sie nicht für *so* schlimm hielt.

Russ machte kehrt, zur Mitte des Raums hin, und schrie, an niemand Bestimmtes gewandt: »Verpiß dich, Schätzchen«, zog geschickt einen Kamm aus der Gesäßtasche und fuhr fort: »*Du siehst nur aus wie Brigitte Bar-*

dot!« Vor dem staubigen Spiegel an der Wand bog er den Oberkörper weit zurück, ließ ihn wieder nach vorn schnellen und hüpfte eilig davon, als griffen unsichtbare Hände nach seinem Gürtel. »Laß das, Sophia«, sagte er streng. Dann richtete er sich auf. »Aah!« Er krümmte sich wieder zusammen. Krallte nach dem Phantom, das auf seinem Rücken saß. »Aah! Raquel! Finger weg von meinem ...!« Mit einem Schulterwurf beförderte er das Phantom auf den Boden und traktierte es mit den Füßen. Nachdem er sich abreagiert hatte, rückte er seine Jeans zurecht und bog sich erneut vor dem Spiegel nach hinten. »Mann, so viele Haare«, sagte er und tupfte und strich mit beiden Händen daran herum. »Möchte wissen, wo die alle herkommen. Weißt du«, sagte er zu Mary und winkte ihr mit dem Kamm, »weißt du, was mich wirklich fertigmacht? Weißt du, wofür mein ganzes Geld draufgeht? Für den Friseur! Echt, ich schwör's dir. Cheryl meint, ich soll's wachsen lassen, aber Farrah hat's lieber kurz. Was meinst du, Mary?«

»Russ«, sagte Alan.

Russ kämmte weiter sein Haar. »Was kann ich für dich tun, Glatzkopf?«

»Ich bring dich noch mal um«, sagte Alan mit seiner gebrochenen, unsicheren Stimme. Dann fügte er nervös an: »Du fettes Schwein.«

»Nein, Al, bitte nicht. Bitte bring mich nicht um. So helf mir doch jemand«, winselte er, »mir zittern die Knie. Und fett? *Fett?*« Die Hände auf den Magen gelegt, sprang er einen Schritt zurück. »Kein Gramm zuviel an diesem Modellkörper. Wenn ich so fett bin, wieso sind dann die ganzen Filmstars auf mich scharf? Hä? Sind sie etwa auch auf *dich* scharf? Wohl kaum, oder? Und weißt du, warum? *Weil sie Glatzen eklig finden.* Darum.«

»Russ«, sagte Alan und schloß die Augen.

»Trotzdem, Al, ganz falsch liegst du nicht. Mein Schwanz. Na ja, der ist wirklich ein bißchen dick. Nein, ehrlich, das geb ich zu. Die Filmstars sagen immer zu mir: Russ, mein Schatz, ich bin verrückt nach dir und deinem ...«

»Russ«, sagte Alan. »Was willst du eigentlich hier?«

Russ schaute auf Alan, der jetzt bleich in der Tür zu seinem Kabuff stand, und dann auf die Uhr über Marys Kopf. Es war zehn vor sechs. »Ach ja«, sagte Russ. »Der olle Pedro Paella da draußen sagt, er will die Rechnungen heute etwas früher haben.«

»Wann?«

»Ich glaub, vor sechs hat er gesagt.«

»Verdammter Idiot«, sagte Alan und verschwand wieder an den Schreibtisch.

Russ rückte den Bund seiner Jeans zurecht und schlenderte mit durchdringendem Pfeifen zurück zu Mary. Dann legte er ihr sachte den Arm um die Taille. Stumm nickend sah er zu, wie Mary einen Teller abspülte und dann noch einen und noch einen. »Sag mal, wolltest du mich nicht am Samstag abend auf 'n Drink einladen?« flüsterte er mit rauher Stimme.

Mary nickte.

»Aber eins mußt du mir hoch und heilig versprechen: du versuchst nicht, mich betrunken zu machen oder sowas, ja? Keine krummen Touren, klar?«

»Klar.«

»Braves Mädchen. Komm mal her.« Er legte einen Finger unter ihr Kinn und drehte ihr Gesicht zu sich herum. Dann sah er sie mit einem strengen, abschätzenden Stirnrunzeln an. »Weißt du, vielleicht bist du ja doch hübsch genug für mich. Vielleicht würd ich mich ja gut auf dir machen. Vielleicht bist du doch meine Kragenweite ...« Er starrte sie noch ein paar Sekunden lang an, dann schloß er die Augen und schüttelte den Kopf. »Nein«, sagte er. »Nein, bist du nicht.«

Russ ging durch die flappende Pendeltür hinaus. Mary machte sich wieder an den Abwasch. Alan arbeitete neun Minuten lang in stummer Hektik an seinem Schreibtisch und trottete dann ebenfalls hinaus. Als er wenig später zurückkam, wußte Mary, ohne sich umzudrehen, daß es Alan war. Sein Kraftfeld unterschied sich deutlich von Russ' animalischer Hitze. Es bestand aus Sehnsucht, Selbstzweifeln und immenser Unsicherheit. Einen Augenblick lang spürte sie, wie sich die Luft in ihrem Rücken regte, als winde sich Alan in kunstvollen Gesten des Lockens und Flehens, doch sie wußte, daß es nur seine Blicke waren, die sich auf ihrem Rücken tummelten.

• • •

Nachdem sie fünfzig Stunden da war, hat sich Alan in Mary verliebt. Fürchte ich. Es tut mir leid, das sagen zu müssen, aber es ist die Wahrheit. Weiter nichts. Russ ist schwerer zu ergründen. Sein Kraftfeld strahlt mehr Widerstand aus, in alle Richtungen. Alan dagegen hat jeden Widerstand aufgegeben. Er denkt die ganze Zeit nur noch an Mary. Alles, was sie macht, tut ihm im Herzen weh.

Auf die Frage, wann es passiert ist, würde er sagen, auf den ersten Blick. Auf den ersten Blick gefiel ihm ihr Gesicht, das weiche Rosa ihrer Lippen, die in zärtlicher Erwartung bebten. Es gefiel ihm, wie sie mit verschränkten Armen dastand und kopfnickend immer wieder »ja, jawohl« zum alten Mr. Garcia sagte und daß ihr der ganze

Abwasch nicht das geringste ausmachte. Es gefiel ihm, wie sie sofort an die Arbeit ging, ohne sich lange mit Russ abzugeben, obwohl der immer um sie herumturnte. Alan hat sich verliebt. Selbst das schreckliche Psychodrama des Haarausfalls ist nur noch eine Nebenhandlung im Heldenepos seiner Gedanken. (Kann Mary einen Mann mit Vollglatze lieben?) Er denkt die ganze Zeit nur noch an Mary. Die Zeit und Mary sind eins. Sie tut ihm im Herzen weh. Er fürchtet, daß er vielleicht nicht ihre Kragenweite ist: Da mag er recht haben. Der fahle Alan macht sich große Sorgen.

Ich mir auch. Liebe. Verliebt sein. Sich in einen anderen Menschen verlieben. Ist man verliebt, richtig verliebt, ist es wirklich Liebe? Sich verlieben kann im Herzen weh tun, kann einem das Herz brechen. Verlieben Sie sich, aber nicht daran zerbrechen! Und hören Sie nicht darauf, was andere sagen – fallen Sie nicht darauf herein. Die Liebe ist nur das Großartigste, was man empfinden kann, weiter nichts. Lassen Sie sich nicht erzählen, was Sie spüren, sei keine Liebe (fallen Sie bloß darauf nicht herein), wo sie doch das großartigste Gefühl ist, das man haben kann. Für sich allein ist Liebe gar nichts. Liebe ist nichts ohne den, der liebt.

Wissen Sie, was ich gerne hätte? Daß Mary mehr über *Sex* wüßte. Warum? Weil man Zeit braucht, um das zu lernen. Sex ist etwas, was man nur lernen kann, wenn man Zeit hat.

• • •

Mary mochte ihren Job.

Ihr gefiel, daß hier alle einander kannten, daß man sich morgens und abends vertraute Grüße zurief, daß sie das Gefühl hatte dazuzugehören, daß die Zeit dadurch an Gewicht verlor und daß sich das Licht der Sommersonne auf dem sauberen Geschirr spiegelte.

»Da kommt ja meine Mary«, sagte der alte Mr. Garcia immer in der engen Garderobe beim Eingang. Er sprach so undeutlich, daß sie manchmal als bedrohlich empfand, was er zu ihr sagte; doch er wollte ihr nichts Böses. Ganz im Gegenteil, oft strich er ihr, wie um sie zu beruhigen, sanft über die Hüften und über den Po oder massierte versonnen ihre Brüste. Dabei beugte er sich nach vorne und kicherte zufrieden vor sich hin, und Mary schenkte ihm jedesmal ein warmes Lächeln, ehe sie hinaus in das niedrige Gastzimmer eilte.

Der alte Mr. Garcia war immer schon hinter der Theke am Arbeiten, während der faule Antonio, in einer dunklen Ecke zusammengerollt, vor sich hin döste oder fest eingeschlafen war. Manchmal schlief er auf ein paar nebeneinandergestellten Stühlen oder, noch unverhohlener, flach auf einen der Tische weiter hinten im Zimmer hingestreckt, wie ein kleines Kind. Heute hing er über dem Warmhalteofen, rieb sich mit den Fäusten die Augen und sah Mary verschmitzt lächelnd an. Sie fragte sich, warum der alte Mr. Garcia und der junge Antonio sie so gerne ansahen. Das gefiel ihnen so sehr, daß sie es sogar taten, wenn sie auf der Toilette saß. In der Wand war ein winziges Loch, das sie beide benutzten. Mary war fasziniert davon, daß die beiden sie offensichtlich selbst in so unappetitlichen, bedauernswerten Augenblicken so gerne ansahen. Eines Tages rief sie dann bei zwei aufeinanderfolgenden Toilettenbesuchen beiden ein fröhliches Hallo zu und nannte sie beim Namen. Da sahen sie sie nicht mehr an. Eine Weile zumindest. Aber dann wurden sie wieder freundlicher, und es schien ihnen auch wieder zu gefallen, sie anzusehen.

»Eh, Maria, *puta tonta – vente a cocina, eh!*« rief die geschäftige Mrs. Garcia, und Mary eilte rasch weiter.

Wenn sie sich dann durch die Pendeltür an ihren Platz schob, zuckte Alan in seinem Kabuff am Schreibtisch zusammen, und Russ lümmelte demonstrativ auf einem Stuhl neben dem Spülbecken.

»Morgen, Mary«, sagte Alan immer, lehnte sich zurück und schaute durch seine blassen Wimpern zu ihr auf. Dabei gab er den Worten exakt das gleiche Gewicht, als wären sie austauschbar, ein Geheimnis, das nur Alan und sie kannten.

»›La Lollo‹ wird sie genannt«, fing Russ dann in seiner typischen Art an. »Und nicht zu Unrecht. Gestern nacht hat sie mich richtig plattgelollt. ›Gina‹, hab ich immer wieder gesagt, ›nicht schon wieder. Laß gut sein, ja? Um drei soll ich drüben in der Park Lane sein. Bei der Dunaway, dem Miststück.‹ Aber sie hat nicht nachgegeben. Die doch nicht! Nein, Mary, faß mich nicht an! Noch nicht!«

Schlag acht erhob sich Russ von seinem Stuhl und betrat das Allerheiligste der Küche, wo Grill und Mikrowelle wild brutzelnd Angst und Schrecken verbreiteten. Der Kopf des alten Mr. Garcia erschien in der Durchreiche, und die ersten Bestellungen des Tages wurden hereingerufen. Mary schipperte die schlüpfrigen Teller von Russ' Theke hinüber auf Mr. Garcias Tablett und nahm die bekleckerten Rückkehrer mit zum Spülbecken. Mr. Garcia wälzte sich mit ernstem Gesicht durch den wachsenden Lärm im Café. Manchmal sagte er: »Mary, den Schinkentoast hierher«, oder: »Bitte das Steak mit Salat, Mary«, oder: »Das Dessert, Mary«, und Mary zupfte ihre Schürze zurecht, strich sich das Haar glatt und trat hinaus in den Lärm und das Licht des Gastzimmers, um ihm zu bringen, was er verlangte. Sie verbrachte fast den ganzen Tag am Spülbecken, um die weißen Teller von dem vielerlei Blut zu befreien, das die Speisen verloren hatten. Wenn der Frühstückstrubel am späten Vormittag nachließ, kam Russ von seinen Kochtöpfen herüber und half ihr beim Abtrocknen. Und nach der zweistündigen Abendessenshektik löste sich auch Alan von seinen Schreibblöcken, Büroklammern und Briefbeschwerern, um an ihrer Seite die Ärmel aufzukrempeln. Für Mary war das der Höhepunkt des Tages, wenn sie sich alle drei um ihr Spülbecken scharten. Gesellige Fliegen woben ihre Fischernetze in die Luft. »Verdammte Fliegen«, fluchte Ross immer, löste sich tänzelnd von der Spüle und fuchtelte wild in der Luft herum. »Wozu die gut sind, möcht ich wissen.« Mary, die einige von ihnen schon öfter gesehen hatte, störten die Fliegen nicht. Sie wußte, wozu Fliegen gut sind.

Wie bereitwillig hatte sich doch die Welt geöffnet, um ihr Platz zu bieten. Wirklich, das Wesentliche am Leben war seine unermeßliche Fülle: es hatte so viel zu bieten, und da war immer noch Platz für mehr. Die Mädchen aus dem hinfälligen Wohnheim, selbst die, die einen Job oder einen Freund hatten, litten heftig unter der Langeweile. Sie sagten, das Leben sei einfach langweilig, das Leben sei tot. Doch wirklich schrecklich war eigentlich genau das Gegenteil, nämlich wie der Verstand beim Gedanken daran, was das Leben alles enthielt, aus den Fugen geriet.

Und wenn es in der Gegenwart zu eng wurde, konnte man immer den Blick himmelwärts richten, in glücklichere Sphären. Dort herrschte eine abstrakte Vielfalt. Am Morgen, wenn sie zur Arbeit ging, sah der Himmel wie das Paradies aus. Am Abend, auf dem Rückweg ins Wohnheim, kam er ihr vor wie die Hölle. Am Morgen schwammen die weißen Geschöpfe wie Jachten und Galeonen mit geblähten Segeln durchs Blau oder nahmen, die Arme hinter dem Kopf verschränkt, in paradiesischer Ruhe und Freiheit ein selbstzufriedenes Sonnenbad. Später dann lösten sich, passend zum Bild vom Abend, vor der Feuerwand im Westen, der steilen roten Verwerfung ins Chaos der Nacht, ihre Konturen auf.

So war es an guten Tagen. An schlechten Tagen war Mary traurig und niedergeschlagen beim Gedanken daran, was sie möglicherweise alles getan hatte in ihrem Leben – und noch dazu kamen dann Wolken, und man konnte die weißen Geschöpfe gar nicht mehr sehen.

Gute Fee

10 Eines Morgens trug Mary ein Tablett mit reich gefüllten Tellern zu dem Quartett unglaublich alter Taxifahrer, die immer am Fenster neben der Tür saßen. Sie waren nett zu ihr, die alten Männer, wirklich nett; nicht schlecht, dachte Mary, wenn jemand nach vierzig Jahren eingeschlossener Wut noch nett ist. Außerdem schien ihr für sie zu sprechen, daß sie immer noch wie Männer aussahen. Frauen sahen in diesem Alter nicht mehr wie Frauen aus, sondern wie Männer: sie hatten ihre weibliche Ausstrahlung vollständig verloren. Vielleicht war das Leben für Frauen besonders hart, oder Mann zu sein war der natürlichere Zustand, zu dem die Frauen letztendlich zurückkehren mußten – so sehr sie auch dagegen ankämpften.

Es war ein guter Morgen. Es war Zahltag. Am Abend würde sie mit Russ und Alan ausgehen. Und etwas anderes freute sie noch mehr. Am Tag zuvor hatte sie es endlich fertiggebracht, die beiden zu fragen, ob sie irgendwelche Bücher hatten, die sie ihr zum Lesen ausleihen konnten. *»Bücher?«* erklang es verdutzt wie aus einem Mund, und Mary dachte, sie hätte einen Fehler gemacht. Den ganzen Nachmittag über brummelten sie in einem fort vor sich hin: »Bücher ... Bücher! ... *Bücher ...«* Doch heute morgen hatten sie dann Bücher angebracht, drei Stück jeder, und sagten, Mary könne sie behalten, solange sie wolle. Alan brachte ihr *Ein Leben ganz oben*, *Kon-Tiki* und *Management. Eine Einführung*. Russ hatte ihr *Sex im Kino*, *In Linda Lovelace* und *Britt* mitgebracht. Morgen war Sonntag, da konnte sie mit dem Lesen anfangen.

Als Mary wie immer einen Knicks andeutete und die Teller auf den Tisch gleiten ließ, hörte sie von hinten jemanden rufen.

»Hallo, Mary.«

Sie verharrte zögernd. Einer der Taxifahrer griff nach seinem Teller und sagte: »Der ist für mich, Mädel.« Mittlerweile wurde sie schon von vielen Leuten Mary genannt. Aber sie wußte, wer sie da begrüßt hatte.

»Noch nicht weit genug, Mary«, sagte er.

Sie drehte sich um. Es war Prince. Da saß er, den Stuhl gegen die Wand zurückgelehnt. Wieder fiel ihr auf, wie munter und beschwingt er wirkte, verglichen mit all den anderen hier, wie beherrscht, wie ausgeglichen, mit seiner Zeitung, der Tasse Kaffee, der Zigarette.

»Hallo. Was ist noch nicht weit genug?« sagte Mary.

»Bitte? Ich hab nichts gesagt«, entgegnete er.

»O doch. Sie haben gesagt, etwas ist noch nicht weit genug. Ich hab's genau gehört.«

»Du hast feine Ohren, nicht wahr, Mary?« sagte Prince voller Interesse.

»Was?« sagte Mary und errötete.

»Und bist ein bißchen naseweis.«

»Und Sie haben einen richtigen Quadratschädel.«

»Werd mir bloß nicht rotzig.«

»Was?« sagte Mary und strich sich mit der Hand über die Nase. Da hing tatsächlich ein kleines Tröpfchen.

»Du riskierst gern eine kesse Lippe, nicht wahr?«

»Was?«

»Hast ein loses Mundwerk.«

»... hm, das tut mir leid.«

»Fang nicht an zu heulen, Dickkopf.«

»Ich hab einen ganz *schmalen* Kopf«, sagte Mary.

Lachend sagte er: »O Mann, mit dir werd ich bestimmt noch viel Spaß haben.«

»Mary!« rief Mr. Garcia. »Den Eiertoast, hab ich gesagt!«

Mary wollte sofort loslaufen, doch Prince hielt sie am Handgelenk fest. Als Mr. Garcia ihn sah, sagte er rasch:

»Laß gut sein, Mary, ist schon in Ordnung.«

»Setz dich«, sagte Prince. »Mary, Mary Lamb – ein ulkiger Name.«

»Was wollen Sie von mir?«

»Wer du bist, das will ich vor allem rauskriegen. Wer bist du? Na sag schon. Bist du Amy Hide?«

»Ich weiß nicht«, sagte Mary.

»Das war mir eine, diese Amy.«

Mary senkte den Blick. »O Gott, ich hoffe, das ist nicht wahr.«

»Was die angestellt hat.«

»Ich, ich bitte um Vergebung.«

»Verzeihung?«

»Ja, genau.«

»Pardon?«

»*Ja.*«

Wieder lachte er. »Unfaßlich«, sagte er. »Aber jetzt mal im Ernst. Ich bin in einer ziemlich heiklen Lage. Und du auch. Wenn du offen zu mir bist, bin ich's auch zu dir. Laß uns mit offenen Karten spielen, okay?«

»Okay«, sagte Mary.

»Also. Manche Leute nehmen an, daß es mit Amy Hide ein schlimmes Ende genommen hat.«

»Und, ist es wahr?«

»Scheint so, ja, ziemlich schlimm. Aber sie hat es wohl darauf angelegt. Und doch – du lebst ja noch.«

»Wenn ich es bin.«

»Wenn du es bist.« Er zog einen Zettel aus der Innentasche seines Mantels. »Hier hab ich was für dich, eine Adresse. Vielleicht deine«, sagte er und stand auf. Aus seiner Nase quoll Zigarettenrauch, wie zwei gespenstische Stoßzähne. »Versuch's doch rauszufinden, Mary.«

Mary schaute auf den Zettel. Da stand Mr. und Mrs. Hide und wo sie wohnten.

»Ich melde mich wieder«, sagte er.

Mary sah ihm nach, als er hinaus auf die Straße ging. Ein schwarzes Auto kam angesaust, und er stieg ein. »Er weiß über mich Bescheid«, murmelte Mary, als sie in dem gedämpften Licht zwischen den dichtbesetzten Tischen hindurch zurück zur Küche ging.

»Also, was ich nicht ertrage, ist die Selbstverachtung am Morgen danach. Kann mich nicht mehr im Spiegel ansehen. Wieder nur *benutzt*. Ich mach's ihnen einfach zu leicht. Wenn's nur ein Filmstar ist – dann bin ich gleich hin und weg. Mach die Augen auf, und wen seh ich? Mia oder Lisa, Bo oder Elke, Nastassia, Sigourney, Imogen, Julie oder Tuesday, Cheryl oder Meryl. Ha! Die sind alle nicht hinter meinem Grips her – das weiß ich schon, keine Sorge! Na, du zum Beispiel, Mary ...«

»Hör auf, Russ!« ertönte Alans schleppende Stimme. In der letzten halben Stunde hatten sie beide nicht mehr viel gesagt.

»Nein, ehrlich. Im Ernst, Mary. Wenn du einen wie mich siehst, so einen Stier wie mich, mit engem T-Shirt und Jeans und allem Drum und Dran. Das sagt dir doch alles nur eins, was? S, E, X. Na sag schon, stimmt doch, oder?«

»Russ«, sagte Alan.

»Natürlich stimmt's! Kannst es ruhig zugeben. Schon okay, Schätzchen, auf dein Wohl.«

»Ja, Prost«, sagte Alan und hob das Glas.

»Weißt du, Mädchen«, sagte Russ, »du hast 'n bißchen Leben hier in den Laden gebracht, ehrlich. Deine Vorgängerin war potthäßlich. Eine richtige alte Schlampe.«

»Ne«, sagte Alan, »stimmt genau.«

»Ne«, sagte Russ, »ganz ehrlich.«

»Ne«, sagte Alan, »so ist es.«

»Eins noch. Ihre Stimme. Wie 'ne verdammte Prinzessin.«

»Echt wahr. Wie 'ne verdammte Königin.«

»Wie 'ne verdammte Kaiserin, echt wahr! Wirklich. Ich könnt ihr Tag und Nacht zuhören. Auf dein Wohl, gute Fee!«

Seht ihr, wollte sie sagen. Ich bin wirklich *gut*.

Mary sah sich in dem Pub um. Hier wurde zwar nicht ganz so heftig hin und her getauscht, aber der Raum war genauso voll und laut wie der andere an ihrem zweiten Tag, in dem sie mit Sharon, Jock und Trev gewesen war. Nur daß ihr heute alles bei weitem nicht mehr so laut und so bunt vorkam. Aber interessant war es schon noch, wirklich interessant: wie die Frau da von ihrer Zeitung aufschaute und den Blick mit einem matten Seufzer auf das bunte Fenster richtete, oder wie der Mann dort versuchte, den liebevollen Blick auf seinen Hund zu verbergen, der geduldig unter dem Tisch lag, die Schnauze auf die Pfoten gelegt. Doch, aber es reicht nicht, um meine Gedanken auszufüllen, nicht einmal hier, mit meinen Freunden, wo ich Geld ausgebe, das ich mit verkaufter Zeit verdient habe. Ich werde allmählich genau wie die Anderen. Ich bekomme Angst und lasse die Gegenwart verblassen.

Doch das mußte so kommen, Mary.

Das Leben besteht aus Angst. Manche Menschen essen dreimal täglich Angstsuppe. Und manche bekommen nie etwas anderes. Ich esse manchmal welche. Wenn mir Angstsuppe gebracht wird, rühre ich sie möglichst überhaupt nicht an, sondern lasse sie zurückgehen. Aber manchmal fehlt mir der Mut dazu, und dann muß ich sie essen.

Essen Sie keine Angstsuppe. Lassen Sie sie zurückgehen.

Manche Menschen haben Angst, andere dagegen haben Selbstvertrauen. Was haben Sie? Bestimmt kein Selbstvertrauen. Das weiß ich, weil im Grunde niemand Selbstvertrauen besitzt. Nicht einmal die selbstbewußtesten Menschen, die Sie kennen, haben Selbstvertrauen. Niemand hat welches. Dafür haben alle Angst. (Außer sie haben die dritte Sache, die man Wahnsinn nennt.)

Alle haben Angst, ein Geheimnis zu sein, das die Anderen eines Tages entdecken. Sie haben Angst, ein Witz zu sein, den die Anderen eines Tages *verstehen*.

Wissen Sie zum Beispiel, wovor der kleine Alan jetzt Angst hat? Er hat Angst, daß Russ und Mary gleich zusammen irgendwo hingehen und es wild miteinander treiben. Jawohl. Er sieht Mary ihren makellos weißen Schlüpfer abstreifen und dabei scheu über die Schulter blicken, während der mächtig bestückte Russ grinsend auf dem Bett lümmelt. Und Alan sieht sich, wie er, unklar von wo, das ganze Schauspiel wie gebannt verfolgt, schweigend, vollkommen kahl, wie ein Wesen aus der Zukunft. Russ wiederum hat Angst, Alan könnte Mary erzählen, daß er, Russ, weder lesen noch schreiben kann, oder Mary könnte durch einen Zufall dahinterkommen. (Russ hat noch eine heroische Schwäche: er will nicht glauben, daß sein Penis ungewöhnlich klein ist. Das ist ein Fehler; er sollte es akzeptieren, denn er ist wirklich ungewöhnlich klein.) Mary dagegen hat Angst vor der Adresse in ihrer Tasche. Sie hat Angst vor Prince und vor dem, was er weiß. Sie hat Angst, daß ihr Leben seinen Lauf schon genommen hat, daß das, was sie jetzt durchlebt, nur die Reflexion eines anderen Lebens ist, sein Spiegelbild, sein Schatten. Alles, was sie sieht, wirkt verschwommen, wie in Benzin gelegtes Glas, wie Gesichter durch ein Feuer, wie andere Menschen, die durch wechselndes Licht eilen – Bilder, bei denen wir das Gefühl haben, daß sie etwas enthüllen sollten, bald etwas enthüllen werden oder bereits etwas enthüllt haben, das uns entgangen ist und das wir nun nie mehr zu sehen bekommen.

• • •

»Zeit zu gehen«, sagte der Mann hinter der Theke, »bitte, Leute, es ist Zeit.«

Alan sprang schuldbewußt auf, knallte mit dem Knie gegen den Tisch und warf ein leeres Glas um. Russ' Versuch, es noch aufzufangen, sorgte nur dafür, daß es noch rascher am Boden landete. Doch es zerbrach nicht, sondern stieg auf zu einem neuem Leben auf der nassen Tischplatte.

»So, gehen wir, äh, wir bringen dich natürlich nach Hause«, sagte Alan rasch.

»Klar, wo wohnst du?« fragte Russ.

»Ganz in der Nähe. Zusammen mit ein paar Mädchen«, sagte Mary.

»Da komm ich nicht mit«, sagte Russ. »Ist mir zu riskant.«

Aber dann riskierte er es doch, und sie gingen alle zusammen hinaus in die von Rufen und Schatten erfüllte Nacht. Jedesmal, wenn eine Autotür zugeknallt wurde, ging ein Licht aus. Die Woche endete mit einem nervösen Seufzen und bereitete sich darauf vor, von vorne zu beginnen.

»Du legst ein Wort für mich ein bei ihnen, ja?« sagte Russ. »Erklärst ihnen ...«

»Wenn du willst«, sagte Mary. »Aber ich glaube nicht, daß du sie sehen wirst. Du darfst nicht mit reinkommen.«

»Ach, so ein Haus ist das«, sagte Alan. »Vermieterin auf der Treppe, keine Radios, keine Haustiere.«

»Und keine Filmstars«, sagte Russ. »Das ist das Hauptproblem.«

»Nein, ganz so ist es nicht«, sagte Mary.

Sie kamen zu dem Haus, in dem Mary wohnte. Auf den Stufen davor saßen zwei Mädchen und rauchten. Ein paar Sekunden lang schauten sie nur verdutzt, dann redeten sie weiter. Mary konnte die Worte vom Rauch ablesen, der in dünnen Schwaden aus ihrem Mund drang. Sie sprachen über nichts Besonderes. Durch die geöffnete Tür sah man den stumpfgrünen Flur und das sachte vor sich hin atmende Anschlagbrett.

Alans Kopf schwang zu ihr herum. »*Hier* wohnst du doch nicht, Mary?« sagte er in einem langgezogenen, flehenden Tonfall.

»Doch«, sagte Mary, »ich fürchte schon.«

»Wie bist du denn *hier* gelandet?« fragte Russ.

»Es gab nichts anderes.«

»Also, das geht nicht«, sagte Russ mit ernster Miene.

»Was ist denn mit dir passiert?« fragte Alan mit flehendem Blick. »Ich meine, hast du keine Familie oder sonst irgendwen?«

Mary brachte keine Antwort heraus. Sie wußte nicht, was sie sagen sollte. Jetzt tauchte Mrs. Pilkington mit dem Schlüsselbund in der Hand an der Tür auf. Die Mädchen standen auf, schnippten ihre Zigarettenkippen in die Luft und drehten sich dann mit gesenkten Köpfen um. Mary ging aufs Haus zu. Es gab nichts mehr zu sagen. Auf der Treppe wandte sie sich um und winkte. Die beiden sahen, die Hände in den Taschen, noch einen Augenblick zu ihr herüber, dann drehten sie sich ebenfalls um und gingen davon.

»Da wären wir«, sagte der Fahrer.

Was hat *der* wohl im Leben alles gemacht, dachte Mary, während sie aus dem hungrigen roten Bus stieg. Der Fahrer starrte ihr nach. Er atmete durch den Mund, war groß und dick und so rot wie der Bus, den er fuhr. Sie erwiderte sein Starren oder ließ es von sich abprallen, als wäre sie nur ein Spiegel für seinen Blick. Der Bus lag gehorsam da, atmete durch den Mund und wartete keuchend darauf, daß es weiterging. Dann schloß sich die Tür, und sie fuhren schnaubend und bebend davon.

Mary ging los. Links und rechts standen stoisch nüchterne graue, moosbefleckte Häuser mit vielen Fenstern, etwas von der Straße zurückgesetzt hinter schmalen Grasstreifen, auf denen Wassermaschinen die flüchtigen Regenbogen in der Luft wuschen. Im zähen Schatten hinter den Gartenmauern flogen bunte Schmetterlinge und dicke Bienen durch die träge Sommerluft ... Das alles sah Mary im Sonntagmorgenlicht. Noch vor kurzem hätte sie ihre Sinne schweifen, sie in der Fülle der Gegenwart spielen lassen, doch jetzt füllten wirre, zerrissene Gedanken ihren Kopf. Sie beherrschte den

Trick nicht mehr, selbst zu bestimmen, woran sie denken wollte; es schien, als wäre sie nicht mehr Herrin ihrer Gedanken.

Sie räusperte sich, strich ihre Bluse glatt, ließ die Handtasche ein paarmal auf- und zuschnappen, fragte andere Menschen nach dem Weg. Es waren nicht viele zu sehen – Männer mit Bündeln von Zeitungen, Frauen mit Kinderwagen, Kinder, alte Leute –, aber nach dem Weg zu fragen war eine brauchbare Methode, um an andere Orte zu gelangen. Wenn man sich Zeit nahm, klappte es immer.

Dann war sie in der richtigen Straße und zählte mit stürmischem Herzklopfen die Häuser ab. Plötzlich blieb sie stehen und hob die Hand vor den Mund: wieder stieg eine Erinnerung in ihr auf ... Bitte nicht jetzt, dachte sie, und erinnerte sich daran, wie sie als kleines Mädchen aus ihrem Zimmer hinüber in ein anderes gehen mußte, in dem andere Menschen waren. Sie zog ein rosa Kleid an, ein Kleid, das ihrer Haut behagte. Es hatte nicht das Pastellrosa von Kleinmädchenkleidern; es war zart, aber zugleich blutig, die Farbe von Zahnfleisch und noch intimeren Stellen. Sie hob es über den Kopf und blinzelte, als sein Schatten vor ihr herabsank. Dann strich sie es über den Hüften glatt, als hätte es die gleiche Farbe und Struktur wie ihre Seele. Rasch ließ sie den Blick durchs Zimmer gleiten – ihr Zimmer, das wieder nur für sie gemacht schien –, dann öffnete sie die Tür und ging den Flur entlang zu der anderen Tür mit den Stimmen und Blicken dahinter.

Wird sie aufgehen? dachte Mary, während sie, die Hände auf den Kopf gelegt, reglos auf der ruhigen Straße stand. Gleich werde ich es erfahren.

Wessen Baby?

11 Die Tür ging auf und gab den Blick frei auf eine Frau in Schwarz.

Mary wollte etwas sagen, konnte aber nicht.

»Um Gottes willen, Baby?« sagte die Frau mit Sorge oder Beunruhigung in der Stimme.

Marys Zähne klapperten. »Baby?« fragte sie.

Die Frau beugte sich vor und blinzelte verwirrt. »Oh, entschuldigen Sie bitte. Meine Güte!« Sie legte die Hand aufs Herz und trat einen Schritt zurück. »Wie dumm von mir. Kann ich Ihnen helfen?« fragte sie sachlich.

»Oh. Es tut mir leid, ich ...«

»Geht es Ihnen nicht gut? Sie sehen so ... hier, nehmen Sie mein ... *George!*«

Fünf Minuten später saß Mary in der sonnendurchfluteten Küche und trank eine Tasse Tee. Wie die Frau in Schwarz hielt auch Mary ihre Tasse mit beiden Händen. Sie dachte, ich bin eine Frau, also fasse ich eine heiße Tasse mit beiden Händen an. Aus irgendeinem Grund tun das alle Frauen. Warum? George nimmt nur eine Hand. Männer nehmen immer nur eine Hand, obwohl ihre bei weitem nicht so ruhig sind wie unsere. Vielleicht sind Frauenhände einfach kälter. Die Küche, der Flur, das Haus sagten ihr nichts, gar nichts.

»Es muß an der Hitze liegen«, sagte die Frau in Schwarz. »Ich hab Sie wohl erschreckt. George, ich dachte zuerst, sie wäre Baby. Einen Moment hätte ich schwören können, sie wäre Baby, die uns besuchen kommt. Sie sieht doch aus wie Baby, oder?«

»Eigentlich nicht«, gab George zurück.
»Entschuldigung – wessen Baby?« fragte Mary.
»Baby ist die Jüngste. Eigentlich heißt sie Lucinda, aber wir haben sie immer Baby genannt. Entschuldigung, wie war doch gleich Ihr Name?« fragte sie mit ihrer anderen, neutraleren Stimme.
»Mary Lamb. Ich bin gekommen, um nach Amy Hide zu fragen.«
Dieser Name hatte eine unmittelbare Wirkung – ein starker Name, durchzuckte es Mary, oh, ein mächtiger Name. Die Frau in Schwarz fixierte sie mit einer Mischung aus Überraschung und Wut, und George drehte sich weg, schien in der Mitte einzusacken, zog den Kopf dabei ein wenig ein. Manchmal überkam Mary derselbe Reflex, wenn sie daran dachte, was sie Mr. Botham angetan hatte.
»Je weniger Worte über sie fallen, desto besser«, sagte die Frau bestimmt. George grunzte zustimmend und griff nach seiner Pfeife.
Hastig sagte Mary, was sie sich vage vorgenommen hatte: »Es tut mir leid. Ich hab sie früher gekannt, ehe sie ... Ich weiß, es ist sehr traurig, was passiert ist.«
Dann tat die Frau etwas, von dem Mary bisher nur gelesen hatte. Sie lachte bitter. So also klingt bitteres Lachen, dachte Mary. Es war gar kein Lachen, stellte sie fest, es war ein Geräusch, mit dem man ein gemeinsames Gefühl der Abneigung heraufbeschwor.
»Traurig?« sagte die Frau. »Es ist nicht *traurig*. Nichts an diesem Mädchen war *traurig*.«
Mary war verzweifelt. »Aber für mich ist es traurig.«
»Oh, Entschuldigung – natürlich. Geht es Ihnen jetzt besser? Nehmen Sie doch noch einen Schluck«, sagte sie, stand auf und griff nach der Teekanne.

»Nein, vielen Dank«, sagte Mary.

»Es ist nur, wenn ich an all das Leid denke, das sie ihren armen Eltern zugefügt hat. Ganz bestimmt ist ihre Mutter an gebrochenem Herzen gestorben, wegen diesem Mädchen. Ooh, ich könnte ...«

»Marge«, sagte George.

Marge setzte sich unvermittelt wieder hin. Sie legte beide Hände vors Gesicht, spreizte die Finger entlang der zarten Linien auf ihrer Stirn. Mit Entsetzen sah Mary wunderschöne klare, eisige Tränen über ihre Wangen kullern.

»Marge«, sagte George.

»Ich – es tut mir leid. Ich hab mich gleich wieder gefangen.«

»Es tut mir leid«, sagte Mary. Allen tat es so leid.

»Ist das nicht merkwürdig? Noch immer kann sie uns so etwas antun.«

Auch Mary begann zu weinen. Sie spürte die Tränen über ihr Gesicht hinabrollen, schaffte es aber nicht, eine Hand zu heben und sie wegzuwischen.

»Mein Gott, jetzt fangen Sie auch noch an.«

George schlurfte zur Spüle und kam mit einer großen Papierrolle zurück. Er riß ein paar Blatt ab und verteilte sie. Eines behielt er für sich und schnaubte lautstark hinein. Dann, als sei es das Natürlichste von der Welt, lachten die drei leise, erschöpft und erleichtert.

Mary sagte: »Eines noch. Es tut mir leid, es tut mir so leid. Ich wollte Ihnen wirklich nicht weh tun ... Kann ich ihr Zimmer sehen, Amys Zimmer? Es würde mir viel bedeuten.«

Es könnte zumindest sein, dachte sie. Vielleicht.

Hintereinander gingen sie durch den Flur im ersten Stock. Hätte Mary Zeit gehabt, hätte sie sich gewundert, warum die Menschen so viel Raum brauchten – und so viele Dinge, um ihn auszufüllen. So viel Raum war frei zwischen den Dingen. Doch sie war benommen, ihre Nerven lagen bloß, sie wollte nur, daß die nächste Sache schnell passierte.

»Da wären wir«, sagte Marge.

Mary spürte eine erneute Hitzewelle in ihrem Kopf. Marge blieb zögernd stehen, und George trat dicht hinter Mary, brachte erdigen Geruch und das Geräusch seines schweren Atems mit sich.

»Natürlich ist jetzt alles anders«, sagte Marge und spielte mit dem weißen Türknauf. »Sie war, Amy war schon lange, lassen Sie mich überlegen, schon seit acht oder neun Jahren nicht mehr hier. Es ist jetzt ein Gästezimmer. Aber manches ist natürlich noch so geblieben.«

Die Tür ging auf, ließ sie ein und fiel wieder zu.

Das Zimmer musterte Mary von oben bis unten. Es war ein ganz normales Zimmer, und es musterte Mary mit spürbarem Mißtrauen von Kopf bis Fuß. Der mit einem weißen Tuch bedeckte Tisch, der sich am Fenster sonnte, hielt ihrem Blick sekundenlang stand, starrte dann nach unten und wurde wieder er selbst. Das schmale Bett kauerte in der Ecke, den Kopf in den Kissen versteckt. Die auf den Tapeten herumtollenden Kobolde und Gnome hatten früher sicher viel Nahrung für hartnäckige Alpträume geliefert, doch jetzt hatten sie Mary nichts mehr zu sagen. Der alte, langsam tickende Wecker auf der Kommode wollte sein Gesicht nicht zeigen, kehrte Mary verächtlich den Rücken zu, als warte er mit verschränkten Armen und ungeduldig klopfendem Fuß. Sie erhaschte im Spiegel ihren eigenen Blick, und der Spiegel sagte ihr unverblümt, daß er nicht wußte, ob sie hierhergehörte oder nicht, und daß die Seele, die der Raum einst beherbergt hatte, schon vor langer Zeit verschwunden oder gestorben war.

»Was ist das?« fragte Mary, um ihre Panik zu verbergen.

Fotos in Metallrahmen säumten den Kaminsims. Mary und Marge gingen hin und ließen gemeinsam den Blick darüberschweifen. Da standen Menschen in lockeren Gruppen und winkten. Da stand ein Hund im Sonnenschein, hechelte erwartungsvoll, vielleicht in der Hoffnung, die Kamera würde sich doch noch in Futter verwandeln. Und dort standen auch George und Marge, Wange an Wange, sahen aus, als seien sie einander ein Klotz am Bein. Dann war da noch eine größere, nicht ganz so steife Aufnahme von einem Mann, einer Frau und einem jungen Mädchen auf einem Feld vor einem Kriegshimmel. Der Mann war groß und kantig, mit glänzend grauem Haar, und sein schmales Gesicht schaute mit einem versonnenen Lächeln an der Kamera vorbei; die Frau dünn und dunkelhaarig, alt, doch noch immer eine Frau, noch immer mit dem weiblichen Glanz an den markanten Stellen ihres Gesichts – hatte mit dem Ausdruck sanfter Beharrlichkeit eine Hand auf seine Schulter gelegt; und zwischen ihnen, von ihren Konturen umrahmt, stand das junge Mädchen.

»*Das* ist Baby«, sagte Marge. »Ist allerdings schon ein paar Jahre her.«

»Ah ja, und die anderen?«

»Das sind der Professor«, sagte sie mit einem warmen Schlucken, »und Mrs. Hide.«

Mary drehte sich zu ihr um. »Sie sind gar nicht Mrs. Hide?«

»Wie bitte? Um Gottes willen, nein! Du liebe Güte. Wir sind nur, wir hüten nur das Haus, wenn der Professor unterwegs ist.«

»Ach so.«

»Mrs. Hide ...« Ihr Gesicht versteifte sich. Sie legte eine Hand auf ihre schwarz verhüllte Brust. »Ich trage nicht wegen *Amy* Schwarz«, sagte sie.

»Es tut mir leid.« Also hat sie ihr wirklich das Herz gebrochen, dachte Mary. Amy hat es zerbrochen.

Marge schaute wieder zum Kaminsims. Auf dem letzten Bild war ein junger Mann in interessanter Pose zu sehen; das Kinn auf die Handknöchel gestützt, starrte er sie aus geduldigen, ernsten Augen an.

»Das ist Michael«, sagte Marge mit belegter Stimme. »Der ist ja inzwischen berühmt. Als er davon erfuhr, hat er den Professor sofort angerufen. Was für ein aufmerksamer Junge.« Ihre Augen rutschten weg. »Keins von Amy«, fügte sie leise an.

Mary verbrachte den Rest dieses heißen Tages auf einer Bank im nahe gelegenen Park und sah den Familien beim Spielen zu. Sie breiteten Decken aus und hockten sich in Grüppchen darauf. Die Kinder tobten schreiend und schimpfend herum, verschütteten irgendwas und rannten weg. Früher oder später bekamen die meisten von ihnen eine Tracht Prügel, oft heftig und gemein. Auch die Aufpasser waren manchmal ziemlich unfreundlich zueinander, aber vielleicht hatten die Hitze und der Unwille sie einfach ausgelaugt. Und es gab sogar einige Familien, wo niemand Zeit für irgend jemand anders hatte, wo einfach keine Zeit da war. Doch als der Tag erstarb, das Licht aufgebraucht war, gingen die Familien zusammen nach Hause, meist paarweise, die Großen hielten die Kleinen an der Hand, und auch die Alten schlurften langsam hinterher.

Als sie am nächsten Tag zur Arbeit ging, schien alles anders.

Selbst die Fliegen mieden sie – selbst die Fliegen waren ihr auf die Schliche gekommen.

Russ arbeitete grimmig hinter seiner Theke. Als er ihr die Teller reichte, sah er ihr nicht in die Augen. Das machte es schwieriger. Mary ließ einen Teller fallen – und ein aufgescheuchtes Ei klatschte hilflos auf eine Woge aus Tomatenblut und zersplittertem Porzellan. Beim Aufwischen erhaschte sie in der Glasscheibe einen Blick auf Russ – ein rachsüchtiges Grinsen zerschnitt sein dicknasiges Gesicht. Selbst Alan hatte sie kühl begrüßt. Sie spürte seinen freundlich strahlenden Blick nicht mehr auf sich, und wenn sie sich nervös zu ihm herumdrehte, schaute er immer in die andere Richtung, schien insgeheim über sie und ihr Unglück zu kichern. Das ertrage ich nicht, dachte Mary. Das ist unerträglich. Was tut man, wenn man so etwas nicht ertragen kann?

Am späten Vormittag zitterte Mary in der verrauchten, gelben Küche noch immer allein über dem Abwasch. Auch ihre Gedanken durchwühlten spritzend das abscheuliche Spülwasser. Was hatten die beiden gegen sie? Sie überlegte, ob es am Wohnheim lag. War es so schlimm, dort zu wohnen? Kroch dieser Teil von ihr in alle anderen hinein? Oder es lag an den Büchern! Als sie am Abend zuvor ins Wohnheim zurückgekommen war, hatte Mrs. Pilkington vier der ausgeliehenen Büchern ohne weitere Erklärung konfisziert. Zwei waren ihr geblieben: *Britt* und *Management. Eine Einführung.* Mary wußte weder, wie ernst die Angelegenheit war, noch, was sie nun tun sollte. Dann kam ihr ein Gedanke, der ihren ganzen Körper schlagartig auf Hochtouren brachte. War es herausgekommen? Wußten jetzt alle über sie Bescheid? Es tut mir leid, es tut mir leid, es tut mir leid, sang sie stumm vor sich hin und arbeitete weiter. Die Fliegen umschwirrten sie noch immer, in immer größeren ängstlichen Kreisen. Oh, wie abscheulich muß ich jetzt sein, dachte sie. Wie abscheulich muß ich sein, wenn mich sogar die Fliegen meiden.

Gleich nach der Mittagspause klingelte es in Alans Kabuff. Sie hörte ihn ein paar Worte erstickten Dankes krächzen, spürte die Totenstille in der Küche. Sie drehte sich um und sah Russ erwartungsvoll zu Alan hinüberstarren, der mit einem verschämten Lächeln in der Tür stand.

»Alles in Ordnung«, sagte Alan. »Bei uns ist ein Zimmer frei, wenn du willst. Du brauchst nur deinen Teil der Nebenkosten zu zahlen, möbliert ist es auch. Du kannst sofort einziehen. Es ist eine Art Mansarde.«

»Eine *Mansarde*?« sagte Russ. »Ein Studio, Mensch, ein verdammtes *Penthouse* ist das!«

»Also«, sagte Alan, »willst du es?«

»O ja, bitte«, sagte Mary und fing an zu weinen, aus Erleichterung, aber auch, weil sie jetzt genau wußte, daß etwas nicht stimmte an ihrer Art, andere einzuschätzen.

»Ganz schön dicht am Wasser gebaut«, sagte Russ. »Alte Heulsuse.«

Dann kamen die beiden gleichzeitig auf sie zu. Doch Alan hielt kurz inne und mußte deshalb zuschauen, wie Russ Mary vertraulich in den Arm nahm.

»Jetzt hör aber auf, Mary«, tadelte er sie leise. »Mach

kein Drama draus. Ich halte immer ein paar Zimmer für meine Mädchen frei. Wenn mir ein neues begegnet – du zum Beispiel –, dann werf ich ein altes raus. Weißt du, wer diesmal an der Reihe war? Die Ekberg. War eh schon ein bißchen ausgepowert.«

»Technisch gesehen ist es eigentlich ein *Squat*«, mischte sich Alan mit zitternder Stimme wieder ein. »Aber ein organisierter.«

»Ach was, es ist wirklich schön da«, schnaufte Russ. »Komm schon, Mary. Bei uns geht es dir hundertmal besser.«

• • •

Wirklich? Glauben Sie das wirklich?

Squats sind leerstehende Häuser von Reichen, die von Armen besetzt und bewohnt werden, wenn die Reichen gerade nicht hinschauen. Manche sind Hippie-Höhlen, andere ganz nett – wenn man mit der schrecklichen Ungewißheit der Situation leben kann. Manche Squats sind praktisch legal. Dort wollen die Menschen ernsthaft miteinander leben.

Aber ständig passiert etwas, und niemand hat die Macht, es aufzuhalten. Unten wird, wie überall, über halbleere Milchflaschen, Putzpläne fürs Bad und Nebenkostenrechnungen gestritten; aber oben, durch ein anderes Fenster, sieht man vielleicht jemanden keuchend auf dem Bett liegen, erhitzt, sprühend, und in einer der nächsten Nächte ist das ganze Haus von Schreien erfüllt. Sie können die Dinge einfach nicht aufhalten, können sie nicht aussperren. Und es kann leicht ein schlimmes Ende nehmen mit ihnen, denn das geht schnell, wenn man an der Bruchlinie lebt.

Ich will Mary da raushaben. Ich will sie aus diesem

ganzen Risikobereich von Knästen und Kliniken und Armenspeisungen, von Wohnheimen und Besserungsanstalten und Häusern voller durchgedrehter Frauen raushaben. Ich will sie von all diesen Leuten, die im trüben fischen, weghaben. Auch mit Mary könnte es ein schlimmes Ende nehmen: das wäre möglich. Sie könnte zerbrechen. Ich sehe sie als ein Kristallglas, gegen das jemand zu fest mit dem Messer geschlagen hat; sie singt entlang ihrer Bruchlinie.

Ich gehe an der Bruchlinie entlang, oder ich sehe mich manchmal an ihr entlanggehen. An der Bruchlinie hört man, wie sich die Dinge zum Bersten bereit machen, der Boden, die Luftwände, der alles versiegelnde Himmel. Hier gehen auch andere Menschen, doch ich kann sie nicht sehen. Die Linien sind immer woanders, sie schneiden sich nie. Niemals schneiden sich Linien, nie zeichnen sich Gestalten ab, man ist ganz allein an der Bruchlinie.

Ich habe ihr Schlimmes angetan, ich weiß, ich gebe es zu. Aber sehen Sie nur, was sie mir angetan hat.

Sehen Sie nur, was sie *mir* angetan hat.

Arme Seele

12 An diesem Abend holten die beiden Mary aus dem Wohnheim und brachten sie in den Squat.
An diesem Abend lag eine grollende Stille über dem Wohnheim. Das war immer so, wenn jemandem etwas passiert war. Es kam oft vor, daß jemandem etwas passiert war, etwa jeden dritten Abend. Diesmal war es Trudy passiert. Sie hatte mit einem Mann gekämpft und verloren. Wie immer war es kein fairer Kampf gewesen. Der Mann hatte ihr die Nase gebrochen und zwei Schneidezähne ausgeschlagen, aber Trudy hatte es nicht geschafft, ihm auch etwas zu brechen. Während Mary ihre Tasche packte, lag Trudy in einem Turban aus Mullbinden auf dem Bett. Auch Trudy würde bald fortmüssen: bei der geringsten Schwierigkeit flogen die Mädchen raus. Trudy wußte nicht, wohin. Es schien eine sinnige Regel, die Mädchen bei der geringsten Schwierigkeit rauszuwerfen. Wenn sie keine Schwierigkeiten gekriegt hätten, wären sie sowieso nie hierhergekommen. Und sie schafften es nie, sich von Schwierigkeiten fernzuhalten, bis sie hier weggingen.
»Woanders ist es bestimmt besser«, sagte Mary.
»Ach ja? Woher willst du das wissen?«
»Schlimmer als hier geht's doch gar nicht, oder?«
Trudy gab keine Antwort.
»Ich hoffe, du schaffst es«, sagte Mary.
»Wirklich?«
»Ja, wirklich.«
»Okay«, sagte Trudy.

Vielleicht hätte Mary etwas anderes gesagt, aber daran, wie Trudy sie ansah, erkannte sie, daß sie schon auf der anderen Seite war.

Honey begleitete sie nach oben. Mary mußte sich von Mrs. Pilkington verabschieden und ihre neue Adresse hinterlassen. Russ und Alan drückten sich unbeholfen im Korridor herum. Sie fühlten sich nicht wohl hier – das war offensichtlich. Und Russ fühlte sich noch unwohler als Alan. Mary beeilte sich, so gut sie konnte.

»Also dann, viel Glück«, sagte Mrs. Pilkington düster. »Es ist noch nicht alles bezahlt, aber darum wird sich wohl dein nobler Freund kümmern.«

»Mein nobler Freund?« fragte Mary verwirrt.

»Der Mann, der deine Unterhaltskosten zahlt. Wir leben hier nicht von Luft und Liebe.«

»Und wer ist das?«

»Wie viele Männer hast du denn so, die für dich bezahlen? Mein Gott, ihr seid mir vielleicht welche … Er heißt – Moment, Mr. Prince. Na, ist der Groschen gefallen?«

Mary verabschiedete sich im Korridor von Honey. Honey sagte Russ, er habe schöne Augen, und Russ scheuchte sie spielerisch weg. Er nahm Marys Tasche.

»Du hast verdammtes Glück, Mary«, sagte Honey. »daß du bei so einem schönen starken Mann wohnen kannst.«

»Siehst du?« sagte Russ. »Siehst du? Na also!«

Mary freute sich darüber, daß Honey das gesagt hatte. So hatten sie – oder zumindest Russ – etwas, worüber sie auf dem Weg zum Squat reden konnten. Sie selbst störte sich nicht an der spannungslosen, schneeblinden Stille, die sich ziemlich oft ausbreitete, wenn sie mit Russ und Alan zusammen war, aber Russ und Alan schienen sich daran zu stören, besonders Alan. Manchmal ließ diese Stille Alans Hals mit Worten anschwellen, irgendwelchen Worten, und dann brauchte er einige verkrampfte Minuten, um sie zu einem Sinn zu zähmen. Mary fühlte sich wohler, wenn Alan sich einfach entspannte und sich wieder Sorgen um sein Haar machte und wenn auch Russ sich still weiter den Sorgen widmete, die ihn ständig zu plagen schienen.

»Es wird ein neues Leben für dich sein, Mädchen«, sagte Russ. »Hab mal drüber nachgedacht, und, naja – wenn du brav bist, darfst du vielleicht sogar mal am großen Oschi nuckeln.«

»*Russ*«, sagte Alan und rupfte an seinem Haar. »Nein«, krächzte er weiter, »es wird sicher nett, wenn du da bist.«

Und es war nett.

Der Squat war ein baufälliges Haus in einer Spielstraße, die als Sackgasse endete. Die Autos, die hier einen Parkplatz suchten, taten dies sehr zurückhaltend, sie wußten ganz genau, daß die gebieterisch herumschreienden Kinder die wahren Herren dieser Straße waren. Das Haus war mit lauter ganz normalen Menschen bevölkert – aber auch die ganz normalen Menschen sind sehr sonderbar, stecken voller Träume und Gemeinheiten, dachte Mary jedenfalls. Man brauchte nur hinzuhören: ließ man ihnen Zeit, erzählten sie einem alles. Im Souterrain wohnte Vera, die Künstlerin mit den vorstehenden Zähnen, eine junge Irin mit anmutigen Bewegungen, eine Schauspielerin, die kaum Gelegenheit zum Schauspielern bekam; sie wollte berühmt werden und viel Geld verdienen. Im nächsten Zimmer wohnte Charly, ein ständig blinzelnder alter

Australier, der stolz darauf war, daß er sich seiner sieben Jahre zurückliegenden Verurteilung wegen Unzucht mit Minderjährigen nicht schämte; er brüstete sich ständig, er werde nie wieder ein Kind belästigen, und hatte nur noch im Kopf, wie er sein Motorrad noch weiter aufmotzen konnte, das schon jetzt so schnell war, daß er sich kaum damit zu fahren traute. Und Russ wohnte auch dort unten.

Das Erdgeschoß wurde gemeinschaftlich genutzt, bis auf das große Wohnschlafzimmer, das Norman sich zugeteilt hatte – der dicke, blasse Norman mit den schlabberigen Jeans, der allgemein als der Kopf der Hausbesetzergemeinschaft angesehen wurde. Bislang war sein Leben ein ständiger Kampf mit seinem schwerwiegenden Gewichtsproblem (wie er es nannte) gewesen; er hatte das Probblem aber noch nicht gelöst, denn jede noch so geringe Abweichung von einer rigorosen Nulldiät ließ ihn sozusagen über Nacht eine Schicht zulegen, und er war bereits unglaublich fett. Im ersten Stock wohnte eine dreiköpfige Familie: der mürrische Alfred, ein gescheiterter Geschäftsmann aus den Midlands, der die ganze Stadt nach Chancen, ein Geschäft zu machen, durchforstete und nie welche fand; seine breitschultrige, aber kränkliche Frau Wendy, die den ganzen Tag im Morgenmantel herumlief, und ihr achtjähriger Sohn Jeremy, der zuviel Angst hatte, um viel davon zu erzählen, was er mochte oder wovor er sich fürchtete.

Alan wohnte im zweiten Stock, neben den beiden Schwarzen Ray und Paris, die sich ein Zimmer teilten. Die zwei gaben den größten Teil ihrer Einkünfte beim Pferde- oder Hunderennen auf der Battersea Funfair aus; zu Pferden oder Hunden hatten sie es damit noch nicht gebracht, zu Geld auch nicht. Beide träumten von einer Karriere als Profi-Fußballer (und versuchten ihre Fähigkeiten oft draußen auf der Straße zu perfektionieren), Ray wollte eines Tages für *Leyton Orient* spielen, und Paris setzte all seine Hoffnungen auf *Manchester United*. Sie waren beide dreißig und einander auch in manch anderer Hinsicht recht ähnlich.

Ganz oben unter dem Dach wohnte nur Mary.

Ihr Zimmer hatte eine Seele, die Spuren eines zarten Geistes, der es erfüllte. Doch der Geist war freundlich und schwebte beiseite, und das Zimmer nahm Mary auf. Sie hatte ein Bett, zwei Laken, drei Decken, ein vierfach unterteiltes Fenster, zwei Tische, einen hohen und einen niedrigen, eine Lampe, ein Waschbecken, zwei Wasserhähne, drei Regale, einen Schrank, zwei Kommoden, vier Wände, sechs Kleiderbügel und vierzehn sonnenbeschienene Bodendielen. Es war ein Traum. Mit dem Geld, das Mary mit ihrer verkauften Zeit verdiente (und mit einem Zuschuß, den Alan ihr aufdrängte: seine Zeit war wertvoller als ihre, aber das Geld, in dem sich das manifestierte, schien er nicht zu wollen), kaufte sie Seife, Schokolade, Cracker, etwas zu trinken, Papiertaschentücher und jede Menge Taschenbücher. Wenn sie von der Arbeit zurückkam, rannte sie sofort nach oben, mußte nachsehen, ob ihr Zimmer immer noch da war, immer noch so schön, immer noch ein Traum. Und später lag sie auf dem Bett und las bis tief in die Nacht.

Sie las *Die Schönen und die Guten, Die Großen und die Dünnen, Die Lebenden und die Toten, Die Schönen und die Verdammten*. Sie las *Das wahre Leben des Sebastian Knight, Ein flüchtiges Leben, Das Leben vor uns und andere Geschichten, Eine Art Leben* und *Wenn mein Leben voller Kirschen ist, was tu ich mit den Kernen?* Sie las *Träume der*

Toten, Stirb, Darling, stirb, Vom Anblick zum Tod, Der Tod des Iwan Iljitsch und andere Geschichten. Sie las *Labyrinthe, Skrupel, Amerika, Trauer, Verzweiflung, Nacht, Liebe* und *Leben.* Bald merkte sie, daß die Titel oft täuschten. Einige Bücher waren tot – sie waren leer, es steckte absolut nichts in ihnen. Aber andere lebten: sie breiteten sich aus und schienen alles zu enthalten, was es überhaupt gab, wie Orakel. Und wenn sie morgens etwas früher aufwachte, lagen sie noch immer offen auf dem Tisch und warteten im Bewußtsein ihrer Macht ruhig ab.

Eines konnten die Bücher allerdings nicht: sie konnten sie nicht wieder zum Träumen bringen oder ihren Schlaf anderswie bändigen.

Auch konnten sie nicht ganz erklären, wie man mit anderen zusammenlebte.

Die ganze Woche geisterten drei Dinge um sie herum – der Gedanke an Amy und was sie getan hatte, der Gedanke an Prince und was er vielleicht tun würde, und Alan. Alan war das dritte, was um sie herumgeisterte. Jeden Morgen, wenn sie ihr Zimmer verließ, stand der fahle Alan schon auf der Treppe. Er lungerte dort herum wie ein zielloses Phantom, dazu verdammt, immer auf der falschen Seite der Tür zum Leben zu warten. Man hätte meinen können, er habe die ganze Nacht dort gestanden, so heftig zitterte er. Sein »Guten Morgen, Mary« klang, als würde seine Stimme ohne ständige Übung völlig in die Brüche gehen. Er geisterte auf der Treppe herum, wartete auf Mary und rief dann nach unten, weckte den schlafenden Russ, dem ein paar Minuten länger im Bett wichtiger waren als das hastige Frühstück, das Alan und Mary immer zusammen mit Charlie, Alfred, Vera, Jeremy und Paris aßen.

Bei der Arbeit geisterte Alan mit den Augen um sie herum. Er sandte seine Blicke aus dem kleinen Kabuff hinaus an die Spüle, um sie zu bewachen, und Mary spürte, wie sie über ihren Rücken glitten. Nach Arbeitsschluß geisterte er vor der Garderobe herum, und den ganzen Abend spürte sie sein Kraftfeld: im Gemeinschaftszimmer vor dem Fernseher und sogar wenn sie sich in den kleinen Garten zurückzog, den jeder gern benutzen durfte, solange er vorsichtig mit dem Gemüse, dem Unkraut und den Brennesseln der anderen umging. Und auch spätabends, wenn Mary ihre eigenen, letzten Stufen hinaufging, geisterte er noch als letzter herum und sagte: »Gute Nacht, Mary« oder »Schlaf gut« oder »Träum schön«, wie um einen Tag vergeblichen, aber ehrenvollen Bemühens um eine Sache zu besiegeln, die jetzt bis zum Morgengrauen warten mußte, wo er dann wieder auf der Treppe stehen würde. Ach, du arme Seele, dachte Mary.

Nie tat oder sagte er etwas. Russ war derjenige, der immer etwas tat oder sagte. Auch der alte Mr. Garcia stellte sein Wohlgefallen an ihr offener zur Schau als Alan – und selbst der träge Antonio bot ihr seine schläfrige Zuneigung nachdrücklich dar. Doch Alan tat nichts. Russ kniff sie schmerzhaft in den Hintern, kraulte sie unterm Kinn, küßte ihren Hals, leckte ihr in den Ohren und redete so wirr wie besessen über die hochfliegenden Pläne, die er mit ihr hatte oder sie mit ihm.

»Ich weiß nicht, wann ich dich einschieben kann, Mädchen«, sagte er dann, »aber *es könnte schon bald sein*. Hab mir zum Prinzip gemacht, am ersten Abend nicht gleich aufs Ganze zu gehen. Aber du kennst mich ja. Ein paar Scotch, und schon bin ich hinüber – und du kannst mich um den kleinen Finger wickeln!«

»Russ«, sagte Alan dann, aber sonst sagte Alan nichts.

Mary verstand das nicht. Vielleicht war das alles auch nicht so wichtig. Sie hoffte nur, daß es ihm nicht schlechtging, daß er nichts zerbrechen würde.

Am frühen Freitag abend wurde Mary unheilverkündend in Normans Zimmer beordert, um am Münzfernsprecher einen Anruf entgegenzunehmen. Norman deutete mit einer derart schwungvollen Bewegung auf den Apparat, daß er fast vornüberkippte, watschelte dann aus dem Zimmer und zog die Tür hinter sich zu. Mary hatte schon öfter anderen beim Telefonieren zugesehen und war zuversichtlich, daß sie damit zurechtkommen würde. Die krumme, glänzende Hantel war schwerer, als sie erwartet hatte. Doch den Anruf hatte sie erwartet: sie wußte, wer dran war.

»Ja?« sagte Mary.

Eine ferne Stimme fing an zu sprechen. Ganz offensichtlich war das Telefon als Kommunikationsmittel bei weitem nicht so effizient, wie es die Leute einen glauben machten. Zum Beispiel konnte man die andere Person kaum verstehen, und die andere Person konnte einen auch kaum hören.

»Ich verstehe nicht. Was?« sagte Mary.

Dann hörte sie, in ärgerlichem Tonfall: »*Ich sagte: Halt ihn andersrum!*«

Mary wurde rot und tat wie geheißen.

»Gott, du bist wirklich eine Frau von Welt«, sagte Prince.

»Es tut mir leid«, sagte Mary.

»Ach, vergiß es. Oder besser: vergiß es lieber nicht. Merk dir's gut. Mein Gott.«

»Woher wissen Sie, wo ich wohne?«

»Das gehört zu den Dingen, die ich weiß. Hör mal, Mary – bist du dort gewesen?«

»Ja. Ich bin dort gewesen.«

»Und? Einen Treffer gelandet?«

»Ja, ich hab Leute getroffen.«

»Nein, ich meine: hat es dich zurückgebracht?«

»Nein. Ich bin noch hier. Da war alles anders.«

»Wie bitte? Nein, ich meine, ob du etwas erreicht hast!«

»Doch, ich hab jetzt dieses schöne Zimmer.«

»Herrgott.« Sie hörte, wie er ein schnaubendes Lachen unterdrückte. »Muß wohl besser auf meine Wortwahl achten. Hast du dich *an etwas erinnert*, Mary?«

»Nur an das Kleid.«

»An was für ein Kleid?«

»Nein. Ich hab mich an nichts erinnert.«

Er schwieg einen Augenblick. »Verdammt«, sagte er dann. »Zum Teufel. Hör mal, wie wär's, wenn wir morgen abend zusammen in die Stadt gingen?«

»Ich weiß nicht, wie das wäre.«

»Na gut. Mary, möchtest du morgen abend mit mir in die Stadt gehen?«

»Nein, das möchte ich nicht.«

»Also, Mary, interessant bist du schon. Das muß ich dir lassen, interessant bist du schon. Aber ich fürchte, ich muß darauf bestehen. Morgen abend. Ich hol dich von der Arbeit ab.«

»Was wollen Sie von mir?«

»Ich will dir nur ein paar Dinge zeigen, mehr nicht.«

»Was für Dinge?«

»Das siehst du dann schon. Bis dann, Mary.«

»Bis dann.«

Sie setzte sich neben Alan auf die Treppe vor der

Haustür. Sie schauten den Kindern beim Spielen zu, zumindest Mary. Alan war wohl so sehr mit Zittern und Haareausrupfen beschäftigt, daß er keine Aufmerksamkeit mehr übrig hatte, dachte Mary bei sich. Die kleinen Jungen sausten in Mustern, die von ihrer Energie festgelegt wurden, die Straße hinauf und hinunter, die Mädchen thronten auf den Gartenmäuerchen und sahen ihnen zu. Immer wieder schlich sich Grausamkeit ins Spiel der Jungs und wurde auch von den Mädchen willkommen geheißen. Einmal hatte Mary beobachtet, wie einer dieser hartgesottenen jungen Kämpfer den kleinen, stotternden Jeremy an einem Auto festnagelte; der arme, leichenblasse Jeremy lächelte kläglich, als der Junge ihn festhielt, sich beifallheischend nach den Mädchen umdrehte und auf ein Zeichen von ihnen wartete.

»Mary?« sagte Alan, als sein Zittern etwas nachgelassen hatte.

»Ja?« Mary drehte sich zu ihm um. Es tat ihr leid, daß sie Alan all das antat. Sie wußte, diesen trübseligen Gesichtsausdruck, die rastlosen Hände, das Jeremy-Lächeln hatte er ihr zu verdanken. Sie hatte ihm ihr Zimmer zu verdanken, und er ihr all das. Sie hatte ihm deutlich gemacht, daß in ihm ein Chaos herrschte, das sie auch nicht verstand. Es war nicht recht, und es tat ihr leid.

»Wer war das am Telefon?«

»Och, nur ein Bekannter.«

»Ah.« Alan nahm die Antwort entgegen wie einen sanften, aber präzise gezielten Tadel, der noch dazu mehr als gerechtfertigt war.

»Mary?«

»Ja?«

»Was machst du am liebsten am Abend?«

»In meinem Zimmer lesen.«
»Ah. Der war gut«, sagte Alan. Seine nervöse Hand krümmte sich plötzlich vor dem Mund zusammen, als sein Lachen ohne Vorwarnung in Husten umschlug.
»Nein, ich meine, am Wochenende, Weggehen und so.«
»Oh«, sagte Mary vorsichtig.
»Ich dachte nur. Sag ruhig nein, wenn du keine Lust hast oder so. Aber ich dachte, ob du vielleicht Lust hättest, mit mir auszugehen. Morgen. Abends.«
»Morgen treffe ich mich mit einem Bekannten«, sagte Mary.
Alan schob die Unterlippe zwischen die Zähne, zog die Augenbrauen hoch und nickte zwölfmal.
In diesem Moment kam Russ die Kellertreppe hochgejoggt. Als er Mary sah, erstarrte er, als hätte er sie noch nie gesehen. Tastend streckte er einen Zeigefinger vor und hob ihr Kinn an. Er küßte sie, preßte seinen Mund direkt auf ihren, so daß seine Lippen ihre Zähne kitzelten. Mary dachte, wenn Russ das mochte, dann war es sicher angenehm und beruhigend, deshalb machte sie den Mund weiter auf und legte einen Arm um seinen Hinterkopf, um sich abzustützen. Das ging eine ganze Weile so. Dann zog Russ mit einem plötzlichen Plopp seine Lippen zurück, musterte sie einige Sekunden lang abschätzend, schüttelte bedauernd-streng den Kopf und joggte an ihr vorbei die Treppe hinauf. Mit einem kläglichen Wimmern rupfte Alan sich eine Handvoll Haare aus dem Haupt und stand auf. Dann rannte er los, die Straße hinab, so schnell, daß selbst die herumtollenden Jungs innehielten und atemlos sein irres Tempo verfolgten.

• • •

O Mann. Ist es Ihnen schon mal so schlimm ergangen wie Alan am nächsten Tag? Kennen Sie diese Art von Schmerz? Ein wirklich schlimmer Schmerz, der ganz oben in der Hitliste rangiert. Diese Art Schmerz ist heutzutage nicht mehr so in, und manche Menschen tun so, als spürten sie ihn nicht. Aber fallen Sie nicht darauf herein! Das Problem beim Schmerz ist, daß er weh tut. Und wie. Au. *Au!* Schmerz tut weh. *Schmerz tut weh.* Wenn Liebe das Stärkste ist, was man empfinden kann, dann ist das hier das Schlimmste. Aber genau das kann passieren, wenn man sich in einen anderen Menschen verliebt hat.

O Mann, was geht es Alan heute schlecht. O Mann, was sieht er heute übel aus. Wer liebt und zurückgeliebt werden will, hört die Folge der eigenen Schritte, hört das Pfeifen des eigenen Atems. Unsichtbare Augen, die einen permanent beobachten: selbst in der Nacht wacht etwas über die Konturen des Schlafs. Jeder einzelne Gedanke quält.

Doch dann kracht das Scheitern herab, und man spürt sein Gewicht. Man sieht den nackten Fakten der eigenen Häßlichkeit ins Gesicht. Das macht der fahle Alan im Moment durch, eingezwängt in sein winziges Kabuff. Es ist die reine Hölle. Jede Handbewegung, jedes erstickte Husten, jedes ausgefallene Haar strahlt seine Häßlichkeit aus – und er *ist* häßlich, wirklich, denn Liebe macht häßlich, wenn das Gewicht des Scheiterns herunterkracht.

Jetzt machen auch seine Ohren bei diesem schrecklichen Spiel mit: sie haben Halluzinationen. Das hat Alan noch gefehlt. Es war auch so schon schlimm genug. Und er wagt nicht, sich umzudrehen, zu schauen, ob wahr ist, was er da hört. Das sanfte Plätschern im Spülwasser wird zum Kuß zwischen Mary und Russ; das Reiben des Geschirrtuchs wird zu seiner Hand, die an ihrem Kleid entlangfährt; jeder Moment der Stille wird zum freudig geteilten Glück der beiden, die da vom Licht bewacht zusammenstehen mit all ihren Geheimnissen. Die ganze Welt labt sich an ihr, und sie ist begeistert. Alans Gedanken irren wild umher, sein Körper ist in Aufruhr, ein einziger Tumult. Jeder Atemzug ist Feuer. O Mann, was muß er leiden. O Mann, was geht es ihm schlecht. O Mann, was schmerzt das Leid der Liebe, wenn das Gewicht des Scheiterns herunterkracht.

• • •

Mary spürte Alans Radioaktivität knistern, sein zerstörtes Kraftfeld, wie der Nachthimmel nach dem Tod eines Königs, voller Blitze und hysterisch flackernder Meteoriten. Doch sie konnte es nicht verstehen, konnte dieses Chaos nicht begreifen. Ihr Instinkt war einfach, geradlinig: helfen, freundlich sein. Doch jedes Wort, jede Geste, die sie ihm anbot, wurde durch die neue Macht, die sie besaß, unverzüglich zerstört. Was für eine Macht war das? Es war die Macht, andere sich schlecht fühlen zu lassen. Marys Lächeln war kein Lächeln mehr, jedenfalls nicht für Alan.

Vielleicht konnte man anderen in solchen Situationen auch gar nicht helfen. Ob es half, darüber zu reden? Russ redete darüber.

»Was zum Teufel ist heut nur mit dir los?« fragte er Alan angewidert, als die drei in der Nachmittagspause hastig etwas aßen. »Guck dir diese Hände an! Guck sie dir an!« Russ lehnte sich zurück und legte den Arm um Marys Schultern. »Wichsgriffel sind das, mein Schatz! Weißt du, was der hat? Wichserseuche hat der! Ekelhaft!

Guck ihn dir an. Mensch, mach mal 'n bißchen langsam mit dem Wichsen. Mein Gott, Al, steck's dran oder verpiß dich. So einen wie dich brauchen wir hier nicht.«

Das half nicht. Das half kein bißchen.

Um sieben Uhr marschierten sie durch das leere Café. Russ verschwand kurz in der Toilette – und zum ersten Mal an diesem Tag waren Mary und Alan allein. Ohne viel Zeit zu verlieren, nahm Mary Alans Hand und drückte sie. Er wandte sich ihr zu, hatte die Augen vor Schmerzen geschlossen. Das war falsch, dachte sie, aber ich mache trotzdem weiter. Sie lehnte sich an ihn und sagte, so bedeutungsvoll sie konnte:

»*Ja.*«

Seine Augen öffneten sich. Doch dann sahen sie beide den schwarzen Wagen vorfahren und Prince aussteigen; er lehnte sich mit der Schulter gegen die Tür, neigte den Kopf zur Seite und lächelte still.

Unsicher gingen sie auf die Tür zu, und dann kam auch Russ angetrottet. Auf der Straße zögerte Mary kurz, wußte aber, sie hatte keine Wahl.

»Wer ist denn *der* Typ?« sagte Russ, während Mary davonging.

»Komm schon, Russ«, sagte Alan.

Russ starrte noch einen Augenblick zu den beiden hinüber, doch dann lief er eilig seinem Freund nach.

Live Action

13 »Da, schau«, sagte Prince, als Mary auf ihn zukam. Er drehte sich um, streckte den Arm aus und deutete mit dem Finger auf die andere Straßenseite. Dann legte er die Unterarme auf das Autodach und schielte schläfrig nach seiner Armbanduhr. Mary kam näher und schaute hinüber.

Durch eine halboffene Tür kam ein Mann auf den Bürgersteig getorkelt. Er spannte sich an, wollte losstürzen, doch noch ehe er sich für eine Richtung entschieden hatte, kam ihm eine halbbekleidete Frau hinterher, setzte eher einem Tier als einem Menschen gleich zum Sprung auf seinen Rücken an, warf sich auf ihn und schien ihn niederzureiten. Als er sie abschüttelte, zerriß sein Jackett hörbar in ihren Händen. Beide schrien, die Frau ohne Unterbrechung und eine Oktave höher. Der Mann drängte sie zur Tür zurück, aus der jetzt eine zweite Frau auftauchte, die Arme ausstreckte und – Unterstützung oder Verrat – die erste an der Schulter festhielt, bis der Mann sich losgerissen hatte. Er rannte davon, schaute noch zweimal zurück. Die beiden Frauen umarmten sich jetzt, obwohl die eine immer noch schrie. Es war eine Art gieriger Urlaut, der wie von selbst immer lauter wurde; sie konnten ihn noch hören, als die beiden Frauen wieder hineingegangen waren und die Tür hinter sich zugeworfen hatten.

»Merkwürdige Dinge«, sagte Prince leichthin. »Hier kann man merkwürdige Dinge sehen, wenn man genau hinschaut. Wirklich merkwürdige Dinge. Komm weiter.«

Er öffnete die Tür und sah zu, wie Mary ins Auto stieg – sie tat es ungeschickt, die Füße voraus.

»Gib auf deine Hände acht«, sagte er.

Die Tür schlug mit einem Luftschwall zu, und der Schatten von Prince lief hinter ihr um den Wagen herum. Dann rutschte er neben sie und drehte den Schlüssel im Zündschloß. Mary sah aus dem Fenster; das Café wich zurück, wandte sein dunkles Gesicht ab. Das Fahrzeug senkte den Kopf und fing an, Entfernung aufzusaugen. Rasch erklommen sie die Betonbalken, die die Stadt verwoben, und das Auto drängte mit aller Kraft nach vorn, an die Spitze der Herde.

»Natürlich. Du warst ja noch nie in einem Auto, oder?«

»Irgendwann bestimmt schon mal«, sagte Mary zur Windschutzscheibe. Unvermittelt drehte sie sich um.

Prince lächelte hinaus auf die Straße, die sich vor ihnen abspulte. »Ich hab viel Zeit für dich, Mary«, sagte er. »Das hab ich dir schon gesagt. Sehr viel Zeit.«

In dieser Nacht überfrachtete das Leben Mary beinahe. Nie hätte sie so unendlich tiefe Kluften und schreckliche Energien in der Stadt vermutet, soviel Mobiliar, Maschinen, Macht und Überfluß. Und was Prince anging, gab es jetzt keinen Zweifel mehr. Er wußte über sie Bescheid. Er wußte alles von ihr.

»Da, schau«, sagte er in der Bar im vierundvierzigsten Stock. Mary drehte sich um und sah eine rothaarige junge Frau in einem rosa Kleid, die im Arm eines dikken Mannes mit einem blinden Auge hing und ihn anlachte. »Fünfzig Pfund hat er einer Agentur bezahlt, damit sie heute abend mit ihm hierherkommt. Sie bekommt fünf davon, vielleicht weniger. Fünf Pfund, um mit dicken Männern auszugehen. Später werden sie einen Handel abschließen. Er wird ihr hundert Pfund geben, vielleicht hundertfünfzig. Sie wird vier oder fünf Stunden von ihrer Zeit in seinem Hotel verbringen und dann nach Hause zu ihren Kindern und ihrem Mann gehen, der nichts dagegen hat, der es sich nicht leisten kann, etwas dagegen zu haben.«

»Da, schau«, sagte er im Verlies unter der Straße. Er hatte unter einer Brücke angehalten und mit einem seiner Schlüssel eine Tür im Boden geöffnet. Er hatte Dutzende von Schlüsseln an seinem Ring, Schlüssel für alle möglichen Dinge vielleicht – oder auch nur Gefängnisschlüssel. »Hier verlaufen die Lebensadern der Stadt. Hier sind die Kupfervenen, die alles am Laufen halten – Wasser, Strom, Gas.«

»Da, schau«, sagte er im chaotischen Schlafsaal eines bewachten Gebäudes neben dem Flughafen, wo hoch droben die schwarzen Rümpfe der Flugzeuge, deren Scheinwerfer mit der dunklen Luft verkabelt waren, Klagelaute ausstießen. Mary drehte sich um und sah eine gelbgesichtige Frau mit ein paar Wischmops und einem schreienden Baby im Arm von Bett zu Bett gehen. »Die Putzfrau kneift den Kleinen, damit er lauter schreit und sie mehr Geld bekommt. Aber sie kneift ihn auch, um ihn für seine Sünden in früheren Leben zu bestrafen. Er muß schon ein ganz schlimmer Junge gewesen sein, daß er jetzt als Sohn einer Putzfrau auf die Welt gekommen ist. Immer vorausgesetzt, es gibt ein Leben nach dem Tod.«

»Da, schau«, sagte Prince. Mary schaute durch die Windschutzscheibe und konnte nicht glauben, was sie da sah. Mitten auf der dunklen Straße stand splitternackt ein Mann, der weinte – und Geld verbrannte. Er hatte ein Feuerzeug und ein Bündel Banknoten. Andere Leute standen um ihn herum. »Also der sieht doch eigentlich stinknormal aus. Aber was heißt das schon? O Mann ... was hat dich dazu getrieben? Wer hat dich auf die Idee gebracht? Na, komm schon – hau ab! Mach doch! Hau ab, Junge!«

Sie aßen in einem höhlenähnlichen Restaurant, das sich über einen ganzen Straßenzug des schwärenden Chinatown erstreckte. Tausende Chinesen aßen mit ihnen. Bis dahin hatte Mary immer gedacht, Menschen aus Schweden oder Sri Lanka seien nicht bemerkenswerter als Menschen mit langen Beinen oder kurzem Haar, mit Glück oder ohne. Jetzt merkte sie, daß es wichtig war, woher man kam, nicht nur für einen selbst, sondern für das größere Gleichgewicht. Andere Völker ... dumpf schimmernde, tellergesichtige Kobolde ... Prince hantierte recht geschickt mit seinen Stricknadeln und dem süßlichen Essen. Mary war zu vollgestopft, brachte nichts hinunter, obwohl sie den Tag über kaum gegessen hatte. Nicht nur das Essen stopft einen voll. Manchmal ist die Gegenwart schon mehr als genug; manchmal ist die Gegenwart mehr, als man hinunterbringt. Sie trank ihren Tee und versuchte, sich zu sammeln.

»Können wir anfangen?« fragte er.

Mary nickte.

»Was weißt du von Amy Hide?«

»Genug. Das Foto hat gereicht.«

»Wir wissen auch ein bißchen was. Wir wissen, was für Dinge sie getan hat, mit was für Menschen sie zusammen war. Eines Nachts ist sie zu weit gegangen. Da ist etwas passiert. Wir wissen nicht genau, was. Du weißt, was Mord ist, nicht wahr?«

»Ich glaube schon, ja.«

»Normalerweise haben wir eine Leiche und müssen den Mörder suchen. Bei Amy Hide haben wir einen Mörder und müssen die Leiche suchen. Wir finden sie aber nicht. Wir haben ein Geständnis, einen Mann in einer Zelle, der sagt, was er getan hat und warum. Aber wir haben keine Leiche. Wo ist Amy Hide? Dann tauchst du plötzlich auf. Zeig mir deine Zähne.«

Mary sperrte den Mund auf. Ihr war, als täte es jemand anders für sie.

»Mhm, schöne Zähne. Hilft uns leider nicht weiter. Amy Hide scheint da keine Probleme gehabt zu haben – jedenfalls haben wir keine Unterlagen dazu. Auch sonst von keinem Arzt. Wir wissen nicht, wo wir anfangen sollen.«

»Ist es ein Verbrechen, ermordet zu werden?« fragte Mary.

»Wie bitte?« Mary dachte, nichts könne Prince überraschen; doch das hatte ihn überrascht. »Was meinst du damit?«

»Ich will es einfach wissen. *Ist* es ein Verbrechen? Kann man dafür bestraft werden?«

»Naja, es ist eine merkwürdige Art, das Gesetz zu brechen. Weißt du, es ist so ...« Er zögerte und wischte sich mit der Hand über die Stirn. »Nein. Das brauchst du jetzt noch nicht zu wissen. Das kommt später.«

»Was?«

»Das siehst du dann.« Jetzt war er wieder ruhiger, und das belustigte Lächeln kehrte auf seine Lippen zurück.

Mary fragte: »Was bekommt man, wenn man das Gesetz bricht?«

»Viel Zeit im Knast«, sagte er.

»Und was bekommt man, wenn man jemanden ermordet?«
»Lebenslänglich.«
»Wie ist das?«
»Tödlich.«
»Wirklich?«
»Zum Teufel«, lachte er. »Leg's bloß nicht drauf an. He, Mary.«
»Was?«
»Bist du gut oder böse?«
»... Ich bin *gut*. Ganz bestimmt.«
»... ganz bestimmt?«
Sie zwang ihre Augen, ihn mit all ihrem Glanz zu attackieren. Sie sagte: »Ist es Ihnen schon mal passiert, daß Sie im Traum etwas Schreckliches getan und dann beim Aufwachen noch geglaubt haben, es sei wahr?«
»O ja«, sagte er.
»Das Gefühl habe ich dauernd. Die ganze Zeit.«
»Arme Mary«, sagte er, »arme Seele. Komm jetzt. Ich fürchte, eines muß ich dir heute abend noch zeigen.«

Sie fuhren schweigend weiter. Prince war jetzt nicht mehr gesprächig und konzentrierte sich betont aufs Autofahren. Mary verfolgte aufmerksam, welchen Weg sie fuhren. Da war wieder der Fluß, chaotisch und aufgewühlt im Mondlicht, die rauchige Schnauze einer noch um diese Stunde rumpelnden Fabrik, Lagergebäude, die zu beiden Seiten des Weges gemächlich an ihnen vorbeimarschierten und ihnen über die Schulter nachschielten, ein Flecken schwarzes Gras, in dem ein ovaler Teich glitzerte. Dann verlosch die Straßenbeleuchtung, und sie konnte nur noch die rauchigen Lichtbalken sehen, die das schwarze Auto vorauswarf.

Sie stiegen aus und gingen zu Fuß weiter. Mary spürte die voluminöse Präsenz nahen Wassers. War das ein anderer Fluß, oder hatte sich der Fluß, den sie und Sharon überquert hatten, heimlich um eine Kurve geschlängelt, um sie hier wieder abzufangen? In der feuchten Luft hing fauliger Gemüsegeruch. Wasser tröpfelte melodisch vor sich hin. Sie bemerkte, daß dunkle Gesichter mit weißen Augen wie Masken sie aus dunstverhangenen Türen beobachteten. Abgemagerte, zerlumpte Hunde – eine Art unlängst beförderte Ratten – hoben den Blick von dem zerrissenen Müllbeutel, aus dem sie gerade fraßen, und bellten matt. Die Hunde wirkten, als sei ihnen der plötzliche Aufstieg in der Hierarchie des Lebens peinlich, als wünschten sie, sie hätten sich im Reich der Nager nicht gar so sehr hervorgetan und dürften wieder ganz normale Ratten werden. Einer kam herangehumpelt, schnüffelte an Marys Füßen und tapste wieder weg.

»Der Hund hat gar nicht mit dem Schwanz gewedelt«, sagte Mary.

»Wahrscheinlich aus Angst, er fällt ihm ab«, entgegnete Prince.

Ein großer Vogel flatterte über sie hinweg, und sie hörten das flappende Geräusch seiner Flügel in der feuchten Luft. Mary dachte an das Foto eines amerikanischen Seeadlers, das sie einmal gesehen hatte, an seine orientalischen Hosen, die alten, wissenden Augen und ihr Vertrauen in die Macht des gefährlichen Schnabels. Rasch ging sie weiter. Sie bogen in eine Gasse ein, und sofort duckte sich Prince durch eine niedrige Tür und winkte ihr, ihm zu folgen. Die Dunkelheit und der Staub verbanden sich mit irgend etwas in ihrem Kopf oder ihrem Hals, riefen ein Kribbeln in den Venen hervor, die ihre Nase versorgten, verschoben eine vertraute, aber lange nicht benutzte Öffnung in ihrer Blutbahn. Vor der Innentür saß, von Kerzen umgeben, ein alter schwarzer Mann, dessen Gesicht im Lichtschein augenlos wirkte. Als er Prince sah, stand er seufzend auf. Behutsam schob er den Riegel zurück und trat zur Seite, um Prince hineinzulassen. Prince kam überallhin. Überall mußte Prince eingelassen werden. Traurige, verlegene Musik begleitete ihren Aufstieg über die abgetretene Treppe. Durch ein Loch in der Decke gelangten sie hinauf zu den gewölbten Schatten des langen Raums.

Das ist eine langsamere Welt, dachte Mary, wo Ursache und Wirkung nie zusammenzupassen brauchen. Hier versuchen die Menschen, von Fieber und Zauber zu leben; sie schaffen es nicht, aber sie versuchen es. Sie sah sich um, starrte dann auf die schwarzen Bodendielen, ließ sich von Prince am Arm führen. Es waren zwanzig oder dreißig Leute da, vielleicht auch viel mehr. In einer fernen Ecke des Raums zuckte ein Blitzlicht auf. Die Gespräche waren leise und schläfrig in dieser fiebrigen Luft.

»Keine Angst«, sagte Prince und führte sie auf die Musik und die schlaffen, unbeholfenen Tänzer zu, die im staubigen Licht Chaos mimten. »Es ist ruhig heute abend. Keine Live Action.« Sie setzten sich auf zwei nachgiebige Stühle an einem kleinen, viereckigen Tisch. Ein alter Man kam herangeschlurft und knallte eine Flasche und zwei Gläser vor sie hin. »Mein Gott, was ist mir das alles hier zuwider«, sagte er, beugte sich vor und trank hastig.

Mary sah auf die Tanzfläche. Dort waren nur zwei Paare. Ein unheimlicher schwarzer Riese hing schwer an einer kleinen, abgetakelten Blondine. Seine Augen wirkten irgendwie tot. Sie schien sein ganzes Gewicht zu tragen, ihn wie zur ewigen Strafe über das dreckige Parkett zu schleppen.

»Du weißt, was man hier tut, Mary, oder?«

»Nein«, sagte Mary erschöpft. »Was tut man hier?«

»All die üblichen Dinge, all die banalen Dinge. Man sollte meinen, Menschen mit solchen Bedürfnissen würden andere dafür bezahlen, daß sie sie statt ihrer haben, und sich einfach zurücklehnen und zusehen. Das hier ist wirklich die absolute Langeweile. Wen die Welt zu Tode gelangweilt hat, der kommt an diesen Ort und läßt sich hier weiter langweilen. Weißt du nicht mehr?«

Mary sah wieder zur Tanzfläche. Das zweite Paar war anders: es hatte noch Energie. Sie glitten mit Resten von Technik dahin, und der Mann zeichnete mit verkrampften Fingern ausgefeilte Muster auf den Rücken der Frau, fuhr die knubbelige Biegung ihrer Wirbelsäule hinauf und wieder hinab bis unter ihre Brüste. Als sich die beiden um die Tanzfläche herumarbeiteten, stand die Frau für ein paar langsame Takte mit dem Gesicht zu Mary und trat von einem Bein aufs andere. Sie lächelte. Ihr eines Auge war zugeschwollen und violett; der hohle Mund öffnete sich zu einem schlaffen Lachen. In ihrem Gesicht lag Erleichterung darüber, nicht mehr tiefer fallen zu können. Der Mann zog ihren Kopf nach oben und küßte sie. Mit dem heilen Auge fixierte sie weiter Mary – siehst du? Siehst du? schien es zu sagen. Endlich bin ich verloren, endlich.

»Ich glaube, Amy ist ziemlich oft hiergewesen«, sagte Prince.

»Wirklich?« fragte Mary.

»Ja, wirklich. Und am besten gefiel es ihr, wenn es Live Action gab.« Seine Stimme kam näher. »Erinnerst du dich nicht? Findest du das *langweilig*? Aber so ist das Laster – genau so. Wofür interessierst du dich, Mary? Für Voodoo, Video, Verbrechen, Vandalismus, Verderben, Vampire? Wofür interessierst du dich *besonders*, Mary? Was macht dich am meisten an?«

Mary drehte sich weg. Sie kam mit der Erregung in seiner Stimme nicht zurecht. Es war keine Wut, vielleicht eher der Eifer wachgerufener Verzweiflung.

»Dann suchen sie sich Leute, die genau wissen, wieviel ein paar Zähne wert sind. Und wenn die dann verprügelt und bepißt worden sind, dann geht man selbst hoch auf die Bühne und tritt noch ein bißchen nach. Die Prügelknaben kriegen natürlich Geld – gutes Geld. Es ist okay, alles okay. Erinnerst du dich nicht? Wirklich nicht?«

Mary sagte nichts. Das tanzende Paar küßte sich noch immer, heftiger jetzt und gewaltsamer, als wollten sie einander die Zunge abbeißen. Der Mann drängte sie zur dunkelsten Ecke des Raumes hin. Moment – da war eine Tür, eine niedrige Tür, die fast ganz im Schatten verschwand. Er küßte sie weiter, drängte sie tanzend immer mehr zu dieser Tür hin. Plötzlich zuckte der Kopf der Frau zurück; sie hatte die Tür gesehen, und sie hatte gesehen, daß sie offen war. Ja, es ging weiter, es ging noch viel weiter, da war mehr, da war eine ganz neue Dimension auf dem Weg nach unten. Doch sie lachte, reckte die Schultern, als seien es Flügel. Dann waren sie durch und auf der anderen Seite. Die Tür fiel hinter ihnen zu.

Mary wandte sich Prince zu. Sie sah, daß er sie lange angestarrt hatte.

»Was ist hinter der Tür?« fragte Mary, als sie zurückfuhren.

»Ich war ein einziges Mal hinter dieser Tür. Du auch, glaube ich.«

»Hören Sie auf, mit mir zu spielen. Warum lassen Sie mich nicht in Ruhe? Was immer ich war, jetzt bin ich *ich*.«

»Das ist meine Amy«, sagte Prince. »Voller Widerspruchsgeist.«

»Hören Sie auf. Lassen Sie mich in Ruhe. Ich tue niemandem etwas. Und ich kann nicht ermordet worden sein, denn *ich bin da*.«

Prince lachte. Nach einer Weile sagte er: »Gibt es ein Leben nach dem Tod? Wer weiß. Ich jedenfalls würde es dem Leben allemal zutrauen. Das wäre doch typisch, so ein kleiner Überraschungseffekt am Ende ... Okay, okay. Lassen wir dich eine Weile in Ruhe. Übrigens liegen jetzt, soweit ich weiß, nur noch ein paar Matratzen hinter der Tür. Zum Weiterbumsen. Darüber weißt du doch Bescheid, Mary?«

»Ein bißchen.«

»Na, wunderbar.«

Mary sagte: »Ich wohne jetzt in einem Squat. Wahrscheinlich gefällt Ihnen das auch nicht.«

»Wieso denn? Manche sind ganz nett. Manche sind sogar ganz legal. Dort wollen die Menschen ernsthaft miteinander leben. Hoppla!« sagte er, als das Auto vor ihnen aus seiner Spur heraushüpfen wollte.

»Da vorne ...«

»Ich weiß, wo es langgeht.«

Der Wagen schnüffelte sich seinen Weg durch die Spielstraße. Jetzt schliefen die Kinder alle. Die Gartenmäuerchen standen erstarrt im Mondlicht, bildeten einen gespenstischen Hof, wo die Mädchen gesessen und den Jungen zugesehen hatten.

»Zwei Dinge noch, Mary.« Prince war so schnell ausgestiegen, daß er ihr bereits die Hand wartend hinhielt, als sie die Tür öffnete. Er half ihr hinaus und sagte:

»Die Fotos auf dem Kaminsims in deinem alten Zimmer. Denk darüber nach. Versuch, ob du nicht ein kleines Stück zurückgehen kannst. Deine Vergangenheit ist noch immer da draußen. Irgend jemand muß sich darum kümmern.« Er hielt inne und schaute zum Himmel hinauf. »Da, schau«, sagte er.

Hoch oben hatte ein einsames weißes Geschöpf seine Herde verlassen, hatte sich zu Dunst ausgestreckt, zu weißem Rauch, und wie ein dienstbarer Geist um das silberne Feuer des Halbmonds gelegt.

»Sie sind nicht lebendig«, sagte Prince. »Es sind nur Wolken, Luft, Gas.«

Einen Augenblick lang kam sein Atem ihren Lippen nahe und strich dann über ihre Wange. Als sie auf die Treppe zuging, hörte sie, wie die Tür zugeschlagen wurde und der Wagen wieder ansprang.

Mary stieg durch das schlafende Haus nach oben. Wenn sie wollte, konnte sie ganz leise sein. Sie glitt hinauf zu dem Raum, den sie liebte. Ihre Treppe war noch da. Alle Dinge sind lebendig, auch diese sieben Stufen, dachte sie. Alles ist lebendig, alles hat seinen Grund.

Auf der letzten Stufe blieb sie stehen. Sie war sich sicher, daß jemand in ihrem Zimmer war. Jetzt bloß nicht stehenbleiben, dachte sie, und drückte die Tür auf. Da saß jemand im Dunkeln. Es war Alan. Er traute sich nicht einmal, die Hände vom Gesicht zu nehmen. Seine Arme waren steif und brüchig wie dürres Holz. Er konnte die Tränen nicht aufhalten. Mary zog sich aus.

Sie stieg ins Bett und sagte, er solle auch kommen. Und er kam. Er wollte in sie hinein – aber er wollte ihr nicht weh tun, wie Trev es gewollt hatte. Alan wollte sich nur eine Zeitlang verstecken. Sie ließ ihn hinein, half ihm hinein. Nach einer Minute war alles vorbei. Mary hoffte nur, daß er nichts zerbrechen würde. Aber dann dachte sie, wahrscheinlich ist es schon passiert.

• • •

Gibt es ein Leben nach dem Tod? Gibt es das wirklich?

Wenn ja, wird es wahrscheinlich die Hölle sein. (Wenn ja, wird es wahrscheinlich mörderisch sein.)

Wenn ja, wird es wahrscheinlich dem Leben sehr ähnlich sein, denn nur im Leben liegt Vielfalt. Als Antwort auf all die Versionen des Lebens wird es auch viele Versionen vom Tod geben müssen.

Für jeden von uns wird es eine eigene Hölle geben müssen, eine Hölle für Sie und eine Hölle für mich. Meinen Sie nicht auch? Und da müssen wir jeder für sich alleine durch.

Trauriges Warten

14 Alan und Mary ... »Alan und Mary«. *Alan und Mary* – zusammen. Also, wie würden *Sie* ihre Chancen einschätzen? Ich finde (das ist aber nur meine ganz persönliche Meinung), diese Verbindung ist keine gute Idee, für beide nicht, nein. Man könnte entgegnen: Die Liebe ist blind. Aber wohin soll ein Blinder den anderen leiten? Blindlings in die falsche Richtung, durch unbekannte Straßen, mit zuckendem Gesicht? Und dann gibt es ja auch noch die Anderen.

Russ zum Beispiel ist *schrecklich wütend*. Und Alan ist *schrecklich besorgt* deswegen. Es gibt da ein kleines Geheimnis, das einiges erklärt. Bis vor kurzem hatte Russ drei oder vier Nächte die Woche im Bett der diebischen, erfolglosen Vera im Souterrain verbracht (soweit seine konkrete Verbindung zu Film- und Bühnenstars). Doch als er letzte Nacht wie üblich dort hineinspazierte – sah er den schweißglänzenden Paris selbstzufrieden in ihrem Bett liegen und cool den *New Standard* durchblättern. Und als nächstes kommen dann Alan und Mary Hand in Hand zum Frühstück.

Hier schien gründliches Nachdenken erforderlich; und als Russ nachzudenken begann, befielen ihn an jedem Punkt neue Zweifel. Als Analphabet ist Russ insgeheim von vielen Eigenschaften Alans beeindruckt. Vieles an Alan erfüllt ihn mit nahezu grenzenloser Bewunderung. *Deshalb* mag sie ihn also: weil er so gut lesen und schreiben kann. Zudem hegt Russ aufgrund einer unfreundlichen Bemerkung von Vera seit einiger

Zeit grundsätzliche und weitreichende Zweifel an der Größe seines Penis. Vielleicht schiebt Alan ja ein Mordsgerät vor sich her (letztlich weiß man doch nie, wer mit so etwas gesegnet ist)? All das denkt Russ in den finsteren Nächten seiner Seele, in seinen Skunk-Stunden. Chöre des Verrats begleiten seine Gedanken, und im Dunkel der Nacht brütet er über Rache.

»Naja, wenigstens wird es *Alan* eine Weile gutgehen«, höre ich Sie murmeln. Doch das wird es nicht. Alan findet, das andere sei schlimm genug. Er findet, das andere sei so schlimm, wie nur etwas schlimm sein kann. Doch da irrt er sich. Warten Sie ab.

• • •

»Willst du zuerst runtergehen?« fragte er sie am nächsten Morgen.

Mary drehte sich um. Mit zusammengepreßten Beinen saß Alan, vollständig angezogen, auf der Bettkante. Die Nacht hatte ihn kaum verändert. Seine ganze Gesichtsfarbe schien in das Weiß seiner Augäpfel gesickert zu sein: das Rot in ihnen leuchtete kräftiger als das Blau der Iris. Seine Lippen kräuselten sich noch immer trocken. Mary setzte sich auf, und er drehte sich schnell weg.

»Warum sollte ich das tun wollen?« fragte Mary.

»Ich weiß nicht«, gab er zurück, und jetzt schlich sich eine Spur verstohlenen Triumphs in die Konturen seines Gesichts. »Ich meine, willst du, daß alle Bescheid wissen?«

»Bescheid worüber?«

»Über uns.«

»Was über uns?«

»Mary, ich liebe dich wirklich.«

»Was bedeutet das genau?«
»Ich – ich würde für dich sterben, beim Leben meiner Mutter, wirklich.«
»Aha. Aber du mußt ja nicht für mich sterben, oder?«
»Nein, aber ich würde es tun.«
»Aber du mußt es nicht.
»Nein.«
»Und was bedeutet es dann?«
»Ich würde alles für dich tun«, krächzte er und rupfte an seinem Haar. »Weißt du was, ich gehe jetzt runter, dann merkt es keiner.«

Doch sie merkten es bald. Sie merkten es, weil Alan ihr den ganzen Sonntag lang entweder direkt ins Gesicht starrte oder sogar ihre Hand hielt (auch die seine war kalt und feucht, und er konnte sie nicht stillhalten, zappelte ständig mit einem Finger oder pochte mit dem Daumen gegen ihre Fingerknöchel). Was Mary zusätzlich verwirrte, war die unmittelbare Wirkung dieser kleinen Aufmerksamkeiten auf die anderen. Norman und Charlie reagierten mit einem schrecklichen, verstohlenen Blinzeln, von Wendy und Alfred kam ein eingefrorenes Lächeln und deutlich verächtliche Blicke. Wenigstens Ray und dem kleinen Jeremy schien die Angelegenheit gleichgültig zu sein, doch die gemeinen Blicke und das indiskrete Lachen von Vera und Paris waren nicht mißzuverstehen. Und Russ starrte sie den ganzen Tag lang nur mit einem Ausdruck entsetzten Unglaubens an.

Mary war so verwirrt, daß sie die erstbeste Gelegenheit nutzte und Alan bat, zu vergessen, was immer geschehen war, und alles wieder so werden zu lassen wie vorher. Alan sagte, er würde alles für sie tun, nur das nicht. »Du kannst mich bitten, um was du willst. Ich tue alles«, sagte er. Aber Mary fiel nichts ein, was er anderes für sie tun konnte. Als sie schließlich nachgab, vergoß er Tränen. Langsam kamen Mary Bedenken, was sie da angestellt hatte.

Zum Beispiel Mittwoch abend.

Mit einer Decke zwischen sich und der feuchten Wiese saß sie in der späten Nachmittagssonne im Garten und las ein Buch. Sie las *Die Dame mit dem Hündchen und andere Geschichten* und erfuhr einige sonderbare Dinge über Frauen. Es war ein durchschnittlich hektischer Tag im Café gewesen. Als Alan gerade mal nicht in seinem Kabuff war, stürzte Russ hinein, kam wieder herausgetanzt und wedelte mit ein paar Broschüren aus Alans Schublade herum. Sie hatten Titel wie *Fakten zur Haartransplantation, Wie rette ich mein Haar* und, noch unverblümter: *Wenn die Glatze droht.* Alan war deswegen den ganzen Tag völlig durcheinander. Später sagte er dann mit zitternder Stimme und einem magenverkrampften Lächeln zu ihr:

»Soll ich dir was verraten, Mary? Über Russ? Der kann nicht mal lesen und schreiben.«

Doch nun sah Alan gar nicht so zufrieden aus, wie er es sich beim Gedanken an die Preisgabe dieser Information vorgestellt hatte.

»Armer Russ«, sagte Mary.

Mary las im schwindenden Licht weiter. Sie blätterte um. Ab und zu wurde ihr dunkler Pony von einem leichten Windstoß gezaust. Sie beugte sich vor und kratzte sich gedankenverloren am Fußgelenk. Sie blätterte um: als sie ruhig das Kinn hob, um das nächste bedruckte Rechteck anzuschauen, warf das gewendete Blatt einen Lichtschein auf ihre Augen. Ohne den Blick schweifen zu lassen, wußte sie, daß Alan sie vom Wohnzimmerfenster aus betrachtete, ein bleicher Fisch in seinem Teich.

Nun gut. Mary wußte, daß Alan bald zu ihr herauskommen würde. Sie wußte, daß er wußte, daß er es besser nicht versuchte: es war offensichtlich, daß sie ihn nicht hierhaben wollte, und er würde nur ihr Mitleid und ihre Erschöpfung noch weiter verstärken. Doch er mußte es versuchen, so verliebt, wie er war. Wenn er es nicht bald tat, würde Russ es an seiner Stelle tun. Durch eine unerklärliche Fügung des Schicksals schien Russ mehr oder weniger mit Mary machen zu können, was er wollte, auch in der Öffentlichkeit, ohne die geringste Überlegung oder Hemmung. Schon zweimal hatte sie den ganzen Abend auf seinem Schoß zugebracht. Es war gemütlich dort, wie sie zugeben mußte, und Alan schien nichts dagegen zu haben. Er sah in die andere Richtung, konzentrierte sich auf sein Haar und verlor kein Wort darüber.

Aus den Augenwinkeln, dort, wo sich Sehen und Ahnen zu einer Wahrnehmung verbinden, sah Mary Alan auf die Treppe zusteuern, die in den Garten führte. Sie blätterte um. Jetzt stand er auf der schmalen Holzveranda und schaute hinauf zum Himmel, als wolle er einfach nur die kühle Abendluft genießen. Er sah aus, als wolle er zum Beweis seiner Unbekümmertheit gleich ein Lied pfeifen. Und er tat es. Gott, was für ein klägliches Gefiepse. Sie blätterte um. Sein angehobenes Bein baumelte über der ersten Treppenstufe – doch dann hörte er das vertraute hektische Rumpeln hinter sich. Russ! Das Pfeifen war ein Fehler gewesen! Er trat zur Seite und betrachtete die Blumen, während Russ die Treppe hinabjoggte.

»Da bist du ja, meine Blume«, sagte Russ.

Mary legte das Buch zur Seite. Lesen war zwecklos, wenn Russ in der Nähe war. Er spielte lieber, am liebsten Zwicken und Kitzeln. Sie spielten etwa zwanzig Minuten lang. Mary lachte viel, während sie, die Beine hoch in der Luft, auf der Wiese herumrollte – Russ war wirklich lustig, das mußte sie zugeben. Danach führte er sie an der Hand die Treppe hinauf. Alan stand noch immer auf der Veranda und besah sich die Blumen. Als Mary an ihm vorbeiging, drehte er sich zu ihr herum und rupfte sich deutlich vernehmbar ein Büschel Haare aus. Dann sah er erstaunt auf seine Hand: da lag ein ganzer Pferdeschwanz. Er sah hoch zu Mary. Sie dachten beide: Das geht nicht mehr oft. Höchstens noch drei- oder viermal.

Mary folgte Russ ins Wohnzimmer. Alan tat ihr sehr leid, und sie wünschte, er könne endlich aufhören, sich um sein Haar zu grämen.

Nachdem sie zu Abend gegessen hatten, nachdem der Fernseher seine Dienste getan und all die anderen sich einzeln oder paarweise zurückgezogen hatten, blieben Russ, Mary und Alan noch lange im Gemeinschaftszimmer sitzen.

Mary saß auf Russ' Schoß. Sie wußte nicht, ob das richtig war oder nicht, ob es überhaupt wichtig war. Russ hatte sie einfach genommen und dorthin gesetzt. Alan hatte es auch einmal versucht, aber ohne Erfolg. Er hatte sie auf seine Oberschenkel gesetzt und nicht auf den Schoß, und seine Beine hatten sofort so heftig zu zittern begonnen, daß Marys Stimme bebte, als sie etwas sagte. Sie war aufgestanden und hatte sich auf Russ' Schoß gesetzt. Dort war es bequemer. Russ zog sie richtig in seine Körperhöhlung hinein und legte den Arm fest um ihre Hüfte.

»Was gibst du dich mit diesem kleinen Scheißkerl ab?« sagte Russ und deutete mit dem Kopf auf den lächelnden Alan.

Mary zuckte die Schultern. Was hätte sie sagen sollen? Die Abende endeten jetzt immer so. Sie fühlte sich nicht wohl dabei, ohne genau zu wissen, warum. Aber den beiden schien es zu gefallen. Russ küßte sie laut schmatzend aufs Ohr. Sie legte einen Arm um seine Schultern, um bequemer zu sitzen.

»Wir zwei beiden, Baby«, flüsterte Russ laut, »wir könnten zusammen zu den Sternen fliegen. Wir könnten tolle Musik machen. Mm-*mhmm* ... Ich mein, guck ihn dir doch an!«

»Komm, hör auf, Russ«, sagte Alan verlegen.

»Er wird kahl sein wie ein Ei – in etwa einer halben Stunde. Ha! Ich hab mehr Haare unter den Achseln als der auf dem ganzen Schädel! Guck dir diese Brust an«, Russ atmete tief ein. Aus lauter Verlegenheit betastete Mary seine Brust. »Na? Siehst du? Und jetzt guck dir den Schlappschwanz da drüben an!«

»Komm, hör auf, Russ«, sagte Alan und zuckte verlegen mit den Schultern.

»Guck ihn dir an ... Hast du schon mal so einen Spasti gesehen? Und wie ist er so im Bett? Ein Jammerlappen, was? Was macht er so, hä? Häh? Reinflutschen, abspritzen, dann am Kissen abwischen und fertig, häh? Pah! Also bei mir, *ich* mach erstmal ...«

»Komm, Mary«, sagte Alan.

Er stand mit ausgestreckten Armen vor ihr. Mary nahm seine Hand – hauptsächlich, damit sie zu zittern aufhörte. Sie stand auf und ging mit ihm zur Tür.

»Halt wenigstens die Ohren steif, Glatzkopf. Träum schön, meine Süße«, rief Russ ihnen hinterher, und noch lange hörten sie sein bitteres Lachen die Treppe hochrollen.

Mary lag nackt im Bett und wartete auf Alan. Er machte sich lieber unten für die Endphase seiner täglichen Tortur zurecht. In ein paar Minuten würde er hereinkommen. Dann würde er aus seinem komischen, zotteligen Morgenmantel schlüpfen und auf sie zugekrochen kommen, zwischen die Laken. Dann würde er tun, was er tun mußte.

Ganz offensichtlich bereitete es ihm ebensowenig Freude wie ihr. Es gab nur wenige Dinge auf dieser Erde, die Mary so wenig Sinn zu ergeben schienen wie dies. Sie und Alan hatten beides versucht – getrennt schlafen und miteinander schlafen –, und beides klappte nicht. Vielleicht schafften sie es ja irgendwann wieder, getrennt zu schlafen. Wenn sie überhaupt mit jemandem schlafen mußte, dann vielleicht mit Russ – der wirkte, als wäre es für ihn nicht so schlimm. Sie hatte Alan diese Alternativen vorgeschlagen, doch der war nachdrücklich dagegen gewesen. Er sagte, er würde alles für sie tun, nur nicht diese beiden Dinge, obwohl das die einzigen beiden Dinge waren, um die sie ihn je gebeten hatte. Sie wollte einfach, daß alles wieder so war wie früher. Dann konnte sie nachts ein Buch lesen und schlief auch viel besser. Russ würde vielleicht auch wieder so werden wie früher, und sie würde vielleicht auch diese schreckliche Macht über Alan wieder verlieren, die Macht, ihn sich schlecht fühlen zu lassen. Er konnte das alles bestimmt auch nicht mehr viel länger ertragen. So heftig liebte er sie bestimmt nicht.

Alan kam herein. Er versuchte ein verstohlenes »Hallo« zu flüstern, aber es kam wie ein verdorrtes Keuchen aus seiner Kehle. Mit hektischen Bewegungen, die trotzdem ziemlich viel Zeit brauchten, wickelte er sich aus seinem Morgenmantel, schien zum Schluß richtiggehend gegen das zottelige Ding, das ihn umklammerte, anzukämpfen. Dann ließ er es auf den Stuhl fallen und kroch durchs Dunkel auf sie zu.

Seine Brust war feucht, sein Mund hingegen ganz trocken. Bei Alan liefen diese Dinge immer falsch. Sein Körper roch noch ein wenig nach Deodorant, der Mund nach Zahnpasta und den Überresten eines starken Mundwassers. In solchen Augenblicken hatte er etwas unangenehm Schwammiges an sich, mit den feuchten Haaren und den schimmernden Händen. Die arme Seele, dachte Mary. Sie lag wie gekreuzigt da, als sein verkrampfter Mund ihre Lippen küßte. Sein herabhängendes Gemächt war nur ein glitschiges Etwas auf ihren Schenkeln, nicht schlaff, nicht hart, ein trauriges Warten. Traurig ist genau das richtige Wort, dachte Mary. Er stemmte sich über ihrem festgepinnten Körper hoch. O mein Gott, jetzt stirbt er, dachte sie, er zerläuft, er schmilzt weg.

Es dauerte nie lange, und bald schlief er oder versuchte es zumindest. Auch das gelang ihm nicht besonders gut. Viele Stunden lang lag Mary wach und hörte zu, wie er im Traum sprach; die Worte nahmen keine klaren Formen an, sagten aber trotzdem viel aus über seine Verwirrung und Trauer darüber, daß er unter all diesen anderen Menschen leben mußte.

Es war eine turbulente und ermüdende Zeit für Mary; aber im Grunde passierte kaum etwas. Von ihrem Abend mit Prince hatte sie viele widersprüchliche Gefühle mitgebracht, von Trotz bis hin zu dumpfer Kapitulation. Aber sie wußte nicht, wie sie damit umgehen sollte – außer zu versuchen, gut zu sein. Und das versuchte sie, sie versuchte es wirklich. Das Phantom der Vergangenheit wollte nicht weichen, und so arbeitete Mary daran, sich daran zu gewöhnen, sich nicht mehr so sehr daran zu stören. Sie durchlebte den Alltagstrott Schritt für Schritt, wie alle anderen auch. Sie wartete. Die Zeit wartete. Dann, an einem Sonntag, wurde ihr nächster Schritt klar.

Es war der Tag, an dem sie ins Schwimmbad gingen: Mary, Alan, Russ, Ray, Paris, Vera, Alfred, Wendy und Jeremy. Mary war von Anfang nervös bei diesem Unterfangen, vor allem deshalb, weil sie nicht wußte, was sie anziehen sollte, aber Wendy beruhigte sie. Wendy hatte sich mit Mary angefreundet, hatte ihr zum Beispiel alles über Verhütung erklärt. Irgendwie hatte Mary immer gedacht, nur die Leute in Büchern bekämen Kinder. Aber *Wendy* hatte auch ein Kind, oder? Mary dachte darüber nach, was sie riskiert hatte – ein Kind zu bekommen, ein Kind von Alan. Um Himmels willen! Und dann der Gedanke, daß dieser Akt des Schmerzes und der Traurigkeit der gleiche Akt war, mit dem die Welt bevölkert wurde.

»Kannst du schwimmen?« fragte Wendy, als sie mit Jeremy und Vera durch den Tunnel planschten, auf die dröhnenden Echos in der Schwimmhalle zu.

»Ich weiß nicht«, sagte Mary, stolz auf ihren geliehenen Badeanzug. Schwarz stand ihr gut.

»Was heißt das, weißt du's oder weißt du's nicht?« hakte Vera nach.

»Ich meine, ich hab vielleicht vergessen, wie's geht«, sagte Mary verwirrt und trat hinaus in die Halle.

»Dann komm lieber ans flache Ende«, sagte Wendy.

»Ich setz mich erstmal hin«, gab Mary zurück.

Mary wußte nicht, wohin sie sich zuerst wenden sollte. Noch nie hatte die schamlose Gegenwart sie so heftig bedrängt. Schau hier, schau dort, hierhin, dahin, auf den, auf die, und alles so glitschig und wasserbeperlt. Das Wasser brach sich in gekräuselten Wellenbändern an den hohen Wänden. Nackte, verhedderte, pfeilförmige Gestalten sprangen wild um sich schlagend durcheinander, vom Licht entflammt ... Der schwarze Ray schoß wie ein Pfeil vorbei, sprang mit beiden Füßen vom korkähnlichen Rand des Schwimmbeckens ab, zog einen mißglückten Bogen durch die Luft und kippte nach hinten weg, als seine Arme die Wasserfläche durchstießen. Sein Gesicht und die Schultern tauchten wieder auf, und er schrie etwas zu Paris hoch, der sich von dem federnden Sprungbrett löste, die Knie anzog und wie eine Bombe das Wasser auseinanderspritzen ließ. Selbst Alan, der in seiner pelzigen grauen Badehose kaum älter als Jeremy wirkte, rannte winkend vorbei und verschwand mit gespreizten Beinen kopfüber im tiefen Wasser. Jeremy stand verkrampft am Beckenrand, hatte acht Finger in den Mund gesteckt und beobachtete, wie sein Vater seine Mutter unterzutauchen versuchte. Wendy schien es riesigen Spaß zu machen, denn nach jedem neuen Versuch jauchzte sie anzüglich, bis Alfred die Lust verlor und sich in den flachen Teil des Beckens zurückzog, wo Paris jetzt mit Vera auf den Schultern herumlief.

Soll ich mich reintrauen? überlegte sie und fühlte sich von einem starken Verlangen gezogen. Sie sah zu, wie Alan half, einen wild strampelnden Jeremy ins flache Wasser zu tragen. Selbst Alan schien sich in diesem glasigen, glatten Element frei zu fühlen.

»Guck dir diese verrückten Buschmänner an.«

Russ saß mürrisch vor sich hin tropfend neben Mary. Er deutete auf Paris und Ray, die heute offenbar dazu bestimmt waren, die wahren Helden des Nachmittags zu werden. Im Moment rangelten sie auf dem Sprungbrett herum; Paris zog Ray das rechte Bein weg, und zusammen wirbelten sie ins Wasser. Vera und Wendy brüllten am Beckenrand vor Begeisterung, Wendy klatschte dabei, und Vera hüpfte auf und ab.

»Wie die kleinen Kinder«, sagte Russ.

»Da, schau mal«, sagte Mary.

Ray war wieder auf dem Sprungbrett. Er machte einen Kopfstand, hatte die Beine zu einem Y gespreizt. Paris rannte die Treppe hinauf, nahm Anlauf und sprang zwischen Rays rosigen, zappelnden Füßen hindurch. Als Paris ins Wasser eintauchte, kippte er etwas nach hinten weg. Das taten die Schwarzen beim Eintauchen immer, bemerkte Mary. Sie hatten ihren Schwung nicht unter Kontrolle; ihr Körper drängte immer schon ungeduldig zum nächsten Schritt.

»Na toll«, sagte Russ. »Paris kann also auf dem Kopf stehen. Wahnsinn. ›Paris‹. Ha! Was ist das für ein Name? *Paris*. So heißt man doch nicht! Ist das etwa ein Name?«

»Es war Ray, der auf dem Kopf gestanden ist«, sagte Mary.

»Na und?« gab Russ gelangweilt zurück. »Wo ist der Unterschied? Für mich sehn die alle gleich aus.«

Mary hatte das schon oft gehört. Sie stimmte zu. Auch für sie sahen sie alle relativ gleich aus. Natürlich: es war genauso, als würde man sagen, ihre Zähne sähen alle gleich aus. Sie sehen deshalb alle so gleich aus, weil sie alle so lebendig aussehen, so wohlgeformt. Sie fühlen sich einfach wohler in ihrem Körper als wir, das ist es, dachte sie. Während nichts so fürchterlich unterschiedlich, so erschreckend bunt zusammengewürfelt aussah wie das Durcheinander aus tropfnassem, glitschigem Rosa vor ihren Augen. Da war ein Mann, dessen aufgedunsener, unförmiger Bauch ebenso zu seinem Hintern paßte wie auf dem Globus Nordamerika zu Südamerika; eine Frau, an deren Beinen es von bläulichen Schlangen wimmelte; ein alter Mann, der ganz aus Stacheldraht und Schafsfell bestand. Aber auch die Jungen hatten schwer an solchen Unterschieden zu tragen. Zum Beispiel die Brüste: Vera war dünn und hatte große Brüste, was unwillkürlich den Eindruck von Gelenkigkeit und Sportlichkeit hervorrief; Wendy hingegen war dick und hatte kleine, eine offensichtliche, schmerzliche Ungerechtigkeit. Dick, aber keine Titten: besten Dank. Und das, noch ehe sich die Zeit an ihr Werk machte. Mary sah die Zeit überall am Werke: *Das* also war das Werk der Zeit.

»Weiter so, Jungs!« schrie Russ. »... dumme Kuh.«

Paris und Ray hielten Vera jetzt an Händen und Füßen zwischen sich. Alan stand daneben und zählte. Die beiden schwangen Vera, einmal, zweimal, dreimal – und ließen los. Vera segelte hoch in die Luft, segelte auf ihrem Schrei, bis ihr quirliger Körper ins Wasser klatschte. Paris tauchte ab und kam neben ihr wieder hoch, eine riesige Kaulquappe, die sich aus der Tiefe heraufgearbeitet hat.

Später, als die anderen in der Cafeteria beim Tee zusammensaßen, schlich sich Mary alleine fort. Sie ging am rutschigen Beckenrand entlang bis zum flachen Ende. Das Becken war jetzt fast leer, aber das Wasser schwappte noch immer durstig an seine Ufer. Mary hielt sich am Geländer fest und ließ sich rückwärts in das kalte Element hineingleiten. Ohne Zögern drehte sie sich um und schob sich vorwärts. Ja. Es ging. Sie konnte es auch. Mit spiegelbildlichen Arm- und Beinbewegungen schob sie sich durchs Wasser, das immer noch lokker plätscherte, unersättlich mit den Lippen schmatzte. Mit hocherhobenem Kopf und im Licht schimmerndem Gesicht machte sich Mary auf den Weg zum tiefen Ende.

Und so war sie bereit, als an diesem Abend die Botschaft kam. Es war im übrigen eine sehr simple Botschaft. Wahrscheinlich hatte sie sie schon gehört, aber nicht ganz erkannt. Die Botschaft kam im Fernsehen.

Mary hatte sich mittlerweile ans Fernsehen gewöhnt, an all die festgehaltenen Welten, an die grenzenlose Gegenwart schrecklicher Katastrophen. Jeden Abend wartete sie darauf, daß jemand auf dem Bildschirm erschien und erklärte, was falsch lief mit der Erde und warum sie so schrecklich von Krisen und Wahnsinn gebeutelt wurde. Doch vergeblich. Alle im Fernsehen schienen ein bißchen verrückt, das war wohl der Grund. Mary stellte sich vor, daß im Inneren der Welt ein zischender Knoten aus Flammen und Metall beständig nach oben drängte. Wenn der Druck zu stark wurde, spuckten Teile der riesigen Erdoberfläche Feuer, Feuer der Freiheit, des Terrors und der Langeweile. Das Feuer schoß an heißen Orten hervor, doch die Hitze breitete sich überall aus. Die Erde schien jetzt die ganze Zeit Feuer zu spucken. Nichts schien das mehr aufhalten zu können. Vielleicht würde bald die ganze Erde ein einziger Feuerball sein. Was für ein merkwürdiger, glücklicher Zufall, daß sie an einem Ort lebte, wo das Feuer nur an winzigen Punkten zutage trat und rasch gelöscht wurde. Was für ein merkwürdiger, glücklicher Zufall, auf einer still vor sich hin brodelnden Insel zu leben.

»Und danach«, dröhnte das Fernsehen, »Neues von Michael Shane, der mit einem zweiteiligen Bericht aus Äthiopien zurückgekehrt ist.«

Mary schaute von ihrem Buch auf. Der Bildschirm füllte sich mit dem Foto eines jungen Mannes in interessanter Pose, der sie, das Kinn auf die Handknöchel gestützt, aus geduldigen, ernsten Augen anblickte. Mary erinnerte sich, was Prince ihr gesagt hatte – die Fotos in deinem alten Zimmer, denk darüber nach. Sie dachte darüber nach, und dann hörte sie im Geiste Marge sagen: »Das ist Michael. Der ist ja inzwischen berühmt ... Was für ein aufmerksamer Junge.«

Wort für Wort

15 »Hallo, kann ich bitte mit Michael Shane sprechen?«
»Einen Augenblick«, sagte eine weibliche Stimme.
Mary wartete. Sie gähnte. Letzte Nacht war sie lange aufgeblieben, um Michael Shane im Fernsehen zu sehen. Ein paar schwermütige Gitarrenakkorde hatten ihn angekündigt, und dann saß er wachsam auf der Kante eines quietschenden schwarzen Sessels und blickte in die Kamera. Zu seiner Rechten saßen, auf albern hohen Hockern, ein weißer Mann, eine schwarze Frau und noch ein schwarzer Mann. Dahinter war ein riesiger Bildschirm, auf dem Michael stolz seine neuesten Heldentaten vorführte.

»Zeit im Bild«, sagte ein Mann mit erwartungsvoller Stimme, als würde er sich vorstellen.

»Hallo, kann ich bitte mit Michael Shane sprechen?«
»Ah ja. Einen Augenblick bitte.«

Michaels sonnenbehelmte Abenteuer hatten irgendwo im brennenden Afrika stattgefunden. Er hatte eine Kaffeefabrik besucht, ein Zinnbergwerk und eine Bananenplantage. Er hatte sich in einen Hubschrauber gezwängt. Er war durch Slums gestolpert. Er hatte mit wichtigen schwarzen Männern gesprochen, von einigen durfte weder der Name noch das Gesicht gezeigt werden. Alle waren sie furchtbar hektisch gewesen, voller Angst oder Wut, wegen all dem Feuer drumherum. Und dann hatte es einen ganz besonders schlimmen Augenblick gegeben, wo Michael auf die Knie gehen mußte, als ein schwarzer Soldat näher kam und mit ernster Miene sein Gewehr von der Schulter zog. Sogleich waren übergewichtige, in T-Shirts gekleidete weiße Freunde von Michael erschienen, woraufhin der Soldat mit betretenem Gesichtsausdruck wegging. Mary dachte, wie klug von Michael, daß er sofort in die Knie gegangen war.

»Hal*lo*«, sagte eine weibliche Stimme mit fast erstikkender Wärme. »Hier spricht die persönliche Assistentin von Mr. Shane. Kann ich Ihnen weiterhelfen?«

»Hallo, kann ich bitte mit Michael Shane sprechen?«

»*Ah*«, sagte die Stimme verständnisvoll. »Mit wem spreche ich, bitte?« fragte sie, in der Hoffnung, den lästigen Störenfried abwimmeln zu können.

»Mary Lamb«, sagte Mary.

»*Ah ja*«, sagte sie. »Einen Augenblick bitte ...«

Dann hatte Michael mit den Leuten auf den Hockern über seine Abenteuer gesprochen. Auch die wurden sehr wütend, aufeinander und auf Michael, und Michael war auch ziemlich wütend auf sie. Die Sendung war zu Ende, ehe sie miteinander fertig waren. Als die Scheinwerfer ausgingen und wieder die Gitarrenmelodie erklang, sah man sie weiter intelligent aufeinander eingestikulieren. Mary fand, Michael hatte seine Sache großartig gemacht, wenn man bedachte, daß er erst etwa zwölf war.

»Hallo«, sagte die Stimme mit frischer Herzlichkeit, »es tut mir leid, aber Mr. Shane muß dringend zu einer Sitzung. Vielleicht können Sie mir erzählen, worum es sich handelt?«

»Ja. Ich möchte mit ihm über Amy Hide sprechen.«

»Einen Augenblick bitte.«

»Hallo?«

»Hallo. Spreche ich mit Michael Shane?«

»Am Apparat.«

Aha, so funktioniert die Welt, dachte Mary, oder zumindest Teile davon. Nicht alles, was im Fernsehen passierte, war auf der anderen Seite. Es gab dünne Linien, die die beiden Welten miteinander verbanden.

»Sagten Sie Amy Hide?« fragte er.

»Ja.«

»Wer sind Sie?«

»Mary Lamb. Ich bin eine Cousine von Amy Hide. Ich möchte mit Ihnen über sie sprechen.«

»Amy ... Ich hab schon seit mindestens ... zehn Minuten nicht mehr an sie gedacht. Tja, da haben Sie den Richtigen erwischt. Amy Hide ist mein Lieblingsthema. Wann können wir uns treffen?«

»Nächsten Sonntag?«

»Lassen Sie mich kurz überlegen. Heute nachmittag muß ich nach Australien ...« sagte er mit ruhiger Stimme.

»*Was?*« sagte Mary. »Ich meine – wirklich?« Das war's dann, dachte sie.

»Mhm. Total nervig, das Ganze. Wenn ich das vorher gewußt hätte, wäre ich direkt von L. A. rüber. Ist aber nur für ein oder zwei Tage – Moment mal eben. In Madras hab ich einen Stopover, muß unbedingt das Kricket-Länderspiel sehen, und dann muß ich wahrscheinlich noch was am Golf recherchieren. Bitte entschuldigen Sie, ich denke nur laut. Dann muß ich nächste Woche noch ganz dringend nach Tokio. Mein Gott, was für eine Nerverei. Carol! Kommt Tokio *nach* Bogota? Okay, okay. Nein«, sagte er, »Sonntag ist kein Problem.«

»Bestimmt nicht?« fragte Mary.

»Bestimmt nicht, ich bin den ganzen Tag da und

mach das Eritrea-Ding fertig. Das Problem ist, ich müßte durch die ganze Stadt sausen. Könnten wir uns nicht hier treffen?«

Mary rannte von der Telefonzelle zurück ins Café. Alan hatte für sie abgespült (sie hatte ihm vorgelogen, sie müsse etwas aus der Apotheke holen), und Antonio hatte sie nicht gesehen, also war alles in Ordnung. Bis Sonntag waren es noch sechs Tage, sechs Tage, in denen sie von Russ und Alan bedrängt wurde, sechs Tage, in denen der Himmel auf dem Weg zur Arbeit wie das Paradies aussah und auf dem Weg nach Hause wie die Hölle.

Mary ging zu Michael Shane. Das Gebäude, in dem er seine Zeit verkaufte, lag direkt hinter dem Fluß, nicht weit von da, wo die Bothams gewohnt hatten, ehe Mary Mr. Botham den Rücken zerbrochen hatte. Sie fragte sich, wie schon oft, wo die jetzt wohl waren und ob sie sie je wiedersehen würde. Der Wind zerzauste die Oberfläche des Wassers. Sie sah aus wie ein Kettenhemd. Auch die Wolken darüber hatten nichts zu lachen. Sie wußte jetzt, daß die Wolken nicht lebendig waren – nur Luft, Gas, Zellen –, doch diese Wolken hier glichen den Geistern von Lebewesen, von Schweinen vielleicht. Das Wetter wendete sich, daran war kein Zweifel: Die Luft war geschwängert von Veränderung. Michael hüpfte von einem Hexenkessel zum nächsten, von der Wüste zum Schlund des Vulkans, aber der Flecken Erde, auf dem Mary lebte, wurde langsam kälter. Wieder schaute sie hoch zu den Wolken, die sich mit ihren rosageränderten Ohren über ihr tummelten. Die sich wandelnde Luft erinnerte sie an etwas, an etwas, das ebenfalls nicht von Dauer war: an das Erstarren in einem Hinterhof, geblendet von einem merkwürdigen, stechenden Licht.

Der Wandel der Jahreszeiten bringt mich bestimmt zurück, dachte sie – wenn es Zeiten gibt, zu denen ich zurückgehen kann. Alle werden älter, die ganze Zeit; alle träumen von großen Häusern, in denen sie sich aufhalten können. Langsam reicht mir der kleine Fleck auf dem Landeplatz der Zeit nicht mehr. Das seichte Gewässer voller Geschirr und Besteck, in dem jetzt der fahle Alan herumpaddelt, es reicht mir nicht mehr. Ich will mich jetzt ins tiefere Wasser vorwagen. Ich kann nicht immer nur jede vorbeiziehende Sekunde aussaugen bis zum letzten ... Eine irre Seemöwe mit schrecklichem Gesicht, einem Rattengesicht voller Wut und Panik, stürzte auf der Suche nach Nahrungsresten hinter ihr hinab ins Wasser. Wie mag das Leben wohl für diese krummnasige geflügelte Ratte sein? Hastig eilte Mary über die Brücke. Ein paar Meter vor dem anderen Ufer kam die irre Möwe wieder aus dem Nichts angeflogen und sauste direkt an ihrem Gesicht vorbei, und in ihren Augen lag das Wissen, daß sie beobachtet worden war. Sie weiß über mich Bescheid, dachte Mary. Sie fragte einen alten Mann nach dem Weg. Er beugte sich zu ihr herab und fing an zu erklären, stützte dabei eine Hand aufs Knie und deutete mit der anderen. Als sie weiterging, blieb er noch eine ganze Weile so stehen.

Irgendwie hatte Mary die vage Vorstellung gehabt, Michael Shane würde ihr in der grellen Klarheit seines Fernsehstudios gegenübertreten – mit den Gitarrenklängen, dem quietschenden Sessel und den Fragen, die er mit zusammengezogenen Augenbrauen stellte. Doch es kam nicht so. Als sie die blitzenden Segmente der Drehtür durchschritt, wartete bereits eine adrette junge Frau auf sie. Mary war pünktlich. Mary war immer pünktlich. Die junge Frau, deren braune Haare wie am Kopf festgeklebt wirkten und deren ruhige Augen eine Menge an Wissen einer elementaren Art ausstrahlten, reagierte nicht sofort, als Mary ihren Namen nannte. Sie warf ihr erst einen kurzen Blick zu, der zugleich kalt und erleichtert wirkte. Dieser Blick ließ Mary über ihre Kleider nachdenken, die nicht zur Jahreszeit passenden Sandalen und den dünnen Baumwollrock, die billige, aber etwas extravagant wirkende Bluse, die Paris ihr auf dem Markt nicht weit vom Squat aufgedrängt hatte, und Alans braune Strickjacke, die sie trug, weil es sonst viel zu kalt war. (Mary hatte auch einen Mantel, von Sharon. Er hatte ein oranges Karomuster und war ständig feucht. Er wohnte in ihrem Kleiderschrank. Mary mochte ihn nicht, und er mochte Mary auch nicht.) Beim Gedanken an ihre Kleider wurde es Mary heiß. Während sie der jungen Frau durch den Korridor folgte, bewunderte sie die ausgeprägten Wölbungen ihres engen schwarzen Kleides, die dunklen Venen der Seidenstrümpfe, die klappernden Schuhe mit ihrem gepflegten Glanz. Wie gut habe ich diesen Mann gekannt? überlegte Mary. Wie gut hat er mich gekannt? Sie betraten einen leeren Raum – ganz offensichtlich das Arbeitszimmer der jungen Frau, denn auf dem Schreibtisch lagen ihre Handtasche, ihre Zigaretten und ihr goldenes Feuerzeug, und ihr Mantel hing lässig auf dem Bügel. Der Raum hatte noch eine zweite Tür. Die junge Frau öffnete sie und lächelte Mary ermutigend und gleichzeitig triumphierend zu.

»Sie können gleich reingehen«, sagte sie.

Michael saß mit dem Rücken zur Tür an einem Tisch, und auf seiner wattierten Schulter hockte wie ein kleines Kätzchen ein schwarzes Telefon. Er murmelte bestätigende Worte in das Mundstück.

»Okay, okay. Mustique, also dann, zu den Moskitos«, sagte er. »Nein, schrecklicher Ort. Lieber Guadelupe. Yeah, oder St. Lucia. Oder Tobago, klar, Barbados? *Barbados?*«

Er drehte sich um und sah sie an. Mary mußte all ihren Mut zusammennehmen, um seinen Blick zu erwidern. Zuerst dachte sie, sein Ausdruck hätte sich nicht verändert, aber noch ehe sie erleichtert aufseufzen konnte, bemerkte sie ein nervöses Zucken seiner rechten Augenbraue. Er hörte nicht mehr, was ihm das Telefon zuflüsterte.

»Bleiben Sie stehen«, sagte er und sah sie direkt an. »Ich bin gleich fertig.«

»Sie sind Amy sehr ähnlich«, sagte er dann. »Verdammt ähnlich.«

»Das sagen viele«, entgegnete Mary.

Er stand auf. »Tut mir leid. Ich bin Michael Shane. Und Sie sind Mary Lamb. – Ah ja, Ihre Hände sind anders. Amy hatte weiße Hände, träge Hände. Und die Augen sind auch anders. Die Farbe ist gleich, aber sie sind anders.«

Er setzte sich wieder hin. Auf seinen Wink hin nahm Mary ihm gegenüber Platz und sah ihn über die polierte Schreibtischplatte hinweg an. Sein offenes Gesicht strahlte ungeheuer viel Licht aus – die Augen, das Haar, die Zähne. Sie sah jetzt, daß er keinesfalls erst zwölf war, sondern mindestens siebzehn oder achtzehn, vielleicht sogar noch älter.

»Wirklich?« sagte sie.

»Wie sind Sie mit ihr verwandt?«

»Oh, mütterlicherseits«, sagte Mary, die sich darauf ein bißchen vorbereitet hatte. Sie strich ihre Strickjacke glatt. Sie merkte, daß sie versuchte, sich etwas anders darzustellen, daß sie ihn zu täuschen versuchte, sich ein wenig verkleidet präsentierte – ruhiger, stiller, freundlicher. Normaler.

»Eigentlich sehen Sie eher wie Baby aus«, sagte er unbestimmt. »Also, was wollen Sie wissen, Mary?«

»Ich habe Amy als Kind gekannt«, sagte Mary. »Dann bin ich weggezogen. Ich hab nie mehr von ihr gehört, bis ich ...«

»Ja, das war ein Hammer, nicht wahr. Aber ganz genau weiß man es immer noch nicht, oder?«

»Nein«, gab Mary zurück. »Ich will nur wissen, wie sie gewesen ist.«

Er faltete die Hände und drehte sie nach außen. »Möchten Sie einen Schluck *Wein*?« fragte er. »Ich trinke nicht viel, aber wenn ich was trinke, ist es ... nicht gar so schlecht.« Er holte aus dem Schrank unter dem Bücherregal eine Flasche und zwei Gläser hervor. Da unten stand auch ein kleiner Kühlschrank, bemerkte Mary. »Ein recht spritziger Brouilly, dessen anfänglich strenge Verschlossenheit sich zu optimistischer Fülle entwickelt. Und den Geschmack von Cheeseburger verdirbt er auch nicht.« Mit einem erwartungsvollen Lächeln wandte er sich ihr zu. Es hatte alle Zutaten eines guten Lächelns. Aber es war kein gutes Lächeln.

Mary hatte keine Ahnung, wovon er redete, und lächelte höflich.

Michael Shane entkorkte die Flasche und füllte die Gläser. Er nippte kurz, seufzte, und verdrehte wieder die Hände. Dann starrte er eine Zeitlang aus dem Fenster. Sobald er zu reden anfing, wußte Mary, daß er das alles schon oft gesagt, schon oft herausgelassen, schon oft benutzt hatte.

»Sie war meine erste Liebe«, begann er. »In jeder Hinsicht. Es heißt, der ersten Liebe bleibt man immer treu. Und das stimmt. Sie hat mir das Herz gebrochen.«

»Es tut mir leid«, sagte Mary.

»Schon okay. Es ist jetzt wieder heil, denke ich«, sagte er und lächelte wieder. »Es war unvergeßlich. Ich meine, auch die guten Dinge waren unvergeßlich. Es war ein Rausch, mit ihr zusammenzusein – sie war so witzig, so anregend, so ausdrucksstark. Wild wie ein Derwisch, natürlich. Und *so* leidenschaftlich.« Hier gestattete sich Michael zehn volle Sekunden versonnenen Träumens. Es hätte vielleicht sogar noch länger gedauert, wenn der komplizierte Telefonapparat auf seinem Schreibtisch nicht plötzlich losgeplärrt hätte.

»Was?« sagte er. »Was? Borneo. Nein, ich meine Winnipeg. Carol – jetzt bitte keine Anrufe mehr, okay?«

»Aber was war schlecht an ihr?« fragte Mary.

»Ich glaube, ihre Unsicherheit. Trotz all ihrer Intelligenz und Schönheit war sie, glaube ich, im Grunde schrecklich unsicher ...«

... Meine Güte, dachte Mary, während Michael zufrieden weiterplapperte. Unsicherheit. Ist das alles? Wer ist nicht unsicher? Wie hat man das früher genannt, alles, was man sagte und tat, ehe dieses Wort aufkam?

»... und sobald sie sich für jemanden interessierte, ich meine, sobald ihr jemand am Herzen lag, so wie ich, da wandte sich ein Teil von ihr gegen diese Person – oder vielleicht auch gegen sich selbst. Sie mußte es kaputtmachen, und irgendwie ging das nur, wenn sie sich selbst dabei erniedrigte.« Er zuckte zusammen. »Sie hat ein paar schreckliche Dinge getan. Wow.« Er pfiff. »Ein paar schreckliche Dinge.«

»Was für Dinge?«

»Na, was schon. Im Grunde gibt es gar nicht so viele

Möglichkeiten, Schlimmes zu tun. Im Grunde besteht da nicht viel Auswahl. Man kann jemanden verhöhnen, mit anderen schlafen, sich betrinken und gemein werden und so weiter. Das alles hat sie getan, zur Genüge. Einmal hat sie mich geschlagen, ziemlich brutal sogar, und zwar während ich schlief. Dazu gehört schon einiges, sollte man meinen.«

»Ja«, sagte Mary. Sie war wie gebannt von diesem Mann und wußte nicht recht, warum. Jetzt überlegte sie zum Beispiel, wieviel wohl dazugehörte, Michael Shane einen ordentlichen Schlag zu versetzen, während er dalag und von sich selbst träumte. Was geschieht mit mir? fragte sie sich. Und dann wußte sie es. Sie erinnerte sich an Michael Shane. Aber nicht mit ihren Gedanken – nicht mit Gedanken.

»Was war das Schlimmste, was sie getan hat?« fragte Mary.

Er beugte sich vor, musterte sie einige beunruhigende Sekunden lang und sagte dann: »Ich werde es Ihnen sagen«, als sei diese Bereitwilligkeit ein Beweis für seine Originalität und seinen Mut. Und vielleicht war es auch so. Mary hörte ihm zu. Ihr wurde wieder heiß. Michael schaute sie jetzt nicht mehr an, und ein gequälter Ausdruck trat in sein jugendliches Gesicht. Diesen Teil der Geschichte hatte er wohl noch nicht so oft erzählt. Und jetzt sah sie auch, wie alt er in Wirklichkeit war.

»Haben wir Zeit? Ja, wir haben Zeit ... Ich hatte an einem Theaterstück geschrieben, das ganze Jahr über, in dem wir zusammen waren. Es ging um einen Typ, der alles zu haben scheint, aber in Wirklichkeit ist er – naja, egal. Das Stück war wohl nicht so gut. Es war wohl ziemlich schlecht. Wir waren allein in dem Landhaus, das Freunden von mir gehört. Ich wollte mein Stück durchlesen und es überarbeiten – so war es jedenfalls geplant. Und dann schloß sie sich in meinem Arbeitszimmer ein. Ich hämmerte gegen die Tür. Ich hörte, wie Papier zerrissen wurde – im Arbeitszimmer gab es einen offenen Kamin. Sie flüsterte mir durch die Tür zu, sie würde es verbrennen. Mein Stück. Ihre Stimme war irre, paßte überhaupt nicht zu ihr. Sie wußte, daß ich keine Kopie hatte. Sie hatte überhaupt keinen Grund dafür, so etwas ...«

»Es tut mir leid«, sagte Mary, ohne es zu wollen.

»Ich flehte sie durch die Tür an. Ich hörte das Feuer knistern. Aber es war nicht so, wie Sie jetzt denken. Das war noch längst nicht alles. Sie fing an, mir Teile daraus vorzulesen. Schlechte Teile, mit einer schrecklichen Stimme, mit meiner Stimme, aber ... mit diesem irren Klang. Es dauerte eine Stunde. ›Und jetzt kommen wir zu Akt II, Szene zwei, wo Billy sagt ...‹, und dann las sie in dieser schrecklichen Stimme ein paar Sätze vor. Rauch quoll unter der Tür hervor, sogar Asche. Es dauerte eine Stunde. Dann ließ sie mich rein. Das Stück war weg, und der Feuerrost quoll über. Es war die reine Hölle. Ich konnte kaum was sehen. Sie zeigte mit dem Finger auf mich und kicherte.«

»Es tut mir leid«, sagte Mary. Sie befahl einem Teil ihres Geistes, darauf zu achten, daß sie diese Worte nicht mehr gebrauchte.

»Es geht noch weiter. Dann haben wir uns geprügelt, mit Fäusten. Das einzige Mal in meinem Leben, daß ich eine Frau geschlagen habe. Aber sie hat nicht nur eingesteckt, nein, sie konnte auch ganz gut austeilen. Das hat auch ungefähr eine Stunde gedauert. Als wir zu fertig waren, um noch weiter aufeinander einzuschlagen, und ich schluchzend und verzweifelt am Boden lag, da sagte sie, sie hätte das Stück überhaupt nicht verbrannt. Es lag im anderen Zimmer. Sie hatte nur leere Blätter verbrannt. Nie im Leben war ich glücklicher als in diesem Augenblick. Wir betranken uns und gingen ins Bett, rannten nackt im Haus herum. O Mann. Tolle Frau, leidenschaftliche Frau, dachte ich – das wahre Leben. Aber es ist nicht das Leben. Es ist das Gegenteil. Sehr bald danach wurde mir etwas klar. Sie mußte mein Stück Wort für Wort gekannt haben. Sie mußte es Wort für Wort gehaßt haben. Können Sie sich das vorstellen? Eine Woche später hab ich es dann *selbst* verbrannt. Etwa zu dieser Zeit machten wir Schluß miteinander. Ungefähr ein Jahr lang glaubte ich dann, ich würde schwul werden. Nach ihr waren alle Frauen so durchschaubar. Jedenfalls schien es mir so. Aber das stimmt natürlich nicht«, sagte er und sah Mary an.

»Also – das war das Schlimmste, was Amy je getan hat?«

»Das Schlimmste, was sie mir angetan hat, ja. Aber es ist schon *ewig* her. Das war, bevor sie es wirklich schlimm trieb. Das hier, das war Kinderkram. Da war sie neunzehn. Ah, Carol. Ja, nein, bringen Sie ihn rein ...«

Mary stand auf. Teilnahmslos stellte sie fest, daß etwas mit ihren Beinen geschehen war; sie waren gefühllos und kribbelten, besonders die Waden; es waren keine echten Beine, nur Attrappen.

»Was ihr zugestoßen ist, hat mich nicht überrascht«, fügte er im Plauderton an. »Sie wahrscheinlich auch nicht, nicht mehr zu diesem Zeitpunkt. Vielen Dank«, sagte er zu Carol und stand auf.

Mary drehte sich um. Carol trat heran und hielt ein rosafarbenes Blatt Papier in der vorgestreckten Hand.

Hinter ihr in der Tür stand ein hochgewachsener junger Mann und wippte ungeduldig auf und ab.

»Ah ja, das Info über das Eritrea-Ding?« sagte Michael. »Unfaßlich, was die Idioten da jetzt vorhaben. Hi, Jamie«, rief er zur Tür und fing an zu lesen.

»Hi«, rief Jamie zurück. »He, *Mike* ...«

»Also dann, auf Wiedersehen«, sagte Michael zu Mary. Er schüttelte ihr die Hand. »War nett, Sie kennenzulernen.« Seine Augen kehrten zu dem rosa Blatt Papier zurück. Ohne aufzusehen, sagte er: »Carol, Sie müssen mir hier noch helfen. Jamie. Bring du doch bitte Mary raus.«

• • •

Ehe es weitergeht, möchte ich schnell noch zwei nicht unwesentliche Ungenauigkeiten in Michaels dramatischer Geschichte aufklären: zwei aufschlußreiche Verzerrungen, die aus einem lückenhaften Gedächtnis, Eigenliebe oder schlichtem Verdrängen herrühren können.

Punkt eins: Michael sagt: »Ungefähr ein Jahr lang glaubte ich dann, ich würde schwul werden.« Das ist irreführend dargestellt. Denn er hat es nicht nur geglaubt. Er wurde tatsächlich schwul – und ist es auch geblieben. Er suchte Schutz vor dem Mondsturm und trotzte Wind und Regen nie wieder. Aufgrund meiner eigenen Erfahrungen mit ihr würde ich vermuten, daß Amy genau das aus Michael Shane herauskitzeln wollte.

Der zweite Punkt betrifft das Theaterstück. Sein Titel lautete übrigens *Der Mann, der alles hatte* – und das Stück war nicht wirklich schlecht, es war nur sehr, sehr gewissenhaft und sehr, sehr mittelmäßig. Michael sagt: »Eine Woche später habe ich es dann selbst verbrannt.«

Das stimmt auch nicht ganz. Ob er sich nicht erinnert? Ist er noch immer vom Rauch und seinen eigenen, entmannten Tränen geblendet? Er hat es verbrannt, aber sie hat ihn dazu gezwungen. Er wollte es nicht tun, sie hat ihn dazu gezwungen. O ja, das hat sie.

• • •

Mary folgte Jamie durch das äußere Zimmer. Er zog die Tür hinter ihnen zu, drehte sich um, stemmte die Hände in die Hüften und schleuderte der Tür ein finsteres »Arschloch« entgegen.

Mary sah ihm zu. Jamie redete mit der Tür, als sei sie ein Mensch und er wolle eine Schlägerei anfangen. Diesen bedrohlich anschwellenden, immer lauter werdenden Ton kannte sie aus Pubs, kurz bevor es Ärger gab.

»Hör mir gut zu, du abgewichstes Arschloch. Ich mach den ganzen Scheiß nicht länger mit! Das hab ich *verdammt nochmal nicht nötig!*« Mit einer ruckartigen Bewegung drehte er sich zu Mary um. Sie schreckte zurück und ging hastig durch den verlassenen Korridor, und er kam ihr hinterher. »Weißt du, was er von mir verlangt?« sagte er zitternd. »Schickt mich zu *Sketchley's*, seinen Safari-Anzug abholen! Das Arschloch läßt sich seinen Safari-Anzug abholen! Behandelt mich wie ein Stück Scheiße. Das hab ich nicht nötig! Hab selber genug Kohle!«

»Es tut mir leid«, sagte Mary. »Ich finde schon allein raus.«

»Oh, mit *dir* hat das nichts zu tun«, sagte er, blieb stehen und wandte sich ihr mit bestürzter Freundlichkeit zu. Er war lang, dünn, und irgendwie ein bißchen verdreht, wie sein Haar. Die Haut auf seinem schmalen Gesicht war mädchenblaß. Er hatte stechende hellblaue

Augen, und seine Lippen zitterten, als stünde er kurz vor einem Triumph oder einer Niederlage. »Ich bring dich schon raus. Ich *möchte* dich rausbringen.« Sie gingen zusammen weiter. »Was kümmert er mich? Was geht er mich an? Dieser Scheißkerl«, sagte er erstickt, und Mary dachte, gleich fängt er an zu weinen. »Gleich platz ich.«

Er blieb stehen und wischte sich mit seiner dünnen Hand über die Stirn. »Himmel! Ich platz wirklich gleich … Aber das baut sicher auch Druck ab.« Er klatschte in die Hände und schickte einen stechenden Blick hoch zur Lampe. »Jetzt hilft nur noch beten, Bursche«, sagte er.

»Bitte nicht platzen«, sagte Mary.

»Wie bitte?«

»Nicht zerbrechen.«

»Wer bist du überhaupt?« Sie gingen weiter. Jetzt betrachtete er sie mit großem Interesse, und sein Gesicht war klar. »Was hast du mit diesem kleinen Arschloch zu schaffen?«

»Ich wollte ihn was über eine Freundin von mir fragen.«

»Und warum hast du so beschissene Kleider an?« fragte er sie besorgt. »Ich meine, du redest ja ganz nett und alles.«

»Ich hab sonst nichts, und ich hab kein Geld, mir neue zu kaufen.«

»Ich hab jede Menge Geld«, sagte er freudig überrascht.

»Wie schön«, sagte Mary.

»Willst du welches?«

»O ja, bitte.«

»Da.« Er zog ein feuchtes, verfitztes Knäuel aus seiner Jeanstasche. »Wieviel – hier, nimm das.«

»Danke«, sagte Mary.

»Deine Augen«, sagte er, »irgendwas ist doch mit deinen Augen.«

»Ich geh jetzt besser«, sagte Mary. Sie standen in der leeren Eingangshalle.

»Nein, bleib noch. Gut, hau ab! Nein, bleib! Willst du mich denn nie wiedersehen?«

»Doch, das würde ich gerne.«

»Hier, schreib mir deine Nummer auf.«

Er hielt ihr Zettel und Stift hin, und Mary schrieb Normans Nummer auf. »Idiot«, flüsterte er, während sie kritzelte.

»Also dann auf Wiedersehen«, sagte Mary.

»Wiedersehen. Ähm, es ist mir ein bißchen peinlich – aber könntest du mir ein bißchen Geld leihen? Für's Taxi?«

Mary nahm das Geld aus ihrer Tasche. Jetzt merkte sie, daß er ihr eine ganze Menge gegeben hatte: zwei-, dreimal soviel, wie sie in der Woche verdiente. »Willst du mir wirklich so viel geben?« fragte sie.

»Klar doch. Gib mir nur ein paar Pfund, das reicht. Ich zahl's dir zurück. Geld – was ist das schon? Es ist nur 'ne andere Form von Zeit, das hör ich hier jedenfalls ständig.«

»Also dann auf Wiedersehen.«

»Tschüs. Denk an mich«, sagte er. »Und nicht zerbrechen.«

Zweite Chance

16 Mary hat nicht gewußt, wie arm sie war. Die arme Mary, sie hat es einfach nicht gewußt.

Sie hat sich an billige, scheuernde Röcke gewöhnt, deren falscher Schein bei Tageslicht deutlich wird. Ihr Teint, das muß ich leider sagen, ist bereits von der ungesunden, fetten Ernährung gezeichnet, und ihr Haar muß im Küchendunst schwer um seinen Glanz kämpfen. Noch immer hat sie Format, hat sie Hoffnung und Ausstrahlung; aber natürlich hinterläßt das alles seine Spuren. Sie hat sich an den armseligen Geruch von Alan gewöhnt – und auch an seine armseligen Gedanken. Der armselige Alan, der arme Kerl; aber anderseits sind es alles arme Teufel, dort, wo Mary lebt.

Jetzt weiß sie es. Sie hat geglaubt, das Leben selbst sei arm und erbärmlich. Jetzt weiß sie, daß das nicht so sein muß – man muß nicht unbedingt arm sein. Sie hat geglaubt, Reichtum gäbe es nur in Romanen. Jetzt hat sie immerzu das Gefühl, ausgeschlossen zu sein, spürt wieder, wie damals im Schwimmbad, das starke Verlangen an sich zerren: sie wollte auch schwimmen und im Wasser herumtoben, und sie wußte, sie konnte es, wenn sie nur wollte. Der kleine Jeremy hatte Probleme in der Schule: »... stellt sich mit seinen Leistungen ein Armutszeugnis aus«, hieß es einmal. Schon jetzt! dachte Mary. Der arme Jeremy, der arme Teufel.

Das Leben ist interessant, viel spricht für das Leben, aber das Leben kann auch arm und erbärmlich sein. Das weiß Mary jetzt. Sie hat genug wohlhabende Menschen gesehen, die mißmutig durch Geschäfte laufen oder in Autos sitzen. Ihr Geld will sie nicht: sie will nur ihre Zeit. Und der Wechsel des Lichts verrät ihr etwas über Armut und Winter.

•••

Mary wartete im Bett auf Alan. Das war die einzige Zeit, die sie für sich allein hatte. Das war nicht viel, oder? Das war nicht viel Zeit? Als sie seine Schritte auf der Treppe hörte, schüttelte sie den Kopf. Sie hatte einen Entschluß gefaßt.

Alan öffnete die Tür. Wie immer schien er etwas sagen zu wollen, tat es aber nicht oder traute sich nicht. Er kam seitwärts auf das Fußende des Betts zu und glitt aus der Umklammerung seines Morgenmantels, unsicher, wohin er schauen sollte. Der Mond und das Fenster legten einen Rahmen aus Licht um ihn: um das zerzauste, fettige Haar, den rastlosen, gesenkten Blick, die plötzlich deutlich sichtbare Wehrlosigkeit seiner bleichen Schultern.

»Alan«, sagte Mary aus dem Bett heraus. Alan ließ den Morgenmantel zu Boden fallen und stand mit herabhängenden Armen und gesenktem Kopf da – er war bereit.

»Du kannst nachts nicht mehr herkommen. Du kannst nicht mehr in mein Bett kommen. Ich kann das nicht. Bitte versteh mich.«

Er tat zwei Dinge zugleich. Und dabei half es nicht, daß er nackt war. Als erstes fing er an zu weinen – jedenfalls dachte Mary, das wäre es. In tiefster Verzweiflung preßte er Augen und Lippen zusammen, seine bleiche Brust begann zu beben, zu pulsieren, und alles ohne einen Laut. Das zweite, was er tat, war noch sonderbarer: langsam und verschämt, aber nicht um es zu verbergen, sondern eher mit einer schützenden Geste, wie um es warmzuhalten oder vor Schmerz zu behüten, bedeckte er mit beiden Händen sein Geschlechtsteil.

All dies beobachtete Mary vom Bett aus.

Schließlich wandte er sich zum Fenster. Noch hatte er sie nicht angesehen. Der Mond tat merkwürdige, bleiche Dinge mit seinem Gesicht und dem Tränenstrang, der wie Eis auf seinen Wangen lag. Er stieß Luft aus und atmete schwer wieder ein. Er wirkte sehr weit weg, schien immer kleiner zu werden, als schwinde er zu irgend etwas zwischen Luft und Fleisch dahin. Doch als er zu sprechen anfing, war Mary überrascht von der Festigkeit und der Erleichterung in seiner Stimme.

»Ich habe nie ernsthaft erwartet, daß es so weitergehen würde«, fing er ans Fenster gewandt an, als ob seine Worte nur das Fenster etwas angingen. »Ich habe gehofft, es würde weitergehen, aber ich habe es nie ernsthaft erwartet. Ich weiß, ich bin kein ... Ich weiß, ich weiß. Ach, ich weiß nicht. Ich bin froh, daß es passiert ist«, sagte er, und sein Kopf nickte plötzlich entschlossen. »Ich meine, ich würde es um nichts auf der Welt missen mögen. Ich habe nie, du bist die einzige, das einzig ... *Wunderschöne*, das mir im Leben passiert ist.«

»Bitte sag nicht sowas. Es tut mir leid.«

»Versprichst du mir eines?«

»*Ja*«, sagte sie.

»Fang nicht – fang nichts mit Russ an.«

»Ja, das verspreche ich dir.«

»Schwörst du bei dem Leben deiner Mutter?«

»... das kann ich nicht«, sagte Mary.

Alan schluchzte auf. Er hob seinen Morgenmantel vom Boden auf und versuchte, wieder hineinzukommen. Wieder schluchzte er, diesmal etwas feuchter. Wenn andere weinen, ist es immer noch viel schlimmer, wenn sie dabei gleichzeitig versuchen, etwas anderes zu tun. Er drückte den Stoff an sich und zog sich gedankenverloren am Haar.

»Es tut mir leid«, sagte Mary.

Er drehte sich zu ihr um und breitete die Arme aus. Dann sah er wieder weg. »Lebwohl, Mary«, sagte er.

Am nächsten Tag war Sonntag, und alle im Squat schliefen aus. Der gewissenhafte Norman in seinen schlabbrigen Jeans bereitete sich ein kultiviertes Frühstück mit gekochten Eiern und Spinatsaft zu und trug es auf einem Tablett in den Garten; in solchen Momenten wirkte er damenhaft selbstvergessen, als lebte er ganz allein auf der Welt und all die anderen wären Überreste aus angenehmen Träumen, die in der Nacht gekommen und wieder gegangen waren, ohne ihn groß zu stören. Vielleicht werden auch manche Männer zu Frauen. Vielleicht müssen auch manche Männer den Wechsel erleiden. Ray und Alfred saßen mit einer Zeitung auf dem Schoß herum, lasen sich die Fußballergebnisse vor und gaben Murmellaute der Enttäuschung oder der Überraschung von sich. Von oben ertönte der melancholische Klang von Paris' Klarinette. Der alte Charlie wienerte mit verzerrtem Gesicht die Chromteile seines Motorrads, hielt ab und zu inne und schaute den Kindern beim Spielen zu. »Guten Morgen, mein Goldschatz«, sagte er, als Mary mit einer Tasse Tee auf der Treppe erschien. Mary lächelte ihn an, und er wandte sich wieder seinem Motorrad zu, schüttelte den Kopf und grummelte von sich hin. Weit und breit kein Alan.

Mary beobachtete die Kinder beim Spielen, lauschte

ihnen aufmerksamer als sonst. Ihr Spiel war heute träge, ohne Wetteifern und feste Konturen. Was sagten sie da, was sagten sie öfter als alles andere? »Guck mal! ... Sieh mal! ... Schau mal da! ... Guck mal, wie ich ...!« Das sagten sie ... Mary überkam der Gedanke, daß manche Menschen das ihr ganzes Erdenleben lang wiederholten. Guck mal da! Schau mal, wie *ich* ...

Amy hatte das sicher auch oft gesagt, überlegte Mary. Mary war sicher, daß Amy das oft gesagt hatte. Amy: wie sollte Mary damit zurechtkommen? Amy war schlecht gewesen, Amy war verrückt gewesen. Spielte das eine Rolle, und wenn ja, welche? Eines war jedenfalls klar: verrückt zu sein machte nichts aus. Überhaupt nichts. Wenn es etwas ausmachen würde, dann wären fast alle in schrecklichen Schwierigkeiten. Die meisten Leute waren verrückt, und das war okay. (War Prince verrückt? Nein, wahrscheinlich nicht. Wahrscheinlich war Prince un-verrückt. Er konnte wahrscheinlich seine Gedanken tatsächlich sein eigen nennen.) Und wie war es mit dem anderen, wie schlimm war es, schlecht zu sein? Wer störte sich daran? Das Gesetz störte sich daran, und die Anderen. Das Gesetz störte sich daran, aber das Gesetz war ziemlich hart. Man mußte schon sehr schlecht sein, um es zu brechen, was immer Prince auch beim letzten Mal gesagt hatte. Das Gesetz war nicht so empfindlich wie die Anderen und ihre intimen Stellen. Das Gesetz war nicht so empfindlich wie Trevs Mund oder Trudys Nase oder Mr. Bothams Rücken oder Alans Seele oder Michaels Herz oder das Herz von Mrs. Hide, die alle irgendwann einmal zerbrochen worden waren. Das Gesetz war schwer zu brechen. Mein Gott, ich hasse sie, dachte Mary.

»Mary?«

Sie drehte sich um. Es war Ray. »Da ist einer für dich an der Strippe«, sagte er.

Mary ging in Normans Zimmer. Sie fürchtete das Schlimmste.

»Hallo, ich bin's, Jamie. Weißt du noch?«

»Ja. Hallo«, sagte Mary.

»Wie geht's dir?«

»Ziemlich schlecht. Und dir?«

»Schrecklich. Hab einen fürchterlichen Kater. Aber immer noch besser als gar nichts. Ich wollte dich fragen, ob du Lust hast, zum Essen vorbeizukommen?«

Mary sagte ja. Sie freute sich, das mußte sie zugeben. Es war schön, mal hier rauszukommen, und der Tapetenwechsel würde ihr guttun.

Mary ging wieder nach oben. Zögernd blieb sie in der Stille vor Alans Zimmer stehen, entschied sich dann aber dagegen.

Sie setzte sich aufs Bett. Zum erstenmal dachte sie ernsthaft über Kleider nach. Abgesehen von Wärme, Schutz und Besitz – worin genau lag ihr Sinn? Warum hatte Jamie so von ihren Kleidern gesprochen? Offenbar lag ihr Sinn darin, durch Formen und Farben etwas auszudrücken. Aber was? Sagten nicht auch die Kleider nur: »Schau mal!«? Und es schien dabei hauptsächlich um Geld und Sex zu gehen. Beides wurde über Kleider demonstriert oder auch nicht. Mary überlegte, was ihre eigenen Kleider wohl über die Themen Geld und Sex aussagten. War es möglich, daß Kleider Mangel an der einen Sache und Ahnungslosigkeit in bezug auf die andere verrieten? Ja, aber das war nicht die Aufgabe von Kleidern, das war nicht ihre Domäne, das war es nicht, was Kleider unbedingt verraten wollten. Kleider waren an den anderen Dingen interessiert, an Überfluß und Fachkenntnis. Indirekt und vielleicht auch unbewußt taten Kleider noch ein Drittes: sie verrieten den Anderen etwas über die Seele, die sie verhüllten, indem sie die Lügen ihrer Träger über Geld und Sex unterstrichen ... Mary nahm ein Bad im Raum neben Alans Zimmer, das sich noch immer in Schweigen hüllte. Hier verbrachte Alan immer viel Zeit, überlegte Mary, besonders bevor er zu ihr ins Bett kam. Was für okkulte Waschungen wurden hier zwischen all den Kacheln und Armaturen vollzogen, was für schwarze Gedanken gewälzt? In ein Badetuch gewickelt, ging sie zurück in ihr Zimmer. Sie schlüpfte in eine weiße Unterhose, zog sie hoch um die straffe Mitte ihres Körpers; dann noch die roten Schuhe, den weißen Pullover und den weißen Rock – all die Kleider, die sie mit dem Geld von Jamie gekauft hatte ... Als Mary die Treppe hinabging, sah sie Russ aus Alans Zimmer kommen. Er sagte kein Wort, sah sie nur auf eine ganz neue Art an, herausfordernd, aber gleichzeitig auch respektvoll oder vielleicht sogar ängstlich. Marys Augen hielten seinem Blick stand; doch sie wußte, der sagte, daß ihre Kleider logen.

Mary ging los. Sie hatte Normans Buch mit den Zeichnungen, was sich wo in der Stadt befand, konsultiert und sich den Weg gut gemerkt, der sie durch den großen Park führte. Wer immer sie daran hätte hindern können, zu tun, was sie tat, ließ sie weitermachen, und das war schön. Der Tag war klar und windig; die Konturen des Himmels waren von gedehnter, splittriger Helligkeit gekennzeichnet, und in der Ferne hatten sich gewichtige Wolken versammelt. Die Menschen waren in großer Zahl hier im Freien. Wer allein war, saß mit einer Zeitung bewaffnet am Eingang oder Ausgang des Parks oder eilte vom einen zum anderen. Wer Familie oder auch nur einen Liebsten hatte, wagte sich tiefer hinein. Mary behielt die Paare im Auge und überlegte, wie es wohl wäre, Teil eines Paares zu sein. Es erschien ihr ziemlich schön. Das lag offensichtlich am Vertrauen, das man teilte. Das beste Paar umkreiste das Gewässer im Herzen des Parks. Mit vier simplen Mitteln machten die beiden einander Freude: dadurch, daß sie hier waren und nicht woanders, und dadurch, daß sie sie selbst waren und nicht jemand anders. Wenn Mary mit Alan zusammen war, hatte sie sich nie als Teil eines Paares gefühlt, nie als Teil von irgend etwas. Sie hatten es einfach nur getan, unter Schmerzen. Nie hatten sie einander die Bürde erleichtert. Lieber Gott, sie hoffte, daß es ihm bald wieder gutging.

Schließlich ließ sie ihre im Geist notierten Etappenziele verschwimmen und fragte andere nach dem Weg: wenn man Zeit hatte, war das eine unfehlbare Methode, an einen anderen Ort zu gelangen. Das Haus, in dem Jamie lebte, war unwahrscheinlich groß, aber wahrscheinlich lebten dort noch eine ganze Menge andere Leute. Sie drückte auf den richtigen Summer, und prompt reagierte die schwere Glastür und summte zurück. Mary trat einen Schritt zurück und hoffte, daß das nichts Ernstes war. Die Tür summte ein paar Sekunden lang, immer ungeduldiger, und brach schließlich erschöpft ab. Sie hörte Schritte. Eine junge Frau mit einem Baby auf dem Arm erschien im Korridor und zog stirnrunzelnd an der Tür.

Die Tür ging auf. »Schon wieder kaputt?« fragte sie. Das Baby betrachtete Mary mit offenem Erstaunen.

»Ich hoffe nicht«, sagte Mary.

»Kommst du zum Essen?«

»Wenn ich nicht störe.«

Die junge Frau drehte sich gleichgültig um und ging vor Mary durch den Korridor, und Mary sah bei jedem Schritt das konsternierte Gesicht des Babys über ihrer Schulter auf und ab hüpfen. Sie ließen den käfigartigen Aufzug links liegen und gingen zur Treppe. Mary fand es jammerschade, daß Jamie schon eine Familie hatte. Kein Wunder, daß das Baby sie so erstaunt ansah. Auf halber Höhe hörte Mary lautes Stimmengewirr aus der offenen Wohnungstür über sich dringen. Ihr kam eine Erinnerung, eine Erinnerung an die Zeit, als sie noch ein Kind war und sich darauf vorbereitete, in ein Zimmer zu gehen, das voller anderer Menschen war – und das intime Rosa ihres Kleides huschte vor ihren Augen vorbei. Irgendwie hatte die Gegenwart anderer Menschen Mary damals viel stärker beunruhigt und aufgeregt als jetzt. Das war jetzt bereits nicht mehr möglich; es gab gar kein wirkliches Rampenlicht, in das man treten konnte. Es war Mary klar, und es war ihr schon von Anfang an klar gewesen, daß die Anderen kaum Zeit damit verbrachten, über andere nachzudenken.

Sie folgte der jungen Frau und dem Baby durch einen langen Flur bis an die Schwelle eines riesigen Zimmers voller Menschen und Licht. Und voller Paare, wie sie schnell spürte. Doch ehe das Zimmer sich ihr entgegenstellen oder sie verschlucken konnte, erschien in einer anderen Tür Jamies Kopf, und er winkte sie mit dem Finger zu sich in den anderen Raum.

»Hi«, flüsterte er und schloß die Tür hinter ihnen. Sie waren in einer großen Küche, größer noch als die auf der Arbeit. Und sie war sauber und hell, nicht verräuchert und ausgeblichen von dem feuchten Staub, der auf allem lag, was man anfaßte. »Willst du eine Bloody Mary?« fragte er.

»Was ist eine Bloody?«

»Das ist – Gott, bist du komisch. Hast keinen blassen Schimmer, was? Da. Gegen Kater gibts nur ein Mittel.«

»Was ist das?«

»Weitertrinken. Aber Bulgakow hat mal gesagt, Gewürze sind auch nicht schlecht, und ich glaub alles, was ich lese. Deshalb ist auch ordentlich Pfeffer drin. Magst du es etwa *nicht*?« fragte er in beleidigtem Ton.

»Doch, doch.«

Er ging zu dem runden weißen Tisch, der in der Mitte des Raums stand. Mary bemerkte, daß er hinkte. Seine Beine waren gleich lang, aber das eine war steifer als das andere, und er benutzte es vorsichtiger.

»Ich hab 'n Kater, allererste Kategorie. Echt top. Ich fühl mich nicht krank, nur verrückt. Und Verrückte fühlen sich bestimmt überhaupt nicht verrückt, sondern nur schrecklich krank. Und jetzt muß ich mich um das ganze Essen hier kümmern. Kannst du kochen und so?«

»Nein.«

»Überhaupt nicht?«

»Überhaupt nicht.«

»*Wie bitte?* Du bist doch eine *Frau*, oder?«

Mary nickte.

»Was glaubst du denn, wozu du gut bist, wenn du nicht kochen kannst? Bist wohl ganz schön von dir eingenommen, meine Teure. Moment mal.« Er streckte ihr einen zitternden Finger entgegen. »Kannst du Betten machen?«

»Ja.«

»Und setzt du dich beim Pinkeln hin?«

»Ja.«

»Na gut«, sagte er, sichtlich beruhigt, »zwei von

dreien ist so schlecht nicht. Komm, hilf mir mit dem Kram. Komm, tu mir den Gefallen.«

Das Essen, das Jamie auspackte und auf den Tisch knallte, war einfach, sah aber teuer aus. So etwas hatte Mary bislang nur durch Glasscheiben gesehen, hinter deren mitleidigem Schimmer es viel zu künstlich zum Essen wirkte. Sie half ihm, so gut sie konnte, und ihre Hände waren natürlich viel ruhiger als seine.

»Ich wußte gar nicht, daß du ein Baby hast«, sagte sie.

»Wie bitte? Ein *Baby*?« Er schüttelte den Kopf. »Das ist nicht von mir, Schätzchen. Es ist ihres. Babys! ... Babys?« murmelte er, fast so, wie Russ und Alan damals »*Bücher*« gemurmelt hatten. »Nein, danke, Schätzchen. Ich hab kein Baby. Sieht man mir das nicht an?«

»Nein. Wie sieht man das jemandem an?« fragte sie. Sie hatte immer gehofft, daß sie eines Tages in der Lage sein würde, anderen so etwas anzusehen.

»Bin selber ein Kind. Das sind Kinderlose immer. Schrecklich, oder? Das Leben ist voll von solchen schrecklichen Merkwürdigkeiten. Ich krieg immer mehr Respekt davor.« Er schaute auf. Mit dem Messer in der Hand kam er auf sie zu. Er legte seine Hände auf ihre Schultern. »Weißt du, du siehst echt gut aus.« Er schaute hinunter auf die roten Schuhe, den weißen Rock und den Pullover. »Echt gut.«

Es hat funktioniert, dachte Mary.

»Ich seh schrecklich aus«, sagte er. »Glaub nicht, daß ich das nicht selbst wüßte. Du solltest mal sehen, wie ich aus meiner Perspektive aussehe. Ich seh echt schrecklich aus.«

»Nein, das stimmt nicht«, sagte Mary. »Du siehst gut aus.«

Er legte seine kühle Wange an ihren Hals und gab

mehrere seltsame Geräusche von sich – es klang fast wie dankbare Schluchzer. Wie von einer Erinnerung gedrängt, verspürte Mary den Impuls, ihm die Arme um die Schultern zu legen. Das war eine Möglichkeit. Das war eines der Dinge, die man in solchen Augenblicken tun konnte. Doch sie tat es nicht, und er ging dann sowieso bald wieder dorthin zurück, wo er vorher gestanden hatte, und kümmerte sich jetzt ernsthafter um das Essen.

Die nächste Stunde war Jamie damit beschäftigt, Essen zu reichen und die Leute dazu aufzufordern, sich zu bedienen. Mary saß mit einem Teller auf dem Schoß allein am Fenster. Während dieser Zeit hatte nur einer der anderen etwas zu ihr gesagt, ein aufgedunsener, ledergesichtiger Mann mit der lautesten Stimme, die sie je gehört hatte. Er stand über ihr, und in seiner Hose zuckte oder zitterte ein Bein.

»Bist du eine gute Freundin von Jamie?« brüllte er.
»Ja«, sagte Mary.
»Komische Sache, diese Wohngemeinschaft. Wie ist er denn so?«
»Ich weiß nicht«, sagte Mary. Und das war alles. Aber Mary störte das nicht. Es gab so viele Paare zu beobachten, und es war alles sehr interessant.

Vierzehn Menschen waren im Raum, das Baby, das Carlos hieß, nicht mitgezählt. Sie fanden sich in den großzügigen Lichtbuchten zu gemütlichen Grüppchen zusammen. Wie von einem Uhrwerk getrieben, schob sich der kleine Carlos auf Händen und wunden Knien über den Boden, und überall, wo er hinrutschte, stand er sofort im Mittelpunkt. Nach allem, was seine Aufmerksamkeit erregte, versuchte er zu greifen. Ganz gleich, was es war, Carlos griff danach. Einige Male kam er auf Mary zugerutscht und starrte ehrfürchtig zu ihr hinauf. Sie versuchte, mit ihm zu reden, doch er reagierte nicht. Auf Mary konnte er sich einfach keinen Reim machen.

Sechs Paare waren im Raum. Es dauerte eine ganze Weile, bis Mary die richtigen Verbindungen gezogen hatte. Einige waren leicht. Ein Paar hielt praktisch die ganze Zeit Händchen, sogar beim Essen. Ein anderes tat alles mit nervöser Vertrautheit; zwischen ihren Augen floß ein geschmeidiger, aber konstanter Strom geheimer Absprachen hin und her: Mary sah ihnen an, daß sie noch nicht lange ein Paar waren. Der aufgedunsene Mann, der mit Mary gesprochen hatte, war um so viel älter als alle anderen, wie Carlos jünger war; die junge Frau mit dem wilden Haarschopf, mit der er ein Paar bildete, schaute selten in seine Richtung, und dann auch nur, um ihre Verachtung aufzufrischen: Mary sah ihnen an, daß sie nicht mehr lange ein Paar sein würden. Die anderen schienen ihr oftmals nicht exakt ausgerichtet oder falsch angeschlossen zu sein; doch dann kamen ihre Partner unerbittlich auf sie zu, und wieder einmal fügten sie sich in den bitteren Pakt. Jamie schien nicht Teil eines Paares zu sein, aber sicher war man da natürlich nie.

Und das Zimmer, die Wohnung, das Labyrinth: es war wie das Haus von Mr. und Mrs. Hide, luftig und leer vor lauter Großzügigkeit, voller Raum zwischen den Dingen. Aber hier ist noch etwas anders, dachte Mary. Das hier ist neu, das ist mehr. All die Menschen hier sind irgendwie auserwählt: sie sind alle freiwillig zusammen, und sie müssen nur selten Dinge tun, die sie nicht ohnehin tun wollen. Natürlich unterscheiden sie sich voneinander, wie sich alle Menschen voneinander unterscheiden, aber diese Leute sind sich in Sachen Geld und Zeit aufdringlich einig. Und sie denken, das ist in Ordnung so.

Nur der hektische Jamie und der kleine Carlos – und natürlich Mary selbst – gingen weiter nach ihrem eigenen Prinzip der Unschärferelation vor.

»Sieh dir all diese Leute an«, sagte Jamie aufgeregt und ging neben ihr in die Hocke. Mary sah sie sich an. Er hustete und sagte: »Gottseidank bin ich jetzt wieder voll, also wunder dich nicht, wenn ich leiser spreche ... Sieh sie dir an. Weißt du, was sie gemeinsam haben?«

»Was?« fragte Mary.

»Sie haben es alle miteinander getan«, sagte er, als weise er auf eine rätselhafte, geschmacklose Angewohnheit dieser Leute hin. »Alle, die ich hier kenne, haben es mit allen, die ich hier kenne, getan. Du hast es mit niemandem hier getan, oder?«

»Nein«, sagte Mary und war sich dabei einigermaßen sicher.

»Wie beruhigend. Weißt du, das ist eines der Dinge, die mir an dir gefallen.« Er fing an, langsam auf und ab zu wippen, eine Bewegung, die irgendwo in seiner knochigen Hüftgegend ihren Ursprung hatte. »All die Frauen hier – haben's alle hier schon getan. So rum und dann von hinten, und dann auf der Seite mit einem Bein oben, und sich dann verrenkt und die Knie unter den Ellbogen verhakt. Warum tun sie das? Frauen tun das nicht wegen dem Sex. Sie haben es getan, weil es alle getan haben und weil sie nicht ausgeschlossen bleiben wollten. Jetzt gehen sie alle schwer auf die Dreißig zu und haben Streß, weil sie einen Mann und Kinder wollen, wie alle anderen auch. Alle wollen sie eine zweite

Chance. Alle tun sie so, als hätten sie es nie getan, aber alle tun sie es trotzdem weiter. Alle halten sie sich noch für Jungfrauen. Aber wer will sie denn jetzt noch haben, he? Wer will die alten Schlampen noch?«

Mary beschloß, etwas auszuprobieren. Sie beugte sich vor und sagte: »Ich habe mein Gedächtnis verloren.«

»Ach Gott, fang bloß nicht damit an. Mir geht's *die ganze Zeit* so. Dabei bin ich erst neunundzwanzig! Manchmal tu ich sogar zweimal hintereinander dasselbe – Briefe schreiben und so. Wie ein alter Depp. Ich …«

»Nein, ich meine, ich kann mich an gar nichts erinnern, was ich getan habe.«

»Ich auch nicht! Ich wache auf, und einen Moment lang ist die letzte Nacht noch komplett da. Dann kommt eine schwarze Hand und wischt sie mir aus dem Kopf. Und alles ist weg für immer. Manchmal erwischt man noch ein paar Anhaltspunkte. Zum Beispiel wenn einem der Bauch weh tut, dann weiß man, daß man viel gelacht haben muß. Sowas in der Art. Ich …«

»Du verstehst mich nicht. Ich meine – ich weiß nicht, wer ich bin. Ich bin vielleicht jemand ganz anderes.«

»Genau! Genau so! Ich könnte auch fast die ganze Zeit jemand ganz anders sein. Irgend jemand anderes – *mir* wär das nur recht. Es ist einfach nur alles schwarz um mich rum. Ich bin … ganz weit offen. Ich …«

»Sind hier alle so?«

»Klar doch! Naja. Nein. Eigentlich nicht. Die hier, die sind einfach nur durchgeknallt, sonst nichts.«

»Ach so«, sagte Mary und drehte sich weg, um ihre Enttäuschung zu verbergen.

Jetzt machten sich die anderen zum Aufbruch bereit. Zuerst dachte Mary, sie würden einfach nur irgendwo hingehen, aber dann merkte sie, daß sie nach Hause gingen, daß sie anderswo wohnten ... Verwirrt verkündete Mary, sie werde jetzt auch nach Hause gehen. Jamie nickte abwesend und sagte, er werde sie noch ein Stück begleiten, wenn er es schaffe. Er sagte, er werde so weit mitkommen, wie es ging.

Mary ging ins Bad. Sie fühlte sich merkwürdig, stolperte, wäre fast ausgerutscht, konnte sich gerade noch fangen. Die Wohnung war dunkel und riesig, womöglich endlos. Am Ende des hohen Flurs gab es kein Licht, so daß sich die körnige Luft ins Endlose ausdehnen mochte: alles mögliche konnte sich in dieser unermeßlichen Weite zutragen. Sie folgte der Wegbeschreibung. Noch immer waren Leute im Aufbruch, aber sie konnte sie nicht mehr hören. Sie war schon eine ganze Weile auf dem Weg zur vierten Tür rechts und hatte noch ein gutes Stück vor sich. Was war es, was sie so aus der Fassung brachte? Endlich kam sie zur Tür. Sofort spürte sie, daß jemand drinnen war.

»Es ist offen«, sagte eine Frauenstimme.

Mary öffnete die Tür und tat einen vorsichtigen Schritt nach vorn. Es war ein langer Raum, mit dickem Teppich ausgelegt – nicht wie ein Badezimmer, eher ein Zimmer, in dem eine Badewanne stand. Ganz hinten stand die kleine, drahtige Frau, die zu dem großen Mann mit dem Ledergesicht gehörte. Sie stand vor dem Spiegel und schüttelte ihr aufgeladenes rotes Haar.

»Ich bin sofort fertig«, sagte sie zu Marys Spiegelbild.

Mary trat näher. Die Frau war mit sich und dem Spiegel beschäftigt, versuchte das sommersprossige Kaleidoskop ihrer Wangen und die auberginefarbene Haut um die Mundwinkel ein wenig zu dämpfen. Mary verschränkte die Arme und wartete. Die Frau schob zwei Dosen in ihre Handtasche – eine schwarze, aufgeklappte Muschel. Plötzlich wandte sie ihr wildes Gesicht um. Überrascht von der Angst und dem Haß in ihrem Blick, trat Mary rasch einen Schritt zurück.

»Du bist doch Amy Hide, oder?«

Mary spürte eine vertraute Hitzewelle in sich aufsteigen. »Und wenn?« gab sie zurück, aber ihre Stimme klang alles andere als herausfordernd.

Die Frau schob sich an ihr vorbei auf die Tür zu. Sie hielt die Handtasche fest an sich gepreßt, als wolle Mary sie ihr jeden Moment entreißen. »Nichts. Aber denk nicht, ich wüßte es nicht.«

»Sag es niemandem. Bitte ... Auf Wiedersehen.« Mary stand da und blinzelte in den Luftstoß hinein, den die zugeschlagene Tür verursachte. Dann nahm sie die nächste Sache in Angriff. Sie hob den Deckel hoch und setzte sich auf die kalte Brille. Eine Hand schob sich von unten über ihr Gesicht. Einen Augenblick lang sah sie ganz alt aus, wie sie so dasaß, die Knie unter dem Rocksaum zusammengepreßt, die weiße Unterhose locker um die Knöchel und die roten Schuhe, die mit den Spitzen den Boden berührten. »Ich muß aufhören, mir Sorgen darum zu machen«, sagte sie. »Es wird niemals weggehen. Ich muß einfach nur aufhören, mir Sorgen darum zu machen.«

Fehlende Glieder

17 Jamie begleitete sie den halben Weg nach Hause, bis zum dunstverhangenen Herzen des Parks.

»Stört es dich, wenn wir Hand in Hand gehen?« fragte er. Jetzt war er wieder ruhig.

»Nein«, sagte Mary.

»Es stört dich nicht? Ist dir nicht zu peinlich?«

»Nein.«

»Wunderbar. Ich mag es. Das ist eines der wenigen Dinge, die ich noch mit Frauen tun kann und die mir nicht peinlich sind.«

»Warum?«

»Ich weiß nicht. Wahrscheinlich weil ich mich dabei irgendwie unschuldig fühle«, sagte er. »Aber du bist ganz durcheinander, und ich hab einen Kater, und wir brauchen nicht zu reden.«

Sie gingen weiter. Mit Jamie Hand in Hand zu gehen war ganz anders als bei Alan. Mary fragte sich, warum. Gut, Jamies Hand war warm, trocken und geschmeidig, das genaue Gegenteil von kalt, nervös und feucht, aber da war noch mehr. Vielleicht war es, wie so vieles, eine Frage des Alters. Alan war einundzwanzig, Jamie neunundzwanzig, Mary irgendwo dazwischen. Bei Alan kam es ihr immer vor, als führe sie oder werde geführt, als sei sie die Mutter und er das Kind, das entweder herumtrödelte oder vorwärtsdrängte. Jamie hingegen lief mit dem richtigen Tempo, einem gleichmäßigen Tempo, und das trotz oder vielleicht auch wegen seines armen steifen Beines ... Die anderen Menschen bemerkten den Unterschied rasch. Es schauten nicht mehr so viele auf sie, und wenn, dann freundlicher. Die Männer sahen sie verstohlen an, aber nicht aggressiv-frivol, sondern eher bedauernd. Die Frauen brauchten sie selbst jetzt offensichtlich gar nicht mehr anzusehen, sondern nur noch ihre Kleider, und auch hier war der Blick eher prüfend als herausfordernd oder gar triumphierend. Und die Alten betrachteten sie geradezu gütig, waren offensichtlich durch ihr bloßes Dasein erfreut, beseelt, ermutigt. Womit hatte sie all das verdient? Ein besonders alter Mann blieb zögernd vor ihnen stehen, verharrte nachdenklich im Leerlauf und sah gemächlich zu, wie sie vorbeigingen. Durch sein verkniffenes Lächeln drang ein benommenes Tremolo, ein hoher näselnder Laut, wie ein vergessenes Brummen.

Jamie lachte.

»Mit der Zeit wirst du auch so werden«, sagte Mary leichthin.

»Deshalb lache ich jetzt auch«, gab er zurück. »Dann lache ich nämlich nicht mehr. Wenn ich's überhaupt so weit schaffe. Wo wohnst du?«

»In einem Squat«, sagte sie.

»Mhm, hab ich mir fast gedacht. Ist nicht so toll, oder? Nicht besonders? Hör mal, wo ich wohne, ist jede Menge Platz. Da wohnen dauernd irgendwelche Leute. Ich meine, ich will keine Nummer mit dir schieben«, sagte er, schrieb eine Nummer auf einen Zettel und schob ihn ihr zu. »Ich meine, ich will nichts von dir. Das hab ich alles längst hinter mir. Ich meine einfach nur, du kannst jederzeit zu mir kommen und bleiben, so lange du willst.«

»Ich verstehe.«

»Brauchst du noch Geld?«

»Nein, ich hab genug.«
»Bestimmt? Na gut.«
Sie trennten sich am Teich. Jamie schien genausowenig wie Mary zu wissen, wie man sich in einer solchen Situation voneinander verabschiedete. Schließlich drückte er ihr nur den Arm und ging fort. Als sie sich noch einmal umdrehte, sah sie seine lange, gebeugte Gestalt, die Hände in den Taschen, in der Ferne verschwinden. Dann drehte auch er sich noch einmal um und winkte ihr, ohne stehenzubleiben, mit einer kantigen Bewegung zu.

Die Wiese wurde dunkler. Auf der großen Straße hinter dem weit entfernten Zaun, der den Park umschloß, floß der Verkehr in sonntäglicher Ruhe. Die Tage gehorchten dem fernen Wirken des Mondes und seinen stillen Lichtstürmen und wurden immer kürzer, drängten sich dicht aneinander. Mary hatte schon vom Winter reden hören. An kalten Abenden sprachen die Menschen resigniert und machmal auch mit gelassener Furcht davon. Es gab kein festes Datum für seine Ankunft, und alle hatten unterschiedliche Theorien, wann er kommen würde. Mary machte sich nicht allzu viele Sorgen. Der Winter würde sicher interessant werden.

Wegen Alan machte sie sich jetzt auch schon nicht mehr so viele Sorgen. Sie überlegte. Vielleicht war die Liebe ja dazu da, alle Menschen auf der Erde mit einem Kreis zu umgeben, mit einem Kreis, der zwar oft durchbrochen wurde, der aber immer bemüht war, ganz zu bleiben. Sie würde immer zu den Menschen gehören, die einen schützenden Kreis um Alan bildeten, und sie hoffte, er würde draußen in dem Kreis stehen, der sie umgab – wie unvollständig der auch immer sein mochte, mit all seinen zerbrochenen und fehlenden

Gliedern, und mit den vielen Händen, die keine andere Hand zum Festhalten hatten. So mußte es sein. Sie beschloß, sofort hoch in sein Zimmer zu gehen und es ihm zu sagen, wollte wissen, ob er ihr zustimmte.

In der Spielstraße waren jetzt nur noch wenige Kinder. Sie waren kaum zu erkennen und riefen und winkten einander zu wie scheidende Geister, die sich verflüchtigen. Bald würden sie in anderer Leute Häuser sitzen, hinter anderer Leute Fenster, und Tee trinken. Als Mary die Treppe hinaufeilte, war ihr plötzlich kalt in ihrem weißen Pullover und dem Rock.

Ohne anzuklopfen, ging sie sofort in Alans Zimmer, das still und leer im Halbdunkel lag. »Alan?« sagte sie. Auf dem Tisch am Fenster schimmerten in den letzten Lichtstrahlen teilnahmslos ein paar Zettel. Als Mary sich umdrehte, um wieder zu gehen, sah sie Alan mit dem Gesicht zur Wand in der Ecke stehen. Warum tat er das? »Alan, ich habe ...«, fing sie an und ging auf ihn zu. Dann sah sie, daß es gar nicht Alan war. Wie war das möglich? Es war jemand viel Größeres als Alan. Zögernd blieb sie stehen. Vielleicht hatte sich Alan auf einen Gegenstand gestellt. Warum tat er das? Sie ging näher hin. Stand er auf dem Bett oder auf einem Stuhl? Das Bett war zu weit weg, und der Stuhl war umgekippt. Mary streckte die Hand aus und berührte Alans Schulter. Er drehte sich um. Aber nicht so, wie Menschen sich normalerweise umdrehen. Um seinen Hals war der Gürtel seines Morgenmantels geschlungen.

Alan hatte einen Abschiedsbrief auf dem Tisch hinterlassen. Darin ging es ausschließlich um sein *Haar*.

• • •

Der arme Alan. Die arme Seele.

Selbstmord ist etwas, woran jeder junge Mensch denkt, ehe er älter wird. Aber kaum einer kommt dazu. Man will sich einfach nicht so festlegen. Wenn man jung ist und nach vorn blickt, verschwimmt die Zeit schon bei fünfundzwanzig im Nebel. »Ich werde nicht alt«, sagt man. O doch. Man wird es. Es holt einen ein. Immer.

Wie oft denken Sie an Selbstmord? Einmal am Tag? Einmal die Woche? Kaum mehr? Es hängt wahrscheinlich davon ab, wie alt Sie sind. Zum Altwerden gehört Mut, aber zum Selbstmord gehört noch viel mehr Mut. Es ist ein sehr riskantes Unterfangen. Der junge Alan muß seinen ganzen Mut zusammengenommen haben an diesem Nachmittag. Zum Glück war er noch jung. Sonst hätte er es nicht geschafft.

Alt werden bedeutet, zu erkennen, daß das Leben arm und erbärmlich ist, daß es aber sonst nichts gibt. Der Tod ist lächerlich, er dauert nur eine Sekunde; ehe man sich's versieht, ist er schon vorbei, soweit wir wissen jedenfalls.

Ich habe natürlich auch schon über Selbstmord nachgedacht. Ja, wirklich. An manchen Tagen denke ich über nichts anderes nach. Natürlich kann ich nicht ernsthaft darüber nachdenken, bis ich die Sache mit Mary abgeschlossen habe. Außerdem werde ich langsam zu alt dafür. Es ist bereits eine zu romantische Vorstellung für mich; ich meine, Selbstmord ist nicht sehr *realistisch*, oder?

Die Leute tun es heute immer früher – mit achtzehn, mit fünfzehn, mit zehn. Sie ersticken heute schon früh am Leben. Wenn man jung ist: das ist die Zeit dafür. Ob ich mir wünsche, ich hätte es damals getan, damals, in den guten alten Zeiten, als ich noch jung war? Nein, eigentlich nicht. Das Leben ist arm und erbärmlich, aber sonst gibt es nichts, soweit wir wissen jedenfalls.

• • •

Das erste, was Mary nach Alans Selbstmord tun mußte, war, eine Aussage zu machen.

»Reine Formsache«, sagte der Polizist in seiner abgewetzten Uniform, dem sie den Sonntag versaut hatten und der verhalten im Zimmer auf und ab ging. »Natürlich *müßt* ihr nichts aussagen, aber nach meiner Erfahrung ... normalerweise ist ... Das ist eigentlich gar nicht mein Bereich, wißt ihr.«

Mary saß am Tisch und starrte in das gesenkte, durchnäßte Gesicht von Russ. Sie hatte keine Ahnung, was sie aussagen sollte.

»Also, schauen wir mal ...« sagte der Polizist und zupfte sich am Ohr. Zuerst schlug er vor, die Schilderung jedes Hausbewohners schriftlich festzuhalten. Seine picklige Zungenspitze erschien im Mundwinkel, als er anfing, ganz langsam die von Paris und Ray nacheinander hervorgestotterte identische Schilderung, wie sie Alan entdeckt hatten, mitzuschreiben. Dann sah er auf seine Armbanduhr. »Vielleicht sollte ich ... was ein Jammer, daß ihr so viele seid.« Dann begann er verstört, Zettel und einen Haufen Stifte zu verteilen, die Norman schweigend hingelegt hatte, und versuchte dabei, Russ' lautstarke Schniefer zu ignorieren (Schniefer, mit denen er sich ganze Nasenfüllungen von Trauer in den geröteten Hals zog). Mary saß mit Russ, Ray, Paris, Vera, Charlie, Alfred, Wendy und Norman an dem langen Tisch, wie Schulkinder bei der Klassenarbeit, mit viel Kopfgekratze und Schulterzucken.

Was konnte Mary sagen? Es tat ihr leid, daß sie Alan das Genick gebrochen hatte; das hatte sie nicht gewollt. Sie fragte sich, ob wirklich Alans Haar daran schuld war, wie er behauptet hatte. Aber es schien eher unwahrscheinlich, daß einem das Haar das Genick brechen konnte. Bestimmt war es wieder ihre Schuld gewesen. *Es tut mir leid,* schrieb sie in ihrer Kinderschrift. *Ich habe es nicht gewollt. Ich will es nicht wieder tun.*

Doch dann kamen zwei alte Männer in Uniform mit einer unförmigen Tragbahre die Treppe herab. Russ stand auf und knallte den Stift auf den Tisch. Mit seinem kindlichen, kläglichen Gesicht sah er hinüber zu Mary.

»Was soll ich hier?« sagte er. »Ich kann nicht schreiben.« Er zeigte mit dem Finger auf sie. »Du warst es, du hast es getan! Er war erst einundzwanzig. Du hast es getan, und es ist dir völlig *egal.* Verdammt nochmal!«

Mary ging auf eine Reise, eine Reise, die mehrere Tage dauerte. Sie fuhr im Untergrund, hin und her und immer wieder rundherum, in den rauchenden Eingeweiden der Stadt. Sie fuhr so lange mit der *Circle Line,* bis diese neue Größenordnung von Zeit und Entfernung ihr den Kopf schwirren ließ. Und nie kam sie irgendwo an. Sie lief über den verdreckten Beton des Picadilly Circus und des Leicester Square. Sie schlief in einem Raum, der voll war mit anderen Menschen und den Geräuschen und Gasen von schlechtem Essen. Sie stand an eine Mauer gelehnt, wo auch andere Frauen standen. Zwei Männer kamen nacheinander an und fragten, ob sie zu haben sei; beide Male schüttelte sie den Kopf, und sie gingen wieder weg. Eine Weile verwandelte sich die Zeit in eine Abfolge geschlossener Kästen. Sie fuhr in einem Lieferwagen an einen Ort, wo man die Taschen ausleeren, alles abgeben und alles mit sich machen lassen mußte. Sie wurde für die Nacht mit einer Frau zusammengeschlossen, die die ganze Zeit weinte und immer wieder aufstand, um plätschernd in den Blechtopf unter ihrer Pritsche zu pinkeln. Am Morgen mußte sie sich ausziehen und wurde von einer Frau untersucht: welches Recht die dazu hatte, wußte sie nicht. Dann fuhr sie wieder in einem Lieferwagen. Sie schlief in einer weißen Reihe anderer Frauen, die die ganze Nacht über lautstark vor sich hin jammerten. »Oh, was bist du hart!« sagte die Frau neben Mary in einem fort. »Oh, was bist du ... gemein.« Das wußte Mary jetzt schon, die Frau brauchte es ihr nicht immer wieder zu sagen. Dann bekam sie in einem braunen Umschlag ihre Besitztümer zurück und ein paar gelbe Tabletten, die bewirkten, daß sich die Gegenwart ein Stück weit zurückzog. Sie konnte in einem Garten spazierengehen oder in einem grünen Zimmer sitzen, wo das Licht und die Gesichter fortwährend flackerten. Mary tat das eine ganze Zeitlang. Dann kam Prince und holte sie raus. Sie mußten ihn hereinlassen, natürlich. Sie mußten ihn hereinlassen und zulassen, daß er sie rausholte.

»Endlich hab ich dich durchschaut, Mary«, sagte er in seinem Büro zu ihr. »Ah, du rauchst jetzt also? Eine neue Errungenschaft?«

Mary paffte an ihrer Zigarette. Diese Fertigkeit hatte sie während der letzten paar Tage gelernt, eifrig angeleitet von verschiedenen verrückten Männer und Frauen. Sie hatten gesagt, es würde ihr guttun, besonders ihren Nerven. Mary wußte nichts darüber, aber es gefiel ihr, daß die Hände und der Mund beschäftigt waren – besonders der Mund. Sie sagte:

»Es tut mir leid.«

»… Na wunderbar«, sagte er. »Dann ist ja alles gut.«

»Ich habe mir Mühe gegeben, gut zu sein.«

»Und hast jetzt damit aufgehört? Red nicht wie ein kleines Kind.«

Mary sagte nichts.

»Ich hab Neuigkeiten für dich«, fuhr er etwas ruhiger fort. »*Mr. Wrong* – er hat widerrufen.«

»*Mr. Wrong?*«

»Der den Mord an dir gestanden hat. Er hat sein Geständnis zurückgenommen. Er sagt jetzt, er hätte es nicht getan.«

»Was bedeutet das?«

»Naja, aus seiner Sicht ist das nicht weiter überraschend. Er hat erfahren, daß du lebst und wohlauf bist. Also hat er widerrufen. Hättest du doch auch, oder?«

Mary sagte nichts.

»Das muß ich ihm zugestehen. Es hat eine ganze Zeit gedauert, bis er sich überzeugen ließ. Er hat lange an seiner Darstellung festgehalten. Das erlebt man nicht oft.«

»Ah ja?« fragte Mary. Er wartete darauf, daß sie den Blick hob. Sie hob den Blick.

»Nein. Er sagte, er hätte es getan. Er sagte, du hättest es gewollt. Deshalb hätte er es getan.«

In Marys Augen sammelten sich Tränen. Sie versuchte nicht, sie aufzuhalten, als sie kamen. Einige tropften auf ihren Schoß. Eine landete direkt auf ihrer Zigarette. Sie hörte, wie Prince seufzend aufstand. Er kam auf sie zu und wedelte mit seinem weißen Taschentuch.

»Mach dir keine Sorgen«, sagte er. »Er läuft noch nicht frei rum – muß noch eine Zeitlang sitzen. Deshalb haben wir gewartet. Wir wollten ihn wegen irgendwas anderem drankriegen ... Und was jetzt, Mary? Was bleibt dir noch? Der Job ist weg. Der Squat übrigens auch.«

»Wohin? Warum?«

»Beim geringsten Ärger in so einem Haus ...« Er machte eine müde Handbewegung. »Nein, Mary, du kannst nirgendwo mehr hin. Scheint, als hättest du all dein Glück aufgebraucht.«

»Da. Da ist noch ein Ort, wo ich hinkann.« Sie zeigte ihm den Zettel.

»Ach ja, diese Verbindung hast du ja auch geknüpft«, sagte er und nickte.

»Er hat gesagt, ich kann jederzeit anrufen und hingehen.«

Prince nahm eines der Telefone auf seinem Schreibtisch und knallte es vor sie hin. »Dann ruf ihn an.«

Mary rief Jamie an, und Jamie war da. Es überraschte sie nicht, daß er ganz gelassen sagte: »Ja klar. Komm her.« Was immer andere Mary angetan hatten, angelogen hatten sie sie nie. Wie bei so vielen anderen Dingen behielten sie auch da das meiste für sich. Es gab nur einen Menschen, dachte Mary, der richtig im Lügengeschäft tätig war, und der saß ihr gerade gegenüber.

»Moment noch«, sagte Jamie. »Was ist mit deinem ganzen Scheiß?«

Mary wurde rot. »Was?«

»Dein ganzer Kram. Kriegst du das alles in ein Taxi?«

»Oh. Nein, ich hab keinen Kram mehr.«

Prince sah nicht auf, als Mary den Hörer auf die Gabel legte. Er machte sich mit einem silbrig glänzenden Stift Notizen. »Alles geregelt?« fragte er.

»Ja.« Mary sah ihn an, haßerfüllt. Was tat er, außer sie

anzulügen und zum Weinen zu bringen? »Er ist reich«, sagte sie aufs Geratewohl.

»Wie schön.«

»Ich gehe jetzt«, sagte sie.

»Ja dann.« Er sah nicht auf. Er sagte: »Denk dran, Mary. Hüte dich vor deiner Macht. Niemand ist machtlos.«

»Ich gehe jetzt, und ich hoffe, ich sehe Sie im Leben nie wieder«, sagte Mary und ging hinaus.

Nicht nötig

18 »Also, als erstes«, sagte Jamie ernst, »mußt du ordentlich rauchen und trinken lernen. Gut. Wieviel trinkst du?«

»Meinst du Alkohol?«

»Natürlich meine ich Alkohol. Gibt's noch was anderes?«

»Einmal die Woche«, sagte Mary.

»*Wie bitte?* Na, das kriegen wir schon hin, junge Frau. Hier, nimm mal das Glas. Es ist einfacher, wenn man schon mittags ordentlich bechert. Das spart am Abend viel Mühe.«

»Mir geht's den ganzen Tag schlecht, wenn ich mittags trinke«, sagte Jo, die auch da wohnte, wo Jamie wohnte.

»Und?« gab Jamie zurück.

»Es macht keinen Spaß, sich den ganzen Tag lang schlecht zu fühlen.«

»*Gefallen* tut es keinem von uns. Darum geht's auch gar nicht. Es soll auch keinen Spaß machen. Also, Mary. Wie sieht's beim Rauchen aus?«

»Drei oder vier am Tag?« sagte Mary hoffnungsvoll.

Doch Jamie sah sie lange an und schüttelte dann traurig den Kopf. »Nee. Ich fürchte, das kommt nicht hin.« Er drehte sich weg, zog die Augenbrauen hoch und sagte forsch: »Ich bin jetzt bei dreieinhalb Schachteln am Tag ...«

»Wirklich?« fragte Mary.

»Sicher. Am Anfang war es allerdings die Hölle. Sich

von zwei auf drei Schachteln hocharbeiten – das ist Schwerstarbeit. Danach ist es ganz einfach. Also, wir setzen dir erstmal ein realistisches Ziel, sagen wir, zwanzig am Tag, und dann kannst du dich weiter steigern. Ja? Es ist eine reine Willenssache, sonst nichts. Du mußt es nur fest genug wollen, dann schaffst du's auch. Glaub mir. Es geht.«

»Was ist so toll daran, sich selbst umzubringen«, sagte Augusta, die auch da wohnte, wo Jamie wohnte.

»Jetzt fang du auch noch an. Ach so, jetzt kommt's mir. Sieh mal einer an. Du willst also leben? Du willst *leben*.«

Mary schlürfte ihren Drink und drückte die Zigarette aus. Sofort füllte Jamie ihr Glas nach, zündete eine neue Zigarette für sie an und reichte sie ihr.

»So ist's gut. Du *kannst* es. Mary. Jetzt mußt du nur noch viel Fettes essen und darfst keinen Sport treiben, dann stehst du das alles gut durch.«

»Du bist doch verrückt, Jamie. Also weißt du, das ist überhaupt nicht mehr witzig«, sagte Lily, die auch da wohnte, wo Jamie wohnte.

»Woher willst *du* wissen, ob das witzig ist?«

»Weil ich nicht drüber lachen kann.«

»Du bist doch eine Frau! Frauen lachen nie, wenn etwas witzig ist! Frauen lachen nur, wenn es ihnen *gutgeht*.«

»Bla bla bla«, sagte Lily.

»Was 'n Scheiß«, sagte Jo.

»Gebt ihm doch 'ne Valium«, sagte Augusta.

»Aber es stimmt doch! Und es macht auch gar nichts. Bei euch ist das eben *anders* ...« Mit gesenktem Kopf und stechenden Augen wandte er sich wieder Mary zu. »Okay. Ich sehe es einfach so: Weil keiner von uns irgendwas tut und auch nie irgendwas tun wird, können wir genausogut all das andere tun, mehr nicht.«

»Oh, Mary«, sagte Lily, »hast du eigentlich genug Bettzeug und Handtücher und so?«

»Wieso, war der Wäscheservice da?« sagte Jo.

»Haben sie mein Hemd gebracht?« sagte Augusta.

»Welches?«

»Sie haben es verschlampt. Du weißt schon, das graue Seidenhemd mit den ...«

»Ich denke«, sagte Jamie und versuchte unbeholfen, aufzustehen, »ich denke, ich werde mich jetzt aus diesem Gespräch ausklinken.« In der Mitte des Zimmers blieb er zögernd stehen. Seine Augen brannten vor jungenhaftem Eifer und vor Scham. »Ich meine, es ist nur ...«

Bitte nicht, dachte Mary. »Ist schon in Ordnung. Nicht nötig.«

»Die Sache, daß Frauen nicht lachen«, setzte er an, und augenblicklich seufzten die Frauen auf und wandten sich ab. »Wenn ich gesagt hätte: *die meisten* Frauen, hättet ihr mir alle zugestimmt und über eure Schwestern gelacht. Aber ich habe *euch* gemeint, weil ihr nie mal ein Buch lest oder irgendwas tut. Deshalb lacht ihr nur, wenn ihr jemanden mögt oder wenn es euch *gutgeht.*«

»Wie langweilig«, sagte Augusta.

»Langweilig? Aha, langweilig ist das also? Also, wenn es so ist, dann mach ich den ganzen Scheiß nicht mehr mit. Herr, hilf du mir«, sagte er und stolperte aus dem Zimmer.

»Hör einfach nicht hin«, sagte Lily zu Mary. »Er ist unmöglich, wenn er blau ist.«

»Der haßt Frauen«, sagte Augusta mit geschlossenen Augen.

Jo schüttelte den Kopf. »Nein, er muß nur mal raus und irgendwas tun.«

Es stimmte, daß niemand in der Wohnung etwas tat. Natürlich war es nicht so, daß sie überhaupt nichts taten, aber sie taten nichts Richtiges. Mary fand bald heraus, warum: Sie brauchten es nicht. Sie hatten es nicht nötig.

Mary hatte alle drei Frauen von jenem Sonntag wiedererkannt, als sie zum Lunch dagewesen war. Es überraschte sie nicht, daß die drei hier wohnten. Es überraschte sie auch nicht, daß noch jemand hier wohnte, jemand der auch nichts tat: der kleine Carlos.

In einem gewissen Sinn war Carlos das, was Lily tat. Carlos forderte und erhielt quasi rund um die Uhr Betreuung: er brauchte immerfort Lilys Zeit, und sie gab sie ihm. Carlos lernte gerade laufen, das heißt, er wartete darauf, laufen zu können. Auf seinem kräftigen, seidigen Kopf zeichneten sich in immer neuen Mustern böse blaue Flecken ab; Carlos holte sie sich durch ständiges Hinfallen, besonders im Bad, wo er am häufigsten hinfiel. Dort hörte man ihn immer herumkrauchen und interessierte Gurgellaute ausstoßen, dann kam ein unvermittelter Plumps oder ein Krachen, dann eine kurze, schockierte Stille, während der Carlos seinen Schreck und seine Wut sammelte, und schließlich ertönte sein kräftiger, durchdringender Schrei, woraufhin Lily hastig herbeieilte, in der Hoffnung, daß er nichts zerbrochen hatte. Carlos brüllte auch bei anderen Gelegenheiten. Und immer hatte sein Schreien die erwünschte Wirkung: immer bekam er, was er wollte. Wenn man überlegte, war Carlos für sein Alter wirklich sehr beliebt und hatte für jemanden, der erst ein Jahr alt ist, schon eine ganze Reihe Bewunderer. Wie viele Freunde und Anhänger würde er erst mit fünfzig haben – oder mit fünfundsiebzig!

»Wie soll es mit Carlos eigentlich weitergehen?« fragte Jamie Lily. Jamie verbrachte ziemlich viel Zeit mit Carlos, er spielte gern mit ihm oder schaute ihm einfach beim Spielen zu. »Bis drei hält er dich für die Göttin. Bis zwölf will er zu dir in die Kiste kriechen. Dann, bis zwanzig, hält er dich für den letzten Dreck. Und dann wird er schwul oder was immer und hat dir gegenüber Schuldgefühle, bis er sechzig ist und genau so fertig wie du. So sieht's doch aus, oder?«

»Red nicht so«, sagte Lily und nahm Carlos in den Arm.

Irgend etwas in Lilys Augen erinnerte Mary an das Wohnheim und seine gefallenen Bewohnerinnen. Auch Lily hatte in Schwierigkeiten gesteckt, aber sie hatte sich davon freigekämpft, hatte jetzt keine Schwierigkeiten mehr. Sie hatte zerzaustes, dünnes blondes Haar und traurige Lippen, und in ihrem Wesen lag nichts Herausforderndes. Sie hatte auch einen Mann, der Bartholomé hieß und draußen auf der Nordsee arbeitete. Lily dachte immer nur an Carlos, selbst wenn der schlief oder nebenan vor sich hin brabbelte. Lily tat nichts, aber das war in Ordnung. Carlos war, was Lily tat.

Jo tat nichts, aber doch eine ganze Menge. Noch nie hatte Mary jemanden kennengelernt oder von jemandem gehört, der so viele Dinge tat wie Jo. Sie hatte »eigenes Geld«, was möglicherweise eine Erklärung dafür war (alle anderen, einschließlich Mary, hatten ihr Geld von Jamie). Außerdem hatte sie ein Schwimmerkreuz, kurze, wippende braune Haare, ein kriegerisch vorstehendes Kinn und furchterregend gute Zähne. Sie tat pausenlos etwas, spielte Tennis, Squash und Golf, ging reiten oder fuhr hinter dem Steuer ihres fetten starken Autos in ferne, praktisch unerreichbare Gegenden. Am frühen Abend schmetterte sie Ohrwürmer unter der siedendheißen Dusche, marschierte dann in einem unförmigen Sweater und klobigen Jeans durch die Wohnung und überwachte das Abendessen mit Lily. Später saß sie vorm Fernseher, strickte dabei oder bastelte an einem Angelhaken, bespannte Tennisschläger oder ölte Gewehre. Um punkt halb zwölf stand sie auf, reckte sich, sagte: »Also dann!« und marschierte ins Bett. Gelegentlich ging sie mit ihrem Freund aus. Sehr gelegentlich kam ihr Freund in die Wohnung. Ihr Freund war unglaublich, wie aus dem Fernsehen. Jamie äußerte oft die Vermutung, Jo sei im Grunde selbst ein Mann.

»Sie ist ein gottverdammter *Mann*, diese Frau«, sagte er dann. »Laß dich nicht von ihr täuschen – die ist auch völlig fertig. All das Sporttauchen und Bergsteigen und Höhlenforschen und Drachenfliegen – damit will sie nur die Zeit totschlagen, um nicht nachdenken zu müssen. Meinst du, es gefällt ihr, mit diesem gottverdammten Roboter auszugehen?«

An einem Sonntag brannte die Sicherung durch. Während Mary und Lily Kerzen hielten, schielte Jamie angstvoll auf den Sicherungskasten, der ihn aus seiner Höhle triumphierend anstarrte. Immer wieder streckte er einen zitternden Finger vor, zog ihn aber jedesmal im allerletzten Moment wieder zurück. Dann kam Jo mit einem Gewehr und drei toten Fasanen am Gürtel in die Wohnung gepoltert. Mit einer lässigen Schulterbewegung schob sie Jamie beiseite und sorgte mit einer knappen Handbewegung wieder für Licht. Jamie stolperte und fiel hin. Lily half ihm auf. Jamie blinzelte ungläubig, wischte sich den Staub von der Hose und sagte beleidigt:

»Herrgott, du bist überhaupt keine Frau, du. Du bist ein Kerl! Verdammt nochmal ... häng dir doch gleich ein *e* an deinen Namen, damit alles klar ist.«

Aber Jo lachte nur und marschierte in ihr Zimmer. Bald darauf war sie wieder fort. Sie hatte anderes zu tun.

Augusta tat auch nichts, überhaupt nichts, doch ihr Leben war ein pulsierendes Heldenepos aus Siegen und Niederlagen, Strategien, Mißgeschicken und Beleidigungen, aus Verrat und Krieg und Verschwörung. Augustas Leben war reich an sozialen Kontakten. Und reich an Sex. Sie hatte stachelige schwarze Haare, doch ihr Gesicht war von einer dramatischen Blässe, bleicher noch als die schneeweißen Zähne. Mary sah sie häufig nackt, denn sie saß oft bei ihr in ihrem Zimmer, das wie ein üppiges Bordell ausstaffiert war. Augusta war genauso groß und schwer wie Mary; aber Augusta war nicht nur dünner, sondern gleichzeitig auch voller als Mary. Der schmale, muskulöse Rücken, der üppige Hintern und die wohlgeformten Brüste, die hoch auf dem zarten Brustkorb saßen, ließen ihren Körper ausgesprochen athletisch und sportlich wirken. Und Augusta hatte jede Menge Männer.

Sie stand spät auf, noch später als Jamie. Neben dem Bett hatte sie immer einen riesigen Becher Wasser stehen, auf dessen geriffelter Emailoberfläche die Queen prangte. Ehe Augusta irgend etwas tat, leerte sie diesen Becher in einem Zug aus. Dann stand sie auf und kochte sich ruhig, geradezu bedrohlich ruhig, einen Kaffee. Um diese Zeit war sie immer ruhig, bedrohlich ruhig und hochnäsig, fast königlich – trotz der erschreckenden Blässe und der zitternden Hände. Besonders ruhig und bedrohlich wirkte sie, wenn ein Mann über Nacht geblieben war, und noch viel ruhiger und bedrohlicher, wenn der Mann nicht über Nacht geblieben war. Augustas Männer ... Mary hörte Augusta spät in der Nacht mit ihnen hereinkommen und sah sie oft am frühen Morgen davonschleichen – oder aber halb bekleidet die Flucht ergreifen, während Augsta nackt in der Tür stand und ihnen lautstark Beine machte. An solchen Tagen wirkte sie ganz besonders erhaben und würdevoll. Sie sah aus, als müsse sie die Teile von sich selbst wieder zusammenfügen, die der vorige Tag verstreut hatte – dieser enttäuschende, wertlose Tag, der einfach nicht gut genug für Augusta gewesen war. Ein *schlimmer* Tag, der es einfach nicht geschafft hatte.

Jamie hatte ähnliche Theorien über Augusta. »Sie ist ein gottverdammter *Mann*, diese Frau – jedenfalls wenn's um Männer geht. Ich weiß, sie ist eine tolle Bettakrobatin und alles. Sie sagt, es tut ihrer Figur gut. Aber sieh dir ihre Augen an. Wie die ausschauen ... einfach fertig.«

Nach ein paar Drinks und dem Mittagessen wurde Augusta schöner und schöner, und das ging den ganzen Tag so weiter.

»Du bist unbegreiflich«, sagte Jamie oft, »stehst morgens auf und siehst total beschissen aus. Und am Nachmittag könntest du glatt wieder als Jungfrau durchgehen.«

Es war nicht ungefährlich, solche Dinge zu Augusta zu sagen, denn sie war aus gutem Grund wegen ihrer Empfindlichkeit und ihrer Wutausbrüche gefürchtet. Mary fragte sich anfangs oft, ob es Augusta nicht manchmal selbst zu anstrengend war, sich derart in ihre

Wut hineinzusteigern. Aber es war ihr nicht zu anstrengend, wie Mary bald erkannte: diese Wut war Teil von etwas Grenzenlosem, das in Augustas Innerstem lebte. In Augusta steckte viel von Amy. O ja, sehr viel. Wenn Augsta sich abends zum Ausgehen zurechtmachte, sah sie immer blendend aus, umwerfend gut. Sie ging jeden Abend aus, es sei denn, etwas war schiefgegangen. Ein Auto kam – oder ein Taxi oder ein Mann –, und Augusta entschwebte in die erwartungsvolle Nacht. Und wenn etwas schiefgegangen war und sie daheimblieb, dann sah sie noch würdevoller und bedrohlicher aus als sonst.

An solchen Abenden betrank sie sich, redete ohne Pause und lachte wie verrückt über ihre eigenen Witze. Manchmal wagte es Jamie dann, sich über sie lustig zu machen.

»Bist wieder mal verraten und verkauft worden, was, Augusta? Angebumst und abgelegt, wie? Oje, morgen geht's bestimmt jemandem an den Kragen. Wow! Der nackte Horror!«

Und Augusta konnte auch darüber lachen. Aber morgens, wenn sie so schrecklich erhaben aussah, gab Jamie keinen Ton von sich. Zum Beispiel gab er keinen Ton von sich an dem Tag, als sie ein blaues Auge hatte und sich im Bad geräuschvoll erbrach. Niemand ließ ein Wort darüber fallen, so erhaben schaute sie drein.

Nachts lag Mary in dem kleinen Zimmer am Ende des Flurs in ihrem Bett und wehrte die unwillkommenen Gedanken ab, die sie dann immer heimsuchten. In gewisser Weise hatte Jamie recht: Augusta und Jo waren tatsächlich wie Männer. Sie hatten Macht, die Macht, anderen etwas aufzuzwingen, anderen Furcht einzuflößen – sie hatten etwas Starkes. Etwas bedrohlich Starkes! ... Was für eine Schande, daß Frauen, die sich von Männern befreien und selbst stark sein wollten, einfach nur beobachteten, auf welche Weise die Männer stark waren, und das dann nachahmten. Gab es denn keine andere Art, stark zu sein, keine weibliche Art? Mary war sicher, daß es eine geben mußte. Aber vielleicht auch nicht, oder nicht mehr, oder noch nicht. Vielleicht würde es den Frauen nie gelingen, stark und weiblich zugleich zu sein. Vielleicht hatten Frauen einfach nicht die Stärke dazu.

Wo war der fahle Alan jetzt? Er hatte nie, zu keiner Zeit, Stärke besessen. Wo war er jetzt, im Himmel oder in der Hölle? Wenn er im Himmel war, tauchte er vielleicht in einen nebelumwaberten Swimmingpool ein – aber diesmal perfekt, die Beine gespannt und gerade; oder vielleicht lümmelte er den ganzen Tag auf einer Wolke herum und fuhr sich durch sein schönes, dichtes Haar. Wenn er in der Hölle gelandet war, dann war es sicher eine blasse, bescheidene Hölle mit unechten Flammen wie im Kamin der Bothams, und alles war sehr ruhig, und es passierte nicht viel. Aber höchstwahrscheinlich, dachte Mary, hatte Alan einfach aufgehört zu leben, war einfach erstarrt. Sein Leben war ausradiert worden, gelöscht. Das war das Wahrscheinlichste, fürchtete Mary. Sie glaubte nicht an ein Leben nach dem Tod. Sie glaubte nur an den Tod.

• • •

Sie wird darüber wegkommen.

... Nun ja, Mary scheint wieder einmal auf die Füße gefallen zu sein, ohne zu zerbrechen. Natürlich lieben Frauen Männer mit viel Geld, oder etwa nicht? Ach, kommen Sie schon. Natürlich ist es so. Wäre ich eine

Frau, würde ich's genauso machen. Warum vergeuden Männer wohl ihr ganzes Leben damit, das Zeugs zu verdienen? Früher haben sie mit Fäusten und Keulen um Frauen gekämpft, heute tun sie es mit Geld. Scheint mir eine deutliche Verbesserung.

Nicht, daß Jamie sich sein Geld verdienen müßte. Er hat es schon immer gehabt. Es war da, wartete nur darauf, in seinen Besitz zu gelangen. Die Reichen haben ihre eigenen Ängste, in ihrer Welt, in der es an nichts fehlt. Hier fließen die Dinge zu träge, und die Reichen haben ihre eigenen Ängste. Es ist so, und es geschieht ihnen recht. Mary muß hier gut auf sich achtgeben. Die Katastrophe wird sich aus der anderen Richtung anschleichen.

Waren Sie schon einmal an einem Ort, wo Sie jemanden wollten, der Sie nicht wollte? Tun Sie es nicht – nie. Gehen Sie weg. Bleiben Sie nicht an einem Ort, wo Sie jemanden wollen, der Sie nicht will. Gehen Sie weg, so schnell Sie können, und kommen Sie nicht wieder. Mehr kann ich nicht sagen. Mehr können Sie nicht tun.

• • •

Eines Morgens im Bett fiel Mary ein, wie sie sich einmal als Kind auf den graubetonierten Schulhof gesetzt und geweint hatte, untröstlich geweint, und es war niemand gekommen, um sie zu trösten.

Sie war von irgend etwas ausgeschlossen worden – hatte bei irgend etwas nicht mitspielen dürfen. Alle hatten erwartet, daß sie zu weinen aufhören würde, sobald das Spiel vorbei war. Sie hatte es auch erwartet. Aber sie hörte nicht auf. Das Reißen, das Zerren, es hörte nicht auf, au, au, es tat weh, es schmerzte. Sie setzte sich in der Klasse an ihren Platz, legte den Kopf in die Hände, und ihre Schultern zitterten. Die Lehrerin hatte Mitleid mit ihr. Sie führte sie in eine Ecke, ließ sie auf einen Stuhl steigen und öffnete das Fenster, damit sie besser Luft bekam. Doch das Zerren ließ nicht nach. Sie starrte hinaus in den strahlenden Nachmittag und lauschte ihrem eigenen Schluchzen, war genauso überrascht wie die anderen, wie abgrundtief und verzweifelt es war.

... Mary saß nackt auf der Bettkante. Sie weinte wieder. Jetzt reicht's, dachte sie. Sie konnte nicht immer nur allein sein. Es war nicht nur *Jamie* - sie wußte, was mit *Jamie* nicht stimmte. Aber nur er konnte den Schmerz und die Wunden, das zerrende Verlangen beenden. Und jeder brauchte jemanden, um sich halbwegs ganz zu fühlen.

Gegenstück

19 Jamie tat nichts. Auch Jamie tat nichts. Überhaupt nichts. Natürlich machte er gelegentlich irgendwelche Jobs wie den für Michael Shane, aber –

»Aber ich mach den ganzen Scheiß nicht mehr mit«, sagte er in seiner harten Stimme. »Ich hab das einfach nicht nötig, verdammt nochmal. Wer hat sowas nötig? Ich nicht.«

Jamie las den ganzen Tag nur. Manchmal nahm sich Mary die Bücher, die er zu Ende gelesen oder liegengelassen hatte. Meist waren es amerikanische Bücher, und meist ging es darum, wie arme Schlucker es zu was brachten. Bald entdeckte Mary, daß Jamie vieles von dem, was er von sich gab – Sätze, ganze Passagen, felsenfeste Überzeugungen – und auch viele seiner Angewohnheiten und Marotten aus diesen Büchern gestohlen hatte. War das in Ordnung, aus Büchern zu stehlen und nichts zurückzugeben? Mary nahm an, daß es in Ordnung war, zumindest an diesem Ort hier. Den Büchern schien es nichts auszumachen, und außerdem war an diesem Ort sowieso alles in Ordnung.

Mary las ebenfalls, aber die Bücher halfen ihr nicht weiter. Sie stellte fest, daß sie eigentlich nur las, um etwas zu lernen. »Nichts ist so freudlos wie die Gesellschaft einer Frau, die man nicht begehrt«, las sie irgendwo. Sie versuchte, nicht freudlos zu sein. Aber war sie eine Frau, die nicht begehrt wurde? Wie konnte sie das wissen? Anderswo las sie: »Die geheimen Gedanken einer Frau sind fast immer romantischer Natur ...«, aber Männer waren nicht so. Aber *die Frauen* waren auch nicht so, jedenfalls nicht mehr. Sie entdeckte ein paar dicke Taschenbücher mit Bildern von Frauen wie Augusta auf dem Einband und dem Wort *Liebe* im Titel. Mary las sie alle. In diesen Büchern zogen die Frauen, die Männer wollten, einfach die Kleider aus und sagten Dinge wie »Komm« oder »Nimm mich« oder einmal sogar: »Füll mich mit deinen Kindern.« Irgendwie konnte sich Mary nicht vorstellen, so etwas zu Jamie zu sagen. »Jamie? Füll mich mit deinen Kindern.« Nein, Mary konnte sich nicht vorstellen, das zu sagen. Und die Frauen zogen sich auch auf eine besondere Weise an: eine trug ein spitzenbesetztes, kurzes schwarzes Kleid, das bei einem Mann, der sich benahm wie Jamie im Moment, die gewünschte Wirkung erreicht, die richtigen Lügen erzählt hatte; und manchmal waren die Frauen unter ihrem Pelzmantel auch ganz nackt. Dann fickten die Männer die Frauen und schlugen sie obendrein meist auch noch ein- oder zweimal ins Gesicht. Das war es nicht, was Mary wollte. Sie mußte allerdings zugeben, daß die Männer und Frauen durchaus Spaß an dem zu haben schienen, was sie auf eine peinliche und irgendwie haßerfüllte Art und Weise taten. Aber die Männer waren alle Rennfahrer oder Wirtschaftsbosse oder Gangster oder Filmstars. Und Jamie war nicht so. Wie war Jamie? War Jamie vielleicht schwul, wie Gavin? Mary glaubte nicht.

Und plötzlich wurde ihr klar: Bücher handelten tatsächlich vom Leben in der Welt, von der Welt der Macht, der Langeweile und der Sehnsucht, von der Welt, die brannte. Diese Bücher hier waren einfach nur ehrlicher als die anderen; doch alle lebten sie von der käuflichen Gegenwart. Was hatte sie zuvor gedacht? Sie hatte gedacht, Bücher handelten von einer idealen Welt, wo zwar auch nichts ideal, aber alles von Idealen, von moralischer Größe geprägt war. Doch so war es nicht. Mit brennendem Stolz ließ sie den Blick über die Bücherregale schweifen. Bücher waren nichts Besonderes. Bücher waren nicht mehr und nicht weniger als alles andere auch.

Später an diesem Tag ging Mary ins Bad und schloß die Tür hinter sich ab. Langsam zog sie vor dem großen Spiegel alle Kleider aus. Sie trat einen Schritt zurück, schüttelte das Haar und starrte auf die sanften Rundungen ihres Körpers ... Sie sah aus, als würde sie posieren, irgendwie unbeholfen (überhaupt nicht sie selbst), aber: doch, sie sah gut aus. Ihr dichtes, festes Haar fiel hinab bis auf die Brustwarzen, umspielte sanft den rosigen Hals. Waren ihre Brüste schön? Mit ihrer Form und Festigkeit war sie ganz zufrieden – sie waren rund und elastisch, ohne jede Spur von Fett –, und die Brustwarzen hatten etwas Empfindliches und Makelloses, von dem sie sich vorstellen konnte, daß andere es mochten. Ziemlich genau in der Mitte zwischen den Brüsten und dem zweiten Haaransatz lag das von kleinen Fältchen umgebene, kindliche Auge des Nabels, der Mittelpunkt der sanften Wölbung, die zu den Hüftknochen hin flacher wurde, wo die Haut ganz weich war und zarte Venen durchschienen ... Und dann kam diese andere wichtige Stelle, deren Rolle im Leben so umstritten war, die so sehr im Zentrum stand, die so verehrt und geschätzt wurde. Sie bestand ebenfalls aus Fleisch und Elastizität, und dichtes Haar und ein hervorstehender Knochen boten ihr Schutz. Innerlich widerstrebend sah Mary näher hin. Ja, das war neu, das war mehr. Die Haut schimmerte rosa, intim rosa. Und dort unten taten sich noch andere seltsame Dinge. Offen gesagt, sah es da unten so toll nicht aus, fand Mary. Genaugenommen sah es da unten ziemlich schlimm aus, fand Mary. Aber wenigstens war es nicht ständig so zur Schau gestellt wie sein Gegenstück. Und dann die perfekten Konturen ihrer rosigen Schenkel. Das ist gut, wirklich gut, dachte sie, es muß gut sein: es ist alles, was ich habe. Sie zog sich wieder an und schloß die Tür auf. Jamie ging gerade vorbei.

»Hi, Mary«, sagte er und ging weiter.

Was ist los mit mir? dachte sie.

Mary fragte die anderen Frauen.

Sie fragte Lily.

»An *dir* liegt es nicht«, übertönte Lily Carlos' ständiges Geschrei. Carlos weinte nicht, er probierte nur die Kraft und die Belastbarkeit seiner Stimmbänder aus. »Pst, mein Kleiner, komm, sei lieb. Es scheint nur ... er hat das alles schon gehabt. Oh, Carlos, hör bitte auf, komm, hör auf damit.«

Es stellte sich heraus, daß Lily und Jamie vor langer Zeit ein Paar gewesen waren.

»Warum seid ihr keins mehr?« fragte Mary.

»Ich wollte ein Kind und er nicht.«

»Ah.«

Sie fragte Jo.

»Was? Mit ihm? Das müßte schon mit dem Teufel zugehen«, sagte Jo. Jo tauschte gerade ihr Entdecker-Outfit gegen die Tenniskluft aus. »Der ist doch nur ein mieser kleiner *Wichser*. Reichst du mir mal die Hose?«

Es stellte sich heraus, daß Jo und Jamie vor langer Zeit ein Paar gewesen waren.

»Warum seid ihr keins mehr?« fragte Mary.

»Weil er nicht Manns genug war, daran zu *arbeiten.* Unsere Beziehung hat viel Arbeit und Einsatz gefordert, aber er hat es nicht geschafft.«

»Ah.«

Sie fragte Augusta.

»Komm rein. Mach die Tür zu. Ich bin froh, daß du mich danach fragst. Es gibt da ein paar Dinge, die du wissen solltest«, sagte Augusta.

Sie saßen lange Zeit auf Augustas seidig glänzendem Bett und redeten. Ihr Gespräch wurde immer wieder dadurch unterbrochen, daß Augusta ihr ramponiertes Telefon dazu benutzen mußte, irgendwelche Männer zu verspotten oder zu besänftigen. Seit dem Morgen mit dem blauen Auge war sie nicht mehr oft ausgegangen. Das Veilchen durchlief jetzt langsam das Rotspektrum, aber Augusta wirkte noch immer sehr erhaben. Sie trank Wodka aus einer Flasche, die in einem eisgefüllten Plastikbehälter stand.

»Im Grunde«, sagte Augusta, »ist er homosexuell. Und impotent. Das sind alles Narzißten.«

»Wirklich?« fragte Mary.

»Er haßt Frauen. Er hat Angst vor ihnen.«

»Warum läßt er uns dann alle hier wohnen?«

»Um uns zu unterdrücken. Um uns mit seiner Häme zu unterdrücken. Gehst du mal eben ans Telefon? Frag erst, wer dran ist. Mm – ja, okay.«

»... aber er läßt uns tun und lassen, was wir wollen«, nahm Mary den Faden wieder auf, »und gibt uns soviel Geld, wie wir wollen.«

»Damit unterdrückt er uns ja gerade.«

»Aber wenn er uns haßt und Angst vor uns hat, warum macht er sich die Mühe, uns zu unterdrücken?«

»Glaub mir, ich sag die *Wahrheit*«, sagte Augusta mit

einem Blick, der von so finsterer Rechtschaffenheit erfüllt war, daß Mary rasch nickte und wegschaute. »Du weißt doch sicher, daß er onaniert? Oh, gehst du mal eben ran? Frag erst, wer dran ist ... O ja, *okay*.«

Es stellte sich heraus, daß Augusta und Jamie vor langer Zeit ein Paar gewesen waren.

»Warum seid ihr keins mehr?« fragte Mary.

»Wegen einem einzigen blöden Krach! Es ist nicht zu glauben! Drei Wochen lang hab ich ihn *jeden Tag* in der Klinik besucht, und als er rauskam, sagte er« – und ihr Mund verzog sich traurig und kummervoll –, »da hat er gesagt: ›Ich mach den Scheiß nicht mehr mit.‹ Es ist nicht zu glauben! Geh mal eben ran. Frag erst ... nein! Oh, *na gut*.«

»Ah ja«, sagte Mary.

»Vom ersten Augenblick an«, sagte Augusta und schnippte mit den Fingern, »wußte ich, er hat keinen Mumm mehr. Wie alle Männer ist er im Grunde ein Voyeur. Was *wissen* die Männer? Was *fühlen* sie? Ich meine, was fühlen sie *wirklich*? Nichts! Ach, sie sind nichts als – wer?« Mit erhabener Geste griff Augusta nach dem Telefonhörer und flüsterte ziemlich lange hinein.

Dann redeten sie eine Weile über andere Dinge. Sie redeten über die große Farm, auf der Augusta eines Tages leben, und über die acht oder neun Kinder, die sie dort großziehen würde.

Viel später sagte Augusta: »Ich kenne dich ... von früher.«

»Wirklich?« sagte Mary.

»Wie war dein Name noch?«

»War es Amy?«

»Ja.«

Mary war nicht allzu schockiert. Vielleicht war auch Augusta zwei Frauen. Schließlich hatte Jamie Mary einmal erzählt, Augusta sei nicht Augustas richtiger Name. Augustas richtiger Name sei Janice.

»Wir haben uns bis in die Puppen unterhalten, und dann haben wir Rührei gegessen. Du warst merkwürdig.«

»Ich kann mich nicht erinnern«, sagte Mary.

»Naja, ich war auch ziemlich blau. Aber du hast einen Satz gesagt, den ich *nie* vergessen werde. Jetzt hab ich ihn doch vergessen.«

»Ah.«

»Du hast komische Dinge getan. Mit schweren Jungs und Farbigen und so. Dann hast du immer deine Eltern angerufen.«

»Was?«

»Wenn du mit Farbigen zusammen warst.«

»Warum?«

»Weil du sie gehaßt hast.«

»Wen?«

»Deine Eltern. Aber eigentlich warst du meistens mit diesem einen Typen zusammen. Mit diesem merkwürdigen Typen. Jahrelang. Du hast gesagt, du würdest ihn nie verlassen. Du ... damals warst du mir sympathischer.«

»Wirklich?«

»Ja.«

»Warum?«

»Ja. Du warst irgendwie ... wirklicher.«

»Wirklich?«

»Ja. Jetzt weiß ich auch wieder, was du gesagt hast. Du hast gesagt, du liebst ihn so sehr, daß es dir egal wäre, wenn er dich umbringen würde. Oder so. Das werd ich nie vergessen.«

Augusta bekam noch zwei Anrufe und trank den Wodka leer. Sie redeten über andere Dinge. Sie redeten lange über die Gedichte, die Augusta manchmal spät in der Nacht schrieb, wenn sie besonders betrunken war.

Mary ging hinüber ins Wohnzimmer. Augusta war in einer ziemlich unbequemen Stellung eingeschlafen und war nicht mehr wachzukriegen. Auch Jamie schlief, ein Buch auf dem Schoß, vor dem leeren, summenden Bildschirm.

»Oh, Mann«, sagte er, als Mary ihn weckte.

»Alles in Ordnung?«

»Naja, so weit würde ich nicht gehen. O *Mann*«, sagte er und rieb sich das Gesicht. »Wow. Ich hab – hoppla! Ich muß nur – ah! Mein ... autsch! Verdammt nochmal. Also, ich, ich werd jetzt ... Nacht!«

Mary sah ihm nach, wie er aus dem Zimmer stolperte. Was ist los mit ihm? dachte sie.

• • •

Wie wär's damit?

Auf den normalen Mörder wirkt der Polizist verdächtig. Für den ausgewachsenen Pädophilen steckt der gleichgültige Blick eines Kindes voller lüsterner Anzüglichkeiten. Und genauso sind lebendige Menschen für aktive Nekrophile so gut wie tot.

Oft zeugt es von besonderer Zuneigung, wenn man Menschen, die einem am Herzen liegen, alleine läßt. Wer schon einmal gegen einen Laternenpfahl gelaufen ist, weiß, daß jede Geschwindigkeit über null Meilen pro Stunde im Grunde ganz schön rasant ist, besten Dank.

Einige Menschen sehen bei einem Sonnenuntergang nichts als Blut im Vampirhimmel. Und wenn sie am

Abend ein fliegendes Kruzifix von Westen her auf sich herabstürzen sehen, seufzen sie nur dankbar auf, weil wieder einmal ein Flugzeug der Hölle entkommen ist.

Wenn Sie sich nicht ab und zu ein bißchen verrückt vorkommen, dann müssen Sie völlig durchgedreht sein. An allen Klischees ist etwas dran. Niemand weiß, ob er soll, ob er kann. Es kommt immer auf den Standpunkt an.

• • •

»Ich bin deprimiert«, sagte Jamie am nächsten Morgen.

Mary glaubte ihm. Außerdem hatte er einen schlimmen Kater. Die Nacht zuvor hatte er zuviel getrunken. Kein Mensch würde freiwillig so viel trinken, überlegte Mary, wenn er nicht eh schon ziemlich betrunken war. Geplagt von einem heftigen Schluckauf und einem gelegentlichen nervösen Zucken seiner feuchten, bleichen Wangen, griff Jamie nach einem Buch und fing an zu lesen. Mary sah ihm zu. Nach ein paar Minuten lachte er lauthals auf. Das Lachen stieg ihm in den Kopf und tat weh.

»Autsch«, sagte er. »Gott, ist das witzig. Gott, ist das *gut*.« Er las den Absatz nochmal und fing wieder an zu lachen. »*Autsch*«, sagte er.

»Zeig mal«, sagte Mary. Sie ging zu ihm hinüber und setzte sich auf die Lehne seines Sessels.

»Die Stelle hier. Von da an«, sagte er und deutete darauf. »Der Typ will unbedingt die Tochter vögeln«, murmelte er erstickt. »Aber statt dessen muß er die Mutter vögeln.«

Mary verengte die Augen zu Schlitzen.

Und so spannte ich lüstern durch alte Hecken, hinein in fahle kleine Fenster. Und während sie, die Herrin der edlen Nippel und festen Schenkel, mich durch jämmerlich-leidenschaftliche und kindlich-laszive Zärtlichkeiten auf die Erfüllung meiner nächtlichen Pflichten einstimmte, versuchte ich weiter verzweifelt, der Fährte einer jungen Nymphe nachzuspüren, auf diesem Ritt durch das dunkle Dickicht modernden Forstes.

Mary las es, aber ohne zu lachen oder auch nur zu lächeln. Sie sah, daß es witzig war, sie sah das Schöne darin. Doch sie lachte nicht, lächelte nicht einmal. Bestärkt durch die Ausdruckslosigkeit ihres eigenen Gesichts, wandte sie sich Jamie zu.

Er runzelte die Stirn und richtete sich auf. In seinen hellblauen Augen lag tiefe Verletzung. »Wahrscheinlich mußt du das ganze Ding lesen«, sagte er und sah weg.

Mary ging in ihr Zimmer. In gewisser Weise war sie entsetzt darüber, was sie da getan hatte. Aber es half nichts, entsetzt zu sein. Sie würde es wieder tun. Was half? Nur eines: das Wissen, daß sie Macht besaß. Da es die einzige Macht war, die ihr zur Verfügung stand, beschloß sie, sie auch zu nutzen. Und natürlich war es die Macht, andere sich schlecht fühlen zu lassen.

An diesem Tag spürte Mary, wie das Leben seine scharfen Kanten verlor, und das freute sie. Sie besah sich das Leben, drängte es, sich interessant für sie zu machen, ein paar Bewegungen zu vollführen, die ihr Interesse weckten. Aber natürlich blieb das Leben träge, und das nahm sie ihm übel. Sie wußte auch, warum, aber das half nichts, jedenfalls half es Frauen nicht. Sie war eine Frau, und es half nichts. Sie wußte zum Beispiel, daß es nichts half, zu wissen, daß sie jeden Monat etwa fünf Tage lang ein bißchen verrückt war. Denn auch mit diesem Wissen war sie jeden Monat wieder ein bißchen verrückt, etwa fünf Tage lang. Sie wußte sogar, wann sie ein bißchen verrückt wurde, wußte, wann sie damit rechnen mußte. Aber, du liebe Güte, wenn es soweit war, dann wußte sie nicht, daß sie ein bißchen verrückt war. Überlegen Sie mal: Wenn Sie eine Frau sind, werden Sie ein paar Jahre lang ein bißchen verrückt sein, wenn Sie in das entsprechende Alter kommen. Werde ich es dann wissen? überlegte Mary. O Mann ... *Frauen* sind die Anderen, ja, das sind wir. Wir tauchen tief hinab, eine wie die andere. Ihr erlebt den Sturm an der Oberfläche, wo ihr um euch schlagen und schreien könnt, aber wir schwimmen das ganze Leben unter Wasser.

Mary schaffte es, daß Jamie sich schlecht fühlte, indem sie sich selbst schlecht fühlte. Sie konzentrierte sich auf dieses Gefühl, und seine Reinheit schockierte sie. Nach ein paar Tagen schien es offensichtlich, berechtigt, ja bewundernswert. Gott. Mary geht es schlecht. Seht ihr nicht, wie schlecht es ihr geht? Mary verdichtete die Welt und ihre Gegenwart zu einer beständigen Dunstwolke über ihrem Kopf. Sie glühte richtiggehend von ihrer neuen Macht. Es stimmte also, es stimmte tatsächlich; wie konnte etwas so intensiv sein und gleichzeitig so falsch? Wenn Jamie ihr eine beiläufige Bemerkung hinwarf, starrte sie ihn mehrere Sekunden lang an und drehte sich dann weg, mit einer so offenen, endgültigen Verachtung, daß sie es nicht einmal mit den Augen auszudrücken brauchte. Wenn sie sich im Flur begegneten, blieb Mary stehen und wich nicht von der Stelle, forderte ihn dazu heraus, durch ihr Kraftfeld zu gehen. Eines Tages, als sie das Wohnzimmer verließ, hörte sie Jamie zu Lily sagen:

»*Gott nochmal.* Was ist eigentlich los mit Mary?«

Bei dieser offenen Anerkennung ihrer Macht überkam Mary ein Glücksgefühl. Sie ging wieder zurück und stellte sich in die Tür.

»Hat sie ihre *Tage* oder was?« sagte er. Dann schaute er auf und sah sie schreckerfüllt an.

»*Was* hast du gesagt?«

»Nichts, gar nichts«, wehrte er ab, wand sich auf dem Sofa und streckte die Hände in die Luft.

Mary ging zurück in ihr Zimmer, setzte sich aufs Bett, fixierte einen Punkt in der Luft, der genau zwischen ihr und der Wand lag, und starrte, ohne mit der Wimper zu zukken, mehrere Stunden darauf. Das war eine gute Übung, und sie fing an, es regelmäßig zu tun. Ihre Ausflüge ins Wohnzimmer wurden unvorhersehbar und dramatisch. Sie setzte sich dann gern neben Jamie und sandte ihre Aura aus, stellte seine Friedfertigkeit auf die Probe. Ihre Mitbewohnerinnen vermieden es, sie anzusprechen. Selbst Augusta machte einen Bogen um Mary: Augusta wußte, daß ihr das Diadem entrissen worden war. Jamie begann jetzt, abends fortzugehen, und sie wußte, daß er das haßte. Das war gut, das war sehr gut. Sie würde ihn immer weiter verfolgen, würde ihn mit ihrer Macht festnageln.

Eines Samstagabends waren Mary und Jamie allein in der Wohnung. Mary machte sich daran, Jamie sich richtig schlecht fühlen zu lassen, indem sie sich auf das Sofa setzte, bleich aus dem Fenster starrte und darauf achtete, nicht mit der Wimper zu zucken. Immer wieder zog sie den Bademantel um sich zusammen, als sei ihr kalt. Ihr war nicht kalt. Jamie zappelte ihr gegenüber mit einem Buch in seinem Sessel herum. In dieser Phase des Abends kam es Mary kaum darauf an, warum sie sich schlecht fühlte oder was sie damit erreichen konnte. Sich schlecht zu fühlen war die Hauptsache. Deshalb zuckte sie erschreckt auf, als Jamie das Buch hinwarf, einen tiefen Schluck aus dem Glas nahm, die Arme vor der Brust verschränkte und sich ihr zuwandte.

»Okay, Mary. Was soll der Scheiß?«

»Was für ein Scheiß?« gab sie mit offenem Gesicht zurück.

»Dieses tragische Gehabe. Jeden gottverdammten Abend spielst du uns hier Tristan und Isolde vor. Was ist los?«

»Ich hab keine Ahnung, wovon du redest«, sagte sie ungerührt.

Mit einem tiefen Seuzfer schloß Jamie die Augen. Nervös trommelte er mit den Schuhen auf den Boden. Dann stand er auf und kam seitwärts auf sie zu. Er hockte sich auf die Ecke des Sofakissens.

»Stell dich nicht dumm. Du läufst hier mit einer Leidensmiene rum und versuchst die ganze Zeit, mich mit runterzuziehen, als sei das alles meine Schuld. Immer nur ihr eitlen, gutaussehenden Weiber versucht es mit dieser Tour. Wenn du ein Mauerblümchen wärst, mit krausen Haaren und Pickeln, meinst du, dann würdest du auch diese Show bei mir abziehen? Laß mich zufrieden. Ich hab das nicht nötig.«

»Warum? Was hast du denn?«

»Ach, vergiß es. Ich kenn euch doch. Ich kenn die Tour.« Er sah weg und legte die Hand an die Stirn, als habe er Kopfschmerzen.

»... Hast du Kopfschmerzen?«

»Natürlich hab ich Kopfschmerzen! Na und? Alle Welt hat Kopfschmerzen.«

Mary nahm seine Hand. »Es tut mir leid«, sagte sie.

»Hör zu ... Schätzchen. Ich – ich mach da nicht mit. Das ist nicht mein Ding. Ich brauch keine Zukunft mehr. Ich komm gegen euch komplizierte Weiber einfach nicht an. Ich bin ein leichtes Opfer für euch. Eh ich mich's verseh, habt ihr mich zerstampft und fertiggemacht.« Er sah ihr voll ins Gesicht. »Was ist daran so erfreulich? Verstehst du überhaupt, was ich dir sage? Also, noch mal in anderen Worten.«

»Küß meine Brüste«, sagte Mary.

»Wie bitte? He, jetzt hör mal zu ...«

»Oh, *bitte*, küß meine Brüste.«

»... ich sag dir gleich, ich kann das nicht so gut«, murmelte er nach einer kurzen Pause. Doch sie hörte ihn jetzt kaum mehr.

»Ruhe«, sagte sie. »Oh, Gottseidank. Ruhe, endlich Ruhe.«

Mary wachte langsam auf. Ehe sie die Augen öffnete, hatte eine Erinnerung noch genügend Zeit, Konturen anzunehmen und an ihr vorbeizugleiten. In letzter Zeit kamen ihr oft Erinnerungen, aber immer als vage Stimmungsbilder und nicht als konkrete Informationen; und immer schienen sie wichtigen Dingen in ihrem Leben vorauszugehen. Mary erinnerte sich daran, wie es war, als Schulmädchen am Wochenende aufzuwachen und den Hauch von Luxus zu genießen, wenn man im Bett dösen und mit der vielen Zeit herumspielen konnte, die einem plötzlich gehörte.

Sie öffnete die Augen. Ja, das Sehnen, das Zerren war weg. Sie drehte den Kopf um. Nie hatte sie sich strahlender vor Güte und Erleichterung gefühlt. Was sie sah, ließ sie die Augen wieder schließen. Was sie sah, war nicht viel, lediglich Jamie, der nur mit seinem Trenchcoat bekleidet an einer Zigarette zog und mit vor Reue taubem Gesicht durch die neutral graue Fensterscheibe hinausstarrte.

Tiefere Wasser

20 Jetzt kamen die trüben Tage, und Mary brauchte sie.

Das Wetter schlug um. »Ich wußte, daß wir anderes Wetter kriegen würden«, sagte Jamie an diesem Morgen zu ihr. Ganz selbstverständlich, aus reiner Routine wurde das Wetter schlecht und war finster entschlossen, so zu bleiben.

Die Pfützen draußen auf dem Balkon sirrten unter der Attacke der Invasoren aus dem All, spiegelten hilflos diesen neuen Krieg der Welten wider. Die gegenüberliegenden Häuser mit ihren Reparaturstellen, an denen der Putz noch nicht getrocknet war, boten einen guten Regenradar: man konnte immer sehen, wieviel fiel und aus welchem Winkel. Das hier war nicht der üppige Regen der warmen Monate. Es war ein dünner, peitschender Regen, der verkniffen und freudlos zu Werke ging. Und er fiel tagaus, tagein, ohne zu ermüden und ohne irgend etwas anderes tun zu wollen. Jamie stand jetzt immer wieder lange mit ernstem Gesicht am Fenster, in der einen Hand eine Zigarette, in der anderen einen Drink, während hinter ihm Carlos mit den Händen auf den Boden klatschte und Lily und Mary zur Wand oder auf ihre Männer starrten. »Eine richtige Beleidigung, dieses Wetter«, sagte er. »Jawohl. Eine verdammte Beleidigung. Wie ein Tritt in den Arsch. Man ... man kann nur immer weiter hoffen, daß es bald ein Ende damit hat.«

Mary ging hinaus in den Regen, vorbei an den porösen Häusern, die unverwüstlich und farblos dem Naß trotzten, hinein in das triefende Treiben an den Straßenkreuzungen und in den Geschäften. Eines mußte man dem Regen lassen: anders als so viele andere Dinge heutzutage war er offenbar unerschöpflich. Er würde ihnen nie ausgehen. In der Fußgängerzone herrschte winterliche Panik. Die Leute nahmen alles mit, was sie in die Hände bekamen. Auf dem Markt standen sie Schulter an Schulter an den Ständen, griffen nach dem triefenden Gemüse und dem klammen, durchweichten Obst. Wie ein Schiffsladeraum im Sturm wurden die Fußböden der Geschäfte vom gummistiefelnassen Dreck der Straßen überschwemmt, jedes Klingeln der Tür brachte mehr Wasser herein, Regenschirme wurden zugeklappt, Gummischuhe quatschten, Plastiktüten schwitzten, und alles unter dem starren Blick der geplünderten Regale. Die Dinge gingen aus, alles ging aus: Dinge, die man kaufen konnte, und das Geld, mit dem man sie kaufen konnte. Nur der Regen ging nicht aus. Er war jetzt ein fester Bestandteil der Luft, war in seinem Element. Dieser Regen würde niemals versiegen. Mary ging hinaus, blieb lange fort und kam patschnaß zurück. Die anderen rieten ihr, sich sofort umzuziehen und ein Bad zu nehmen. Sogar der kleine Carlos war entsetzt.

Nachts lag sie stundenlang im Bett und wartete darauf, daß Jamie hereingestolpert kam. Der sank dann nackt auf die Laken und gab ihr einen Gutenachtkuß, der von einem schicklichen Grunzen begleitet war. Doch es waren keine guten Nächte. Anfangs hatte er immer gefragt, ob sie schon schlief. Doch jetzt machte er sich die Mühe nicht mehr, denn jetzt wußte er es. Er umarmte sie mit altväterlicher Förmlichkeit oder legte sich stocksteif an den äußersten Rand des Betts. Mary war das egal. Sie wartete einfach ab, bis er drauf und dran war einzuschlafen, und fing dann an zu weinen. Jede Nacht. Weinen war eine gute Sache, das wußte auch Carlos: damit erreichte man immer, was man wollte. Und sie weinte wunderschön – nicht zu laut und mit einem hinreißend gequälten Schluchzer am Ende jedes Atemzugs (als müsse sie gleich niesen), und garnierte so die Tragik des Weinens mit der Komik des Niesens. Mary konnte sehr gut weinen. Und es wirkte immer.

»O nein, bitte nicht«, sagte er jedesmal.

Seufzend drehte Jamie sich zu ihr herum und begann, ihr Gesicht zu küssen. Dabei dachte Mary dann immer, daß ihr Gesicht recht schmackhaft sein mußte, mit all dem Salz und der Flüssigkeit auf ihren heißen Wangen. Der Geschmack in ihrem Mund war besser als der in seinem, zumindest am Anfang. Doch nach einer Weile war der Geschmack in beiden Mündern gleich ... Es vollzog sich immer in Phasen. Es war weder ein Kampf noch ein kurzer, einzelner Akt, eine einzige Zuckung, wie bei Trev und Alan. Es fühlte sich an, als werde etwas abgedämpft oder abgestützt – wogegen, konnte Mary nicht sagen. Vielleicht nur gegen die Zeit.

Er hatte Talent dazu, zumindest noch die Erinnerung daran – ganz bestimmt, es war Talent. Er wußte noch sehr gut, wie man diesen extremen, diesen langgezogenen Tanz tanzte. Er konnte tänzeln und gleiten und rhythmisch mitgehen, er konnte vorpreschen und sich zurückhalten. Manchmal öffnete Mary die Augen und sah seinen gesenkten Kopf oder den angespannten Hals; in solchen Augenblicken wirkte Jamie irgendwie verkrampft und mißtrauisch, als wirbele in ihm heimlich eine ungehorsame Bewegung zu tonloser Musik. Und danach rauchte er schweigend und starrte lange hinauf an die dunkle Decke. Er wußte noch, was man machte, wußte aber nicht mehr, warum. Und Mary wußte es auch nicht mehr.

Danach wurde der Regen heftiger, als würden Nägel ins Dach gehämmert, und die sieben Winde stürmten los. Die sieben Winde wirbelten um das Haus herum, suchten hektisch nach einer Öffnung, nach einem Weg ins Innere. Man konnte hören, wie sie ein Fenster nach dem anderen ausprobierten und sich mit vereinter Kraft auf jede Schwachstelle stürzten. Und wenn ein Wind ein Fenster gefunden hatte, rief er die anderen, und sie stürmten schreiend durch die Öffnung, sausten und wirbelten in den hohen Räumen umeinander, bis jemand aufstand und sie wieder ausschloß. Dann probierten sie es woanders. Zuletzt, kurz vor Morgengrauen, war oft Donner zu hören, hoch oben in den Himmeln zuerst, dann tobte er wildgewordenen Sternen gleich über die Dächer hinweg, und schließlich brach er die unteren Luftschichten auf und bretterte wie ein Rettungswagen durch die leeren Straßen.

Prince rief an. »Wie geht es dir?« fragte er.

Mary schob das Kinn vor. »Ich bin sehr glücklich«, sagte sie.

»Aha, sehr glücklich bist du. Sehr glücklich, tatsächlich. Das freut mich. Du klingst furchtbar.«

Mary schloß die Augen. Von Prince würde sie sich nicht verunsichern lassen.

»Na egal, es ist jedenfalls passiert«, fuhr er fort. »Er ist raus.«

»Wer?«

»*Mr. Wrong*. Er läuft jetzt frei rum. Hat seine Zeit abgesessen. Schon jetzt, in dieser Minute, streunt er hungrig durch die Straßen.«

»Aha«, sagte Mary. Das war nicht interessant. Davon würde sie sich nicht verunsichern lassen.

»Er hat davon gesprochen, daß er dich *kriegen* wird, was immer das heißen mag. Aber ich merke schon, du findest das nicht besonders spannend. Mach dir keine Sorgen, wir behalten ihn im Auge. Wir sehen uns ganz bestimmt bald wieder ... Auf Wiedersehen, Mary.«

Mary legte auf und ging zum Fenster. Sie zündete sich eine Zigarette an.

»Wer war das?« fragte Jamie.

»Prince«, sagte sie.

»Wasn für 'n Prinz?« wollte er wissen.

»Kein Prinz. Ein Polizist.«

»Ein Bulle? Ehrlich?« fragte Jamie überrascht. »Du kennst einen Bullen?«

»Ich hab ihn vor langer Zeit gekannt. Er meldet sich ab und zu.«

»Aha. Ein Bulle namens Prince. Das ist ja der Hammer. Ich dachte, so heißen nur Hunde. Naja. Willst du einen Drink oder so?«

»O ja, bitte.«

Unermüdlich stürzten sich die Regentropfen an der Fensterscheibe zu Tode. Mary sah ihr Gesicht in der beperlten Scheibe und auch das andere Gesicht, das ruhig abwartete.

• • •

Das sind die sieben Todsünden: Hochmut, Geiz, Wollust, Neid, Völlerei, Zorn, Trägheit.

Auch das sind die sieben Todsünden: Käuflichkeit, Wahnsinn, Unsicherheit, Unmäßigkeit, fleischliche Begierde, Verachtung, Langeweile.

• • •

Bald würden Jamie und Mary allein sein.

Weihnachten stand vor der Tür, und es gab viel zu tun. Weihnachten stand vor der Tür, und die anderen gingen fort, räumten das Feld.

Jo fuhr in die Schweiz, mit ihrem Roboter Ski laufen. Augusta wurde von zwei breit grinsenden Schwerenötern abgeholt und fuhr mit ihnen in ein Landhaus – Augusta, die mit ihrem ins Gelbliche verblaßten Fleck am Auge noch immer sehr erhaben wirkte. Lily und Carlos wollten hinaus auf die Nordsee, zu Bartholomé. Jamie und Mary setzten sie in ein Taxi und winkten ihnen nach. Als sie zurück in die Wohnung kamen und endlich allein waren, kam Mary plötzlich alles ganz anders vor. Sie hatte erwartet, daß die Wohnung jetzt größer auf sie wirken würde, doch das Gegenteil war der Fall. Sie war froh, daß alle weg waren, wirklich froh. Jetzt hatte sie Jamie ganz für sich alleine. Ohne groß darüber nachzudenken, was sie tat, schnitt sie sicherheitshalber noch das Telefonkabel durch.

»Jetzt mußt du den ganzen Scheiß allein machen«, sagte Jamie später, erhob sich aus dem Sofa und durchsuchte seine Hosentaschen nach den zerkrumpelten Geldscheinen, die er dort aufbewahrte. »Nimm genug Geld mit.« Er sah aus dem Fenster, wo es immer noch geduldig vor sich hin regnete. »Gott, was für ein Glück, daß wir soviel Geld haben. Ich meine, wo wären wir nur, wenn ich nicht soviel Geld hätte?«

»Ich weiß«, sagte Mary.

»Kauf irgendwas zu essen ein, egal was. Mir ist völlig egal, was ich esse, ehrlich. Mein Gott, Weihnachten ist ein Horror. Nicht, daß ich Weihnachten hasse. Weihnachten haßt mich. Andererseits besaufen sich dann alle, und genau das werde ich auch tun.«

»Wie lange wird es dauern?«
»Zehn Tage ... Mary?«
»Ja?«
»Versprich mir, nicht zuviel zu weinen, wenn wir jetzt so allein sind. Okay?«
»Versprochen.«
»Ich meine, du kannst natürlich weinen, aber bitte mit Maß und Ziel. Nicht übertreiben. Okay?«
»Versprochen.«

Mary ging einkaufen. Sie lief zwischen den blutbeschmierten Marmortheken hin und her und inspizierte die frisch geschlachteten Hähnchen. Sie lief zwischen den Gemüseständen hin und her, unter den Augen der narbengesichtigen Halbstarken mit ihren Zahnlücken, die wie lüsterne Schimpansen an den Holzstreben der Stände lümmelten. Sie betrachtete die eisigen Innereien an den Fischständen, wo die Garnelen ihre Glupschaugen alle in die gleiche Richtung wandten, wie eine Schar von Gläubigen. Immer wieder fand sie Spielkarten auf der Straße und begann, sie zu sammeln. Heute fand sie das Herzas.

Oft zwang sie Jamie dazu mitzukommen, indem sie sich so ausgiebig schlecht fühlte, daß er ja sagte. Doch dann hastete er zwischen den schiefen Ständen hin und her oder blieb vor den Geschäften stehen und stampfte, gequält von Haß und Langeweile, theatralisch mit dem Fuß auf den Boden. Er füllte Einkaufstüten mit aneinanderklirrenden Flaschen und knurrte im nassen Wind. Was hat er bloß? dachte Mary.

»Die sind ja alle völlig durchgedreht da draußen«, sagte er traurig, wenn sie wieder zu Hause waren. Aber Mary hörte nicht zu. Mary wunderte sich über die Wohnung. Wie klein war sie geworden. Und sie war doch so groß gewesen.

Die enge Küche war ihre neue Welt. Die heißen Stahlringe des Herdes ließen ihr Gesicht leuchten. Sie schob ein frisch geschlachtetes Hähnchen in den Ofen und beobachtete seine verschrumpelte Haut, bis sie so braun war wie die Hähnchen, die Lily immer machte. Dann nahm sie es heraus. Es war warm genug zum Essen. Während sie auftrug, lümmelte Jamie am Tisch. Er starrte lange auf das Hähnchen.
»Sieht aus wie schon mal gegessen«, murmelte er.
»*Was?*«
»Ich meine, so sieht ein Hähnchen normalerweise nicht aus. Mein ich wenigstens. Ich mein ja nur. Ich weiß nicht, wo genau der Unterschied liegt, aber so sieht es normalerweise nicht aus. Normalerweise ist da nicht das ... dieses ganze rote Zeugs drin. Ich mein ja nur. Es bringt gar nichts, mich so anzugucken«, sagte er.
Doch es brachte was. Es brachte sogar eine ganze Menge. Jamie aß fast alles auf. Stolz und zufrieden sah ihm Mary zu, während sie mechanisch weiterkaute. An ihrem Kinn rann hübscher violetter Saft hinab.

Gemeinsam bemühten sie sich, die Tageszeit abzuschaffen, die Zeit als Mittel, dem Leben klare Konturen zu verleihen, die Zeit als Mittel, Tag und Nacht voneinander zu trennen. Gegen Mittag saßen die beiden am Eßtisch, erfrischt von mehreren hart durchzechten Stunden. Nachdem Jamie soviel gegessen hatte, wie er konnte (was nicht mehr sehr viel war), schob Mary ihn in die Schattenzone des dunklen, schutzlosen Schlafzimmers, durch das Dikkicht der Papiertaschentücher, die sie zusammenweinen mußte, und zwischen die Laken, wo sie ihn zärtlich auf die Erfüllung seiner täglichen Pflichten einstimmte. Dann schliefen sie tief und fest, oft sechs, sieben Stunden lang, eine ganze Nachtruhe, durch die träge dahinbaumelnden Nachmittagsstunden gefiltert. Abends standen sie wieder auf, wie Gespenster, wie matte Vampire, und machten sich an die lange nächtliche Arbeit. Die Nächte waren lang, aber nicht zu lang für Mary und Jamie. Sie standen sie immer durch. Wenn es dämmerte, waren sie immer noch da, zwar träge und matt, aber bereit für die Frühschicht. Während der ersten paar Nächte wartete Mary, bis Jamie von Drinks und Drogen benebelt war, und redete dann stundenlang auf ihn ein, erklärte ihm, warum er nie etwas aus seinem Leben gemacht hatte und daß er insgeheim schwul und verrückt war. Doch jetzt redeten sie nicht mehr viel. Sie hatten es nicht nötig. Sie waren einander so nah.

Um Mitternacht arbeitete Mary in der chaotischen Küche. Der winzige Raum war in gleißendes gelbes Licht getaucht, wie das Schimmern ausgelassener Butter. Sie kochte in Farben. Eine Mahlzeit bestand aus Schellfisch, Hähnchenhaut (die Mary sorgfältig vom Vortag aufgehoben hatte) und Steckrüben, die sie mit dem Saft von roten Beten eingefärbt hatte; eine andere aus Leber, Weintrauben, Kidney-Bohnen und den äußeren Blattschuppen von Artischocken. Sie kochte alles, bis es die richtige Farbe hatte. Sie kochte mit den bloßen Händen, mit ihren von Saft und Blut befleckten Händen, die von wäßrigen Brandnarben übersät und runzlig wie Chinakohl waren. Sie war verblüfft, wie kompetent sie dabei war, wie fest in all ihren Entscheidungen, wo sie doch so wenig Übung hatte und die Küche und die ganze Wohnung plötzlich so vollgestopft und winzig geworden waren.

Sie hörte auf, Dinge sauberzumachen. Sie hörte auf, Geschirr zu spülen, Oberflächen abzuwischen, Kleider zu waschen, sie hörte sogar auf, die verborgenen Teile ihres Körpers zu waschen, die öfter gewaschen werden wollten als andere Teile. Die salzigen Ausdünstungen, die feuchttrockene Konsistenz ihres Körpers bereiteten ihr grimmige Freude. Sie roch von Kopf bis Fuß nach dem Essen, das sie kochte; sie konnte die Gerüche verschiedener Mahlzeiten erkennen, die alle zugleich aus ihr herausströmten. Die Kleider würden ihr nie ausgehen, denn Augusta, Jo und Lily hatten ihr für den Notfall viel dagelassen. Sie zwang Jamie dazu, ein Kleid von Augusta anzuziehen. Zuerst wollte er nicht – aber das Kleid war wirklich bequem, das mußte er zugeben. Sie drehte die Heizung auf und sorgte dafür, daß alle Fenster geschlossen blieben. Manchmal schlich Jamie hoffnungsvoll an der Balkontür herum, doch Mary schüttelte mit einem freundlichen, aber bestimmten Lächeln den Kopf, und er zuckte die Schultern und ging weiter. Als sie eines Nachts am Kamin saß und einen Apfel aß, bemerkte sie einen Blutfleck auf dem gerippten weißen Fruchtfleisch. Sie ging hinüber zu Jamie, der schlaff auf dem Sofa lag, und küßte ihn auf die Lippen. Zuerst wehrte er sich, aber er hatte nicht genug Kraft, um lange Widerstand zu leisten. Sie arbeitete ihren Mund in seinen hinein, wußte, das würde sie noch enger zusammenbringen. Und natürlich schätzte sie den malzigen, würzigen Geruch, der zwischen ihren Beinen hervorströmte. Das war letztendlich auch von ihm, war sein Gewebe, sein Sakrament, seine Schuld. Und wenn das Mondblut floß, ließ sie es fließen.

Mitten in der Nacht leuchtete Marys Gesicht über den rotglühenden Hitzeringen. Es war das letzte Mahl für beide, und sie war fest entschlossen, seinem Essen die richtige Farbe zu geben. Sie kochte ihm Hirn und Kutteln und ein Stück Kalbfleisch, das sie nur schwach erhitzte, damit es seine helle Farbe nicht verlor. Sie war *fest entschlossen*, seinem Essen die richtige Farbe zu geben. Sie trug das Tablett ins Wohnzimmer. Jamie stand vom Boden auf und setzte sich ihr gegenüber in den Sessel. Die Wohnung war jetzt so klein, daß sie so essen mußten, den Teller auf dem Schoß und die Knie aneinander. Es machte nichts; sie waren einander so nah. Mary aß schnell, schlang alles in sich hinein. Während sie kaute, erzählte sie ihm ihre Geschichte – alles, über ihren Tod, ihr neues Leben, ihren Mörder und ihren Retter, der bald kommen und sie kriegen würde. Als sie fertig war, ließ sich Jamie wieder auf den Boden sinken. Er hatte sein Essen nicht einmal angerührt! Mary blieb lange Zeit vor ihm stehen. Sie hatte ihr Gesicht nicht mehr unter Kontrolle, auch nicht die merkwürdigen Laute, die aus ihrem Mund kamen. Diese Laute hätten Mary schreckliche Angst eingejagt, wenn sie nicht von ihr selbst gekommen wären. Gottseidank kamen sie von ihr. Sie hätte mit niemandem zu tun haben wollen, der solche Laute hervorbringen konnte. Später stand sie im Bad, stand in trister Dunkelheit vor dem Spiegel und lauschte ihrem Lachen. Als sie das Licht anknipste, sprang ihr aus dem Glas ein Gesicht entgegen, voller Jubel, Erleichterung, Schrecken. Sie hatte es getan. Sie hatte das Glas durchbrochen und war von der anderen Seite her zurückgekommen. Sie hatte sich wiedergefunden. Sie war endlich wieder sie selbst.

Teil III

Furchtlos

21 Schließlich schlug das Wetter wieder um.
Schon seit mehreren Tagen war im putzlappengrauen Himmel ab und zu ein hellblaues Loch zu sehen. Manchmal veränderte es die Stellung, weitete sich einladend, um sich dann wieder zu verengen und einen Nachmittag lang ganz zu verschwinden, bis es dann eines Tages den ganzen Himmel mit einer makellosen Kuppel aus reiner, klarer Ferne ausfüllte. Und man dachte: So ist es dort oben also die ganze Zeit gewesen. Nur daß die Wolken die Sicht versperrten. Jetzt durchschnitten nur Flugzeuge den würzigen Himmel, kamen am Morgen aus kaltem Sonnendunst hervorgeschossen und zogen am Abend eine Salzspur hinter sich her, wenn sie sich furchtlos in die milden Höllenflammen des Westens stürzten.

Amy Hide stand in dem rechteckigen Garten. Sie trug Gummistiefel, Jeans und einen blauen Herrenpullover. Sie verbrannte Abfälle und starrte in die Flammen. Dann verschränkte sie die Arme und schaute den von Mäuerchen gesäumten Weg entlang zur Straße hin. Die Küchentür knarrte; als sie sich umdrehte, sah sie David, die Nachbarskatze, ganz selbstverständlich ins Haus schleichen. Sie schaute hoch zum Himmel. Während das Feuer seine schiefe Rauchfahne in die Lüfte knisterte, summte sie leise vor sich hin.

»Es wird nicht so bleiben, Amy«, sagte eine Stimme. »Nicht mehr lange.«

Amy drehte sich lächelnd um und legte die Hand schützend über ihre Augen.

»Warten Sie ab.«

»Aber Mrs. Smythe. Das sagen Sie immer. Woher wollen Sie wissen, daß es nicht so bleibt?«

Mrs. Smythe lehnte sich schwer auf den Holzzaun, der die beiden Gärten trennte.

»Aus dem Fernsehen«, sagte Mrs. Smythe. »Eine Kaltfront ist im Anmarsch.«

»Seit wann glauben Sie denen? Als es hieß, eine Warmfront kommt, haben Sie ihnen doch auch nicht geglaubt.«

»Sie werden schon sehen, junges Fräulein. Nehmen Sie ruhig von einer Frau, die älter und weiser ist als Sie, einen Rat an.«

»Wir werden ja sehen. Wie geht es Ihrem Mann?«

»Ach, man soll nicht klagen. Sagen wir so: Er hat gute und schlechte Tage.«

»Du liebe Güte, wie spät ist es?« sagte Amy. »Ich muß los, sonst machen sie zu. Kann ich Ihnen irgendwas mitbringen?«

»Lieb von Ihnen, Amy, aber ich war gestern selbst einkaufen ... Er ist immer sehr pünktlich, nicht wahr?«

»Ja«, sagte Amy, »da haben Sie recht.«

»Aber manchmal machen Sie sich sicher Sorgen um ihn.«

»Ja«, sagte Amy, »das tue ich.«

Eine Stunde später überprüfte Amy das ordentliche Wohnzimmer. Automatisch fing sie an aufzuräumen, obwohl es kaum etwas aufzuräumen gab. Sie legte die Tageszeitung in das hölzerne Fach des Zeitungsständers und kniete sich hin, um einen Faden von dem grauen Cordteppich abzuzupfen. Dann machte sie es sich auf dem Sofa gemütlich, zog die Beine hoch, wie sie es in letzter Zeit gern tat. Ab und zu sah sie von ihrem Buch auf und schaute hinaus über die ruhige Straße auf die Spielzeughäuser gegenüber. Als sie den Wagen hörte, wandte sie sich wieder ihrem Buch zu. Sie wollte ihm nicht den Eindruck vermitteln, sie würde den ganzen Tag darauf warten, daß er nach Hause kam. Und das tat sie auch nicht.

Die Tür ging auf, und Prince trat ins Zimmer. Er ließ seine Aktentasche auf den Sessel fallen und knöpfte rasch den Mantel auf.

»Na«, sagte er, »wie war's heute bei dir?«

»Danke. Sehr schön. Und bei dir?«

»Ach, immer das gleiche. Gericht. Aber der Nachmittag war ganz interessant.«

»Möchtest du einen Drink? Was ist passiert?«

»Aber sicher. Also manche Leute ...« Er reckte sich und gähnte herzhaft. »Also, wenn's darum geht, was anzustellen, entwickeln die Leute eine Phantasie ... Da gibt's wahre Künstler. Und wie war's bei dir?«

»Schön. Sehr schön. Das Wetter ...«

»Erzähl mir alles, jedes kleinste Detail.«

Also erzählte sie ihm alles, im Detail. Das tat sie jeden Abend. Sie fragte sich immer wieder, ob ihr neues Leben mit seinem immer gleichen Rhythmus und den kleinen, alltäglichen Unterbrechungen für Prince irgendwie interessant sein konnte – für Prince, der am Abend erschöpft und zerzaust von der harten Arbeit am Menschen heimkam. Doch es machte ihr Spaß, ihm alles zu erzählen, und ihm schien es Spaß zu machen, sich alles anzuhören. Nie erlaubte er ihr, auch nur eine Kleinigkeit wegzulassen.

»Und wie geht's dir im Moment so?« fragte er sie dann.

Sie wurde rot, doch ihre Stimme blieb ruhig. »Ich bin

sehr dankbar. Aber ich kann nicht ewig hierbleiben, oder? Du mußt mir sagen, wann es Zeit für mich ist zu gehen.«

»Nein, bleib!« sagte er. Er stand auf und wandte ihr den Rücken zu. »Bleib noch hier«, sagte er, jetzt ruhiger, und ließ den Blick über das vollgepackte Regal mit den Schallplatten gleiten. »Es ist schön, eine Frau im Haus zu haben, wie es heißt. Also, wen wollen wir uns jetzt anhören?«

Amy sagte: »Ich kann ja später ein Omelett machen.«

»Gute Idee«, sagte Prince.

Um elf sagte Amy »Gute Nacht« und ging nach oben. Sie ging in das blitzblanke Bad und trat vor den Spiegel. Mit etwas Reinigungsmilch auf einem Wattebausch entfernte sie die feinen Spuren Rouge und Wimperntusche von ihrem Gesicht. Sie sah gut aus: sie wirkte jetzt älter und zugleich jünger als vorher, irgendwie wirklicher. Jetzt konnte sie furchtlos in die eigenen Augen schauen; sie wußte, wer sie war, und es machte ihr nicht viel mehr aus als anderen Leuten. Die rechte Schläfe und das zarte Kinn trugen noch immer die hartnäckigen Überbleibsel blauer Flecken. Amy war Jo deswegen nicht böse. Amy war Jo nicht böse, daß sie sie geschickt und kraftvoll verprügelt hatte – an Silvester in der Wohnung. Es war verständlich gewesen. Jamie würde es bald wieder gutgehen. Er war in einer teuren Klinik, die *The Hermitage* hieß. Sie wollte ihn besuchen, aber niemand hielt das für eine gute Idee. Niemand hielt das für einen klugen Gedanken. Amy wußte, sie würde ihn eines Tages wiedersehen und ihm sagen, daß es ihr leid tat, ohne ihm damit Angst einzujagen. Sie putzte sich die Zähne und ging dann über den Flur in ihr Zimmer.

In Amys Zimmer stand ein Bett, ein Tisch, ein Stuhl

und sonst nicht viel. Prince hatte natürlich ein größeres und nicht so einfach eingerichtetes Zimmer, direkt neben ihrem. Ihr Zimmer erinnerte Amy stark an das Dachgeschoß im Squat, und es gefiel ihr sehr. Aber es gefiel ihr auf eine angemessene Weise. Sie wußte, daß ihr hier nichts gehörte. Malerisch rahmte das Fenster den schwarzen Himmel und den glänzenden Vollmond ein. Als sie hinausschaute, hörte sie das leise Knarzen der jungen Bäume und ab und zu das dumpfe Motorgeräusch eines Autos in der Nachbarstraße. Weiter nichts. Aber sie sah und hörte alles, was sie sehen und hören wollte. Sie zog die Kleider aus und schlüpfte in ihr weißes Nachthemd. Sie schrieb ein paar Zeilen in ihr Tagebuch und sprach dann ihre Gebete – jawohl, sie betete und kniete dabei vor dem Bett.

Alte Flamme

22 Sie lebte in einer abgeschiedenen Idylle, in einer angenehmen, gefallenen Welt. Hier lebten Hunde und Katzen völlig gleichberechtigt mit den Menschen zusammen; die langsamen Autos in den rechtwinkligen Straßen wichen ihnen in weitem Bogen aus. Dieser Ort wurde eine Schlafstadt genannt. Hier gab es kunstvoll geschnittene Zierhecken und genau bemessene Rasenstücke, die häufig nicht größer als Pflastersteine waren. Dies war der Ort, an den die Menschen, die in London ihr Geld verdienten, erschöpft heimkamen, um sich Reihe an Reihe schlafen zu legen, während auf der anderen Seite des Planeten andere Menschen aufstanden, um wie eine Mannschaft die Geschäfte der Welt weiterzubetreiben. Prince hatte ihr die durchgestalteten Einkaufsviertel mit ihren wohlüberlegten Zwischengeschossen gezeigt. Hier gab es alles. Man brauchte eigentlich gar nicht woanders hin – obwohl sie es natürlich ab und zu taten, wie all die Anderen überall.

Er gab ihr jede Woche eine feste Summe Haushaltsgeld, und es hatte Amy schon immer Spaß gemacht, das Geld, das nach wie vor überall einen schlechten Ruf hatte, in der käuflichen Welt einzusetzen. In den Geschäften und Cafés übte man harsche Kritik am Geld und seinen Missetaten. Aber Amy hatte viel Zeit für das Geld und fand, daß es viel zu gering geschätzt wurde. Das Geld war wesentlich vielseitiger, als die Leute einen glauben machten. Man konnte es ausgeben, man konnte damit etwas kaufen. Man konnte sogar beim Geldausgeben Geld sparen. Und schließlich war es ebenso schön, Geld auszugeben wie Geld nicht auszugeben – und von wie vielen Dingen konnte man das schon behaupten? Das Geld schien jetzt auch viel besser zu funktionieren als damals, als sie so wenig und als sie so viel davon gehabt hatte.

Prince stand jeden Morgen um Punkt sieben auf. Amy stand dann ebenfalls auf, um ihm Gesellschaft zu leisten – und auch, um an seinem köstlichen Frühstück teilzuhaben. Morgens war Prince immer auf eine angenehme Weise aufbrausend; er kleidete seinen unbestimmten Ärger in eine Rhetorik, die sich gegen die Welt draußen richtete. Mit stillem Genuß las er aus der Zeitung vor, die der Junge morgens brachte – Berichte von Gier, Gemeinheit und Wahnsinn –, und kommentierte sie in seiner typischen, komplizenhaften Weise, die das Gute schlecht und das Schlechte gut erscheinen ließ. Dann, wenn es gerade hell wurde, fuhr er fort und reihte sich in die Schlange nach London ein. Amy spülte ab und bereitete sich darauf vor, den Tag in Angriff zu nehmen.

Abends saßen sie zusammen, lasen und hörten Musik. Amy las meistens, und Prince hörte meistens der Musik zu. Dabei hielt er die grünen Augen geschlossen, und sein starkes, einem Flaschenkürbis ähnliches Gesicht wurde zum Kiefer hin etwas breiter. Manchmal sahen sie zusammen fern. »Laß uns ein bißchen fernsehen«, sagte er dann. Er wollte nie etwas Bestimmtes anschauen. »Wenn ich fernsehen will«, sagte er, »will ich einfach nur fernsehen.« Manchmal schauten sie Michael Shane an, der immer noch da draußen war, in den heißen Zonen, in Jeeps, Hubschraubern, Kanus, in glühendheißen Gefängnishöfen, in Lehmziegelhütten und zerschossenen Bunkern – an all den Orten, wo die Welt brannte.

Eines Abends sagte Mary zögernd: »Weißt du, er ist eine alte Flamme von mir.«

»Hm, ich weiß«, sagte Prince kühl. »Eigentlich kaum zu glauben. Der mickrige Schlappschwanz?« Er drehte sich zu ihr um und nickte mehrmals wohlwollend amüsiert. »Ich wette, die alte Amy hat kurzen Prozeß mit ihm gemacht. Die hat bestimmt nicht lange mit ihm gefackelt.«

Amy lachte verschämt und sagte: »Er hat mir gesagt, daß er nach Amy geglaubt hat, er würde schwul werden – das hat er gesagt.«

»Und da hat er sogar recht gehabt. Er wurde tatsächlich schwul und – hoppla«, sagte Prince, als ihm das Glas fast aus der Hand gerutscht wäre. »Beinahe hätte ich es verschüttet.«

»Was wolltest du sagen?«

Er schüttelte den Kopf. »Nichts. Apropos alte Flammen – dein *Mr. Wrong* scheint sich momentan ziemlich bedeckt zu halten«, sagte er und starrte wieder auf den Bildschirm.

»Wirklich?« sagte Amy.

»Vielleicht hat er ja zum rechten Weg zurückgefunden.«

»Wurde auch höchste Zeit.«

Er wandte sich ihr mit seinem wissenden Lächeln zu, mit dem Lächeln, das alles wußte.

»Ich hab keine Angst«, sagte sie. »Ich glaube, diesmal wüßte ich, was ich zu tun hätte.«

»Gut für dich, Amy«, sagte er.

In dieser Nacht ging sie etwas zu früh ins Bett. Als sie

sich auszog und dabei aus dem Fenster schaute, hörte sie von unten die trügerisch impulsive Anfangssequenz eines Klavierkonzerts, das sie in letzter Zeit besonders gern hörte. Rasch schlüpfte sie in ihr Nachthemd. Sie war sicher, daß Prince nichts dagegen hatte, wenn sie noch einmal herunterkam und mit ihm zusammen eine Weile der Musik lauschte. Als sie barfuß die Treppe hinablief und die Tür öffnete, wurde die Musik ruhiger. Sie sah Prince, ehe er sie sah. Den Kopf hoch erhoben, die Arme weit ausgestreckt, stand er am Fenster und dirigierte die Nacht.

Augenblicklich drehte er sich um, verlor dabei fast die Balance. Einen Moment lang wirkte er völlig desorientiert und gar nicht stark, wie er so dastand, die Arme noch immer in einer flehentlichen, vielleicht auch hilflosen Geste vorgestreckt.

»Es tut mir leid«, sagte Amy.

»Nein, nein, schon gut«, sagte er, während er noch um sein Gleichgewicht rang. Mit einem dümmlichen Lächeln erwiderte er ihren Blick. Er ist auch von mir beeindruckt, erkannte sie plötzlich. Sie betrat das Zimmer, setzte sich aufs Sofa und zog die Beine hoch. Er blieb vor dem Kamin stehen. Sie schloß die Augen, er tat es ihr mit feierlich gesenktem Kopf gleich, und gemeinsam lauschten sie der Musik.

Später stand Amy auf und ging zu Bett. Durch das Fenster sah sie den Mond einsam auf der Spitze der Nacht kauern. Der silbrige Schleier im tiefblauen Himmel enthielt in seinen unhörbaren Lichtstürmen winzige Quentchen von Rosa. Wenn Zärtlichkeit eine Farbe hatte, dann war das die Farbe der Zärtlichkeit. Als Amy die Wange sanft ins Kissen drückte, lösten sich langsam ihre Gedanken. Mit sanfter Ungeduld erwartete sie den nächsten Augenblick, nicht mit starkem Verlangen, sondern mit der besorgten Zuversicht einer Mutter vor der Schulpforte, die darauf wartet, daß ihr Kind sich aus der Menge löst. Sie fühlte, daß Prince sie beobachtete. Sie fühlte, wie es war, jung zu sein. Sie spürte, daß der Mond und ihre Gebete und Gedanken lebendige Wesen waren, die das Zimmer mit ihr teilten und über die Konturen ihres Schlafes wachten. Sie war nicht sicher, ob das Liebe war. Sie dachte, allen Menschen mußte das Herz wohl ein wenig weh tun, wenn sie anfingen, mit sich ins reine zu kommen.

Letzte Dinge

23 »Ich muß für eine Weile weg«, sagte er am nächsten Tag beim Frühstück zu ihr.

Amy war weder erschreckt noch überrascht. Irgendwie freute sie sich. Sie wußte, damit bezeugte er Respekt vor irgend etwas in ihr, und sie würde ihn nicht enttäuschen.

»Du kommst zurecht, oder?«

»Natürlich komme ich zurecht«, sagte sie.

Schweigend beendeten sie das Frühstück. Sie begleitete ihn hinaus zum Wagen.

»Es wird etwas passieren, während ich weg bin«, sagte er. »Etwas Erfreuliches.«

»Was wird das sein?«

»Warte ab. Etwas Schönes. Und mach dir keine Gedanken um *Mr. Wrong*. Ich werde ihn im Auge behalten.«

»In einem wachsamen grünen Auge.«

Sie gab ihm die Hand. Er zog sie an seine Lippen und drückte sie dann gegen seine Wange.

»Ich ruf dich ab und zu an«, sagte er. »Gib auf dich acht.«

Furchtlos lebte sie ihr Leben, wartete auf Prince und auf das, was passieren würde, während er weg war. Sie war froh, daß sie all die Zeit hatte, um allein mit ihrem Glück herumzuexperimentieren. Er rief sie ziemlich regelmäßig an, meldete sich von seiner Arbeit am Menschen. Er fragte, ob es schon passiert sei, und Amy sagte nein, es sei noch nicht passiert.

Dann passierte etwas. Amy war nicht sicher, ob es das war, was Prince gemeint hatte. Sie glaubte es eher nicht, denn es war nicht erfreulich, es war nicht schön. Am späten Sonntagnachmittag hatte sie den Bücherschrank im Wohnzimmer durchstöbert. Was würde er mir zu lesen empfehlen? überlegte sie. Auf dem obersten Regal standen einige schwere Sachbücher, darunter auch die *Anatomie der Melancholie*. Sie zog das Buch am Rücken heraus. Es war schwerer, als sie erwartet hatte, und sein Gewicht ließ ihre Hand nach unten sausen. Die Seiten flatterten, etwas fiel heraus und segelte wie das Blatt eines Baums zu Boden.

Es war ein altes Foto, das sich merkwürdig feucht und labbrig anfühlte; und die Szene, die es zeigte, wirkte augenblicklich beunruhigend. Auf einer Bühne standen sieben Männer. Die fünf auf der rechten Seite waren alle blaß und trugen einen Hut, wirkten irgendwie erhaben, wie Stadtväter oder Ratsherren. Sie schauten alle ein ganz klein wenig am Auge der Kamera vorbei; die Männer sahen gehemmt aus oder besorgt, als müßten sie gegen einen Brechreiz ankämpfen. Der siebte Mann, der ganz links stand, trug eine schwarze Kapuze. Die Schlinge in seiner behandschuhten Hand schwebte wie ein Lichtkranz über dem Kopf des sechsten Mannes, der als einziger dem Blick der Kamera standhielt. Sein mageres, unrasiertes Gesicht war angespannt, und in seinem starren Blick lag etwas Verzweifeltes und gleichzeitig Triumphierendes, fast wie ein komplizenhaftes Kichern über diese schreckliche Tat, zu der er die Welt trieb. Es war, als sei er der Strafende und die anderen die Bestraften – die mit der Übelkeit kämpfenden Stadtväter und der Mann mit der Kapuze, der es nicht wagte, sein Gesicht zu zeigen. Amy schaute in die Augen des

Mörders. Du armer, gelangweilter Idiot, dachte sie. Gerade wollte sie Foto und Buch zurücktun, als sie sah, daß auf der Rückseite etwas geschrieben stand. Es waren nur zwei Worte: »Warte nur.« Prince hatte sie geschrieben. Das machte sie traurig, obwohl sie nicht wußte, warum. Sie stand auf, und dann klingelte es.

Benommen ging Amy in den Flur. Hinter der Milchglasscheibe sah sie eine Gestalt stehen. Sie beschloß, nicht zu zögern, und öffnete die Tür. Plötzlich schien ihr Herz überall in ihr zu pochen, und dann lagen sich die beiden Frauen in den Armen.

»Ich kann's nicht glauben«, sagte Baby ein paar Minuten später. Sie schneuzte sich die Nase. »Wie jung du aussiehst, Amy. Du siehst ja jünger aus als *ich*.«

»Ach Quatsch.«

»Ich dachte, du wärst tot.«

»Sag nicht sowas. Ich fang nochmal von vorn an.«

»Um Gottes willen. Das ist ja verrückt ... Was ist passiert? Weißt du es jetzt?«

»Nein. Ich habe – ich kann mich immer noch nicht genau erinnern.«

»Aber du bist am Leben. Und du bist anders. Du warst schrecklich, Amy.«

»Ich weiß.«

»Du warst ein Miststück. Tut mir leid. Du warst so ... nein, du bist doch nicht anders. Du bist wieder so wie früher, mit sechzehn. Wie früher, *bevor* du ihn kennengelernt und dich so verändert hast. Deine Augen, es liegt an den Augen, daß du so jung aussiehst. Sie wirken jetzt überhaupt nicht mehr so ...«

»Was?«

»So mißmutig, so herausfordernd. So gelangweilt.«

Amy fragte: »Wie geht es Vater?«
»Dad? Oh, ganz gut. Er ist jetzt ganz blind, weißt du. Marge und George sind ein wahrer Segen. Ich hab ihnen nichts erzählt – du weißt schon.«
»Ja, ich denke, das ist das beste.«
»Vielleicht bald. Wer weiß?«
»Ja.«
»O Mann! Weißt du überhaupt, daß ich ein Kind habe?«
»*Nein*«.
»*Ja!* Sie ist *goldig*.«
»Bist du verheiratet?«
»Natürlich bin ich verheiratet! Du kennst mich doch! Deshalb kann ich auch nicht lange bleiben. Ich dachte eh nicht, daß du da wärst. Ich konnte es nicht glauben.«
»Er hat dich angerufen, oder?«
»Mr. Prince? Nein, er ist vorbeigekommen. Seid ihr zusammen?«
»Ja«, sagte Amy. »Das sind wir.«
»Ist es ernst?«
»... Ja«, sagte sie überrascht. »Er hat mir das Leben gerettet, doch.«
»Ja, er scheint mir sehr nett zu sein. Ihm liegt viel an dir, das hab ich gleich gemerkt. Um Gottes willen, jetzt muß ich aber los. Und ich hatte gedacht, ich würde dich nie mehr wiedersehen.«
»Na, aber jetzt ...«
»Ja, Gott sei Dank. Komm doch noch mit vor die Tür.«
Die Schwestern standen zusammen neben Babys Auto. Amy war ein paar Zentimeter größer, aber dort draußen sahen sie ungefähr gleich alt aus. Ein Schulmädchen radelte lässig vorbei, die eine Hand locker auf den Oberschenkel gelegt.

»Es gehört ihm«, sagte Baby und klopfte auf das Autodach. »Nicht schlecht, was?«

»Nein. Wie ist es so?«

»Verheiratet sein? Och, ganz gut. Es ist eben – unvermeidlich. Es ist eben das, was man macht, genauso wie von zu Hause auszuziehen. Irgendwann muß man es einfach tun. Warte nur.«

»Wie heißt deine Tochter?«

»Tut mir leid, sie heißt nicht Amy. Ich werd das nächste Amy nennen, wenn es ein Mädchen wird. Sie heißt Mary.«

»Komisch.«

»Wieso, ist doch ein Allerweltsname.«

»Wie heißt er? Wie heißt *du* jetzt?«

»Bunting, leider, leider. Ich nenn mich jetzt wieder Lucinda. Baby Bunting. Wär doch schrecklich. Gib mir deine Nummer. Ich ruf dich an. Schreib sie hier drauf. Du mußt unbedingt mit deinem Freund vorbeikommen und deine Nichte kennenlernen. Und deinen Schwager. Mann, es ist toll, wieder eine Schwester zu haben.«

Sie umarmten sich. Baby öffnete die Wagentür. Sie hielt inne, drehte sich um und sah Amy bedeutungsvoll an. Dann sagte sie:

»Wie soll ich wissen, ob ich ich bin oder du?«

»... Wieso? Sind wir denn Zwillinge?« sagte Amy.

»Nein, aber ich hab dich lieb.«

»Und ich dich auch.«

»Siehst du? Warte nur. Mit der Zeit wird alles zurückkommen.«

Der Wagen fuhr an. Amy schaute ihm nach, wie er im Abenddunst verschwand.

Um wieder zur Ruhe zu kommen und auch um zu sehen, ob sie sich irgendwie nützlich machen konnte, ging Amy nach nebenan und verbrachte zwei Stunden mit Mr. und Mrs. Smythe. Wer dieses Haus betrat, wurde unweigerlich mit riesigen Mengen Tee und Kuchen überschüttet. Der rotgesichtige Mr. Smythe hockte wie ein verschlagener Holzdämon in der Ecke des Wohnzimmers und paffte glucksend seine Pfeife. Er sagte und machte nicht mehr viel. Auf dem Teppich des überladenen Wohnzimmers saß Kater David und leckte sich den glänzenden Bauch, die Hinterpfote hochgestreckt wie ein geschultertes Gewehr. Mrs. Smythe servierte Tee und redete, nicht zum erstenmal, über ihre beiden Söhne, über Henry, den Junggesellen, der an einer großen Schule im Norden Direktor war, und über den kleinen Timothy, der in seinem dritten Jahr als Entwicklungshelfer von einem betrunkenen Militärpolizisten erschossen worden war – Timmy, der Denker, der Poet, der Suchende. Während eines ihrer bebenden Tagträume hatte Mrs. Smythe vorausgesagt, wenn Henry je heiraten und einen Sohn haben sollte, dann werde Timothy in der Seele dieses Kindes wiedergeboren. Henry war vierundfünfzig. Amy trank noch eine Tasse Tee. Sie wollte Mrs. Smythe von ihrer Schwester und deren Kind erzählen, spürte aber, daß ihr das wohl einen Schlag versetzen würde. Sie fragte, ob sie irgend etwas für die beiden tun könne, und sie meinte es ehrlich. Sie hätte ihnen jeden Wunsch erfüllt. Aber sie sagten, sie bräuchten nichts, und so trank Amy ihren Tee aus und ging nach Hause.

Als sie ankam, hörte sie das Telefon klingeln. Es klingelte mit einer zähen Bockigkeit und hatte beleidigt die Arme verschränkt. Als sie den Hörer abheben wollte, überkam sie ein irrer Gedanke. Wenn sie es noch fünfmal klingeln ließ, dann war es nicht Mr. Wrong. Sie ließ es noch fünfmal klingeln. Es war Prince. Seine Stimme sagte:

»Hallo, ich bin's. Wo *warst* du denn? Ich bin hier schon halb *verrückt* geworden ... Ach so ... Ist es schon passiert? ... Und, war es schön? ... Gut, gut. Das freut mich. Hör mal, ich muß noch ein paar letzte Dinge erledigen. Dann komm ich zurück, heute abend – hoffe ich ... Ich kann nicht nochmal anrufen, aber – bleib auf und warte auf mich, ja? ... Warte. Bis bald dann. Auf Wiedersehen, Amy.«

Mitternacht verstrich.

Amy machte sich keine Sorgen – nein, überhaupt keine. Wie sollte sie in Gefahr sein, wenn Prince sie allein lassen konnte? Und doch verspürte sie eine gewisse Ruhelosigkeit. Es hatte mit seiner Stimme beim letzten Anruf zu tun – sie klang irgendwie ausgesöhnt, fast melancholisch, doch mit einer neuen Besorgnis. Er würde kommen. Wovor sollte sie sich fürchten?

Ihr blieb nichts anderes übrig, als zu warten. Ein Uhr schlich auf Zehenspitzen vorbei. Amy hatte zwei Bücher neben sich auf dem Sofa liegen – sie hatte sich angewöhnt, mehrere Bücher gleichzeitig zu lesen. Jetzt versuchte sie nacheinander, sich darauf zu konzentrieren, doch ihr Kopf konnte die schnörkelige Schrift nicht festhalten, und die Zeilen marschierten ohne Sinn an ihren Augen vorbei. Sie legte das Buch weg; sie fand, das tat keinem von ihnen gut. Sie probierte kurz mit dem Grammophon herum, spielte den Anfang des Klavierkonzerts, den sie besonders mochte. Doch seine Klage hatte etwas Unvollendetes an sich, so wie die Bücher etwas Ausschließliches an sich hatten, die Ausschließlichkeit einer idealen Ordnung, der Reihenfolge der Wörter. Amy war noch nicht ganz sie selbst, und sie mußte die Zeit selbst ausfüllen, mußte sie vergeuden, mußte sie totschlagen.

Der Minutenzeiger hatte seine langsame Reise von der Zwei zur Drei beendet. Die Zeit war noch nicht um, die Zeit war immer noch nicht um. Amy holte ihr Tagebuch. Sie beschrieb ihren Tag, sie beschrieb Baby. Sie blätterte zurück und las einige Passagen von früher, doch auch die schienen ihr belanglos, bedauernswert; das war nicht viel, das ergab noch keine Vergangenheit, oder? ›Wie soll ich wissen, ob ich ich bin oder du?‹ ... Sie unternahm einen letzten Versuch, sich in die Vergangenheit zurückzuversetzen. Sie war einmal ein Kind gewesen, mit Baby; sie war älter geworden; sie hatte sich gelangweilt, hatte diesen Mann kennengelernt, war böse geworden; sie war grausam zu ihren Eltern gewesen und zu vielen anderen auch; der Mann hatte sie fast umgebracht; sie hatte es so gewollt, und er hatte es fast getan; er *dachte*, er hätte es getan, aber er hatte es nicht ganz getan. Dann war sie aufgewacht, und ihre Erinnerung begann.

Nein, sie konnte sich nicht erinnern. Sie erinnerte sich nur daran, daß sie einen Raum betreten hatte, der voll anderer Menschen war, daß sie an einem Wochenende frühmorgens aufgewacht war, daß sie, vom Licht geblendet, in einem Hinterhof erstarrt war, daß sie in der Schule weinend auf einem Stuhl gestanden hatte, daß sie in anderer Leute Fenster leuchten wollte, nachdem die Jungen alle nach Hause gegangen waren. Sie hörte die Sekunden vorbeirasen. Der Morgen graute, doch Prince kam nicht.

Amy machte es nichts aus. Amy machte sich keine Sorgen. Das Licht brachte die Gegenwart zurück. Sie stand im Garten, ließ den Tau ihr Haar benetzen und gab David ein unerlaubtes Frühstück, das er unbekümmert in sich hineinschlang. David hatte neun Leben. Sie wünschte, er wüßte, wie gut dieses hier war: jeden Tag vier Mahlzeiten und nahezu permanentes Streicheln. Andere Katzen hatten ein viel härteres Leben; aber es gehörte zu den Privilegien von Katzen, daß sie sich um das Schicksal anderer Katzen nicht zu scheren brauchten.

Sie ging hinaus in die langsam erwachende Schlafstadt. Ihre mittlerweile durch die Zeit verzerrte Wahrnehmung hatte viel von der traurigen Schärfe verloren, aber immer noch war alles interessant, sehr interessant; sie beobachtete die Menschen im Licht, die Menschen im Verkehr. Eine gewisse ungewollte Hellsichtigkeit blieb ihr. Wenn sie andere Menschen sah, sah sie immer auch, wie sie aussehen würden, wenn sie alt waren, und wie sie ausgesehen hatten, als sie jung gewesen waren. Das war schmerzlich und ermüdend. Im Weitergehen lächelte sie den ganz Jungen und den ganz Alten zu. Das Maß ihrer Zuneigung schien im Gleichgewicht zu sein: ihre Zuneigung für einen Spatzen war klein, etwa genauso groß wie der Vogel selbst. Sie spürte kein Verlangen, nach Hause zu gehen. Ihm würde es nichts ausmachen. Er würde sich keine Sorgen machen. Er konnte ja hierherkommen.

Sie setzte sich in dem hügellosen Park auf eine Bank. Ein alter Mann kam auf sie zu und störte sie ein wenig, aber nicht für lange ... Sie saß ganz ruhig da, zuckte nicht einmal mit den Wimpern. Als sich der Tag um seine Achse zu drehen begann, blutete Farbe aus der Wiese. Der grüne Streifen unter dem leeren Himmelstuch, auf dem die Karren der Parkwächter und die Kinderwagen gemächlich ihre Spuren zogen, nahm im Nachmittagslicht eine milchige, alkalische Farbe an, wie ein See. Sie schloß die Augen und öffnete sie wieder. Etwas geschah mit ihr, etwas Endloses, Ekstatisches. Alles in der benannten Welt drängte darauf, in ihr Herz aufgenommen zu werden; doch zugleich wußte sie, daß all diese Dinge, die Bäume, die fernen Dächer, die Himmel, nichts mit ihr zu tun hatten. Das Dasein dieser Dinge war losgelöst von Amys Dasein, und darin lag ihre Schönheit. Nur ein kleiner Teil des Lebens hat mit mir zu tun, dachte sie und war erleichtert, entzückt. Sie fühlte sich – sie fühlte sich tot. Es ist nicht wahr, wenn man sagt, das Leben sei zu kurz. Das stimmt nicht: es ist zu lang. Ich habe lange genug gelebt. Er kann jetzt kommen.

Prince setzte sich neben sie auf die Bank. Er atmete schnell und rhythmisch. Nach einer Weile sagte er:

»Es tut mir sehr leid.«

»Jetzt ist alles gut«, sagte sie. »Alles ist gut.«

Er kam näher. Die schlaflosen Monde in Amys Gesicht sammelten Blässe, wie um sich gegen das Dunkel ihrer Brauen und Haare zu schützen; und doch glühte ihre Haut vor leise heranrückendem Fieber. Sein Atem kam näher, süßlich und ungut wie ihr eigener.

Zeit

24 Als sie aufwachte, war es noch immer dunkel. Der angenehme, rostige Geschmack der Erschöpfung in der Kehle verriet ihr, daß sie nicht lange geschlafen hatte. Sie war im Zimmer von Prince, natürlich, und in seinem Bett.

Er saß nackt neben ihr auf der Bettkante, ließ die Schultern hängen und schaute sie von der Seite her an. An seiner Stirn sah sie, daß er sie lange angestarrt hatte.

»Wie geht es dir?« fragte er.

»Ich bin so glücklich, daß ich am liebsten sterben würde.«

Er sah weg.

Amy sagte: »Das werd ich auch, oder? Ich werde jetzt sterben.«

»Nein, das stimmt nicht ganz«, sagte er und stand auf. Er nahm ihre Hand. »Komm, Amy. Es ist an der Zeit, fürchte ich.«

Nach einem Augenblick drehte er sich um und ging durchs Zimmer. Amy schob die Decke weg, setzte sich auf und verschränkte die Arme vor der Brust.

»Uns bleibt nur noch ein letztes Ding zu tun«, sagte er und schüttelte seine Kleider aus. »Wir – wir müssen noch jemandem treffen.«

»*Mr. Wrong.*«

Er nickte. »Richtig«, sagte er, »das ist richtig.«

»Wie schlimm wird es werden?«

»Nicht schlimmer und nicht besser als jetzt hier. Du

wirst nicht allein sein. Ich werde dich niemals allein lassen, das verspreche ich dir. Niemals.«

»Niemals? ... ich muß mich waschen gehen.«

»Ja.«

»Wie ist er?« fragte Amy, als sie durch das schwarze, leere London fuhren. Sie kam sich vor wie ein Kind, das zu unchristlicher Stunde in ein Ferienlager oder ins Krankenhaus gebracht wird und sich den erwachsenen Maschinen beugen muß. Tiefer Nebel hing über den dunklen Wegen, manchmal dünn und salzig, dann wieder dick und fett wie eine in sich zusammengefallene Wolke.

Prince zuckte die Schultern. »Ich denke, du wirst ihn mögen. Vorher hast du ihn schließlich auch gemocht.«

»Warum tust du mir das an?«

»Du weißt es«, sagte er, und seine Stimme hatte den drängenden, insistierenden Unterton, den sie schon einmal gehört hatte. »Ich denke, du magst ihn aus dem gleichen Grund, aus dem du mich magst. Der Polizist, der Mörder. Wir sind beide – außerhalb.«

Amy wandte sich von ihm ab. Über dem offenen Fluß klarte der Nebel für kurze Zeit auf. Das Wasser dehnte sich, war gespannt, als würde es an beiden Enden strammgezogen. Es glänzte wie eine zerkratzte Rüstung. Sie sah die rauchverhüllte Fabrik, spürte die massige Unnahbarkeit der Lagerhäuser und sah das schwarze Gras und den ovalen Teich.

»Du weißt, warum wir das tun?« fragte er sie. »Du weißt es genau, nicht wahr?«

»Ich glaube schon.«

»Du kannst kein neues Leben anfangen, ohne ...«

»Ich weiß«, sagte sie, »ich hab es im Grunde immer gewußt.«

Sie kamen zurück zum Fluß – oder vielleicht war es ein anderer Fluß. Wer immer ihn festgehalten hatte, hatte jetzt losgelassen. Das mondbeglänzte, jahrtausendealte Wasser schlängelte und wand sich jetzt unter dem trüben Nebel dahin. Er hielt den Wagen an derselben Stelle an. Jetzt waren keine Leute mehr da, und die rattenähnlichen, zerlumpten Hunde beherrschten das Gebiet allein.

»Warum sind hier keine Leute? Es waren doch welche da.«

»Hier ist jetzt alles tot«, sagte Prince und führte sie weiter. »Zum Abbruch verdammt.«

Er duckte sich durch dieselbe Tür, aber diesmal schloß er selbst auf. Fauliger Gemüsegeruch hatte das Gebäude in Beschlag genommen. Hier drin bekam man kaum Luft; irgend etwas in den Lungen ließ die Luft nicht durch. Prince blieb auf der Treppe stehen und lauschte.

Sie kletterten hinauf in den großen Raum. Er half ihr durch die Falltür. Sie war froh, daß sie so müde war; so würde es leichter zu ertragen sein. Plötzlich klirrte eine Flasche, und auf den Bodendielen trappelte es hektisch.

»Das sind nur die Ratten«, sagte er.

Er zog an einer Schnur, und eine nackte, violette Glühbirne flackerte auf. Prince ging über die schmutzigen Dielen; sie waren feucht und gaben unter den Füßen leicht nach. Er führte sie zu den tieferen Schatten, dorthin, wo die Tür war.

»Jetzt gehen wir hinter die Tür.«

Sie drehte sich zu ihm. »Ich – ich bin müde«, sagte sie.

»Ich weiß.«

Er küßte sie auf die Stirn, griff hinter ihren Rücken, drehte den Knauf und drängte sie durch die Tür.

Als sie die Tür hinter sich zufallen hörte, war ihr klar, daß Prince nicht mehr da war. Rasch drehte sie sich um. Es stimmte. Sie rüttelte am Knauf. Er gab nicht nach. Irgendwo hörte sie seine Schritte. Sie streckte sich. Jetzt war alles egal.

Hinter den dünnen Vorhängen, oder waren es Gardinen, die von der Decke herabhingen, glomm ein roter Lichtschein. Sie hörte das leise Knarzen, mit dem jemand sein Gewicht auf einem Stuhl verlagert. Der Raum war unerwartet lang und schmal, eher wie ein Tunnel als ein Raum.

»Amy?« rief er. »Komm näher. Bist du es wirklich?«

Sie ging durch den Vorhang durch; er rutschte ihr langsam über den Kopf, schien in ihrem Haar zu verweilen, wie eine Hand oder der Flügelschlag eines Vogels oder wie ein bekanntes, intim rosafarbenes Kleid.

»Bringt es dich zurück?« fragte er.

Amy starrte nach vorn. Der Mann war weit weg. Sie sah, daß er eine Art Kapuze trug. Er kam auf sie zu. Sie hatte Zeit wegzurennen, aber sie rannte nicht weg. Vielleicht hatte sie auch gar keine Zeit dazu. Sie wußte jetzt, wer der Mann war.

»Erinnerst du dich?«

»Ja, ich erinnere mich«, sagte sie.

»Schau, was du mir angetan hast. Schau, was ich dir angetan habe ...«

»Bist du – wirst du mich jetzt töten?«

»Noch einmal? Wie kann ich das? Du bist doch schon tot – siehst du das nicht? Das Leben ist die Hölle, das Leben ist mörderisch, aber der Tod ist dem Leben sehr ähnlich. Es ist schrecklich leicht, an den Tod zu glauben.«

Er kam jetzt schon eine ganze Zeit auf sie zu und

hatte noch immer ein gutes Stück vor sich. Sie bewegte sich auf ihn zu, wollte, daß das nächste schneller geschah, wollte keine Zeit verlieren.

»Weißt du, wer ich bin?«

»Ja.«

»Dann weißt du auch, daß ich dich niemals verlassen kann. Ich bin der Polizist, ich bin der Mörder. Versuch es nochmal, gib acht, sei gut. Dein Leben war zu arm, um nicht ewig zu dauern. Mach es diesmal richtig. Komm, es wird nicht lange dauern.«

Seine Arme umfingen sie. Sie verspürte ein so intensives Gefühl der Geschwindigkeit, daß ihr der Geruch schmorender Luft in die Nase stieg. Sie sah einen mit Wasserlachen übersäten roten Sandstrand, über dem eine wilde, wechselhafte Sonne thronte. Sie spürte, daß sie strömte, sie spürte, daß sie sich an allen Enden auflöste. O Vater, dachte sie, mein Mund ist voller *Sterne*. Bitte nimm sie heraus und bring mich nach Haus ins Bett.

Einen Augenblick kehrte das Gefühl der Geschwindigkeit zurück, dann kam nichts mehr.

• • •

Ihr erstes Gefühl, als sie Luft einsog, war stürmische, hilflose Dankbarkeit. Es geht wieder, dachte sie beim Atemholen. Die Zeit – sie läuft weiter. Sie versuchte all das Wasser in ihren Augen wegzublinzeln, doch es war zuviel, und so drückte sie sie bald fest zu.

»Geht's wieder, Amy?« fragte ihre Mutter.

»Ja.«

»Bist du wieder ganz bei dir? Ganz sicher?«

Amy öffnete die Augen. Sie lag in ihrem Bett. »Es tut mir leid«, sagte sie.

»Ich weiß nicht, was dich manchmal überkommt. Daß du aber auch immer deinen Kopf durchsetzen mußt! Na, lassen wir's gut sein. Dieses eine Mal noch.«

»Danke. Es tut mir leid.«

»Sei jetzt ein braves Mädchen.«

Ihre Mutter ging aus dem Zimmer. Amy setzte sich auf. Sie mußte lange Zeit geweint haben. Es war eine Erleichterung, daß sie aufhören und sich wieder anderen Dingen zuwenden konnte. Sie trat vor den Spiegel, wischte die Tränen fort und bürstete sich rasch das Haar.

Sie rannte hinunter. Im Flur stand ihr Vater, mit dem Rücken zu ihr. Er zog gerade die alte Standuhr auf. Sie ging zu ihm hin und legte ihm mit dem Ausdruck sanfter Beharrlichkeit eine Hand auf die Schulter.

»Amy«, sagte er und drehte sich langsam um. »Wieder unter den Lebenden, mein Kind?«

»Alles vergeben?«

Er nahm ihre Hand und küßte sie. »Alles vergeben. Jetzt gib auf dich acht.«

Amy öffnete die Tür und trat hinaus in den Nachmittag.

Epilog

Dies ist ein Versprechen. Ich werde ihr nichts antun, das sie nicht selbst will. Ich werde nichts tun, es sei denn, *sie* will es. Und das ist nicht sehr wahrscheinlich, oder, in ihrem Alter? Das ist nicht sehr *realistisch*? Immerhin, sie ist volljährig – zumindest beinahe, da bin ich ziemlich sicher.

Da ist sie, zieht die Tür hinter sich zu und kommt schnell die Einfahrt herunter. Ich stehe auf der anderen Straßenseite, verborgen im Schatten. Selbst auf diese Entfernung sehe ich ihren leuchtenden Augen an, daß sie geweint hat. Das arme Kind ... O Mann, was tut mir dieses Mädchen an? Irgend etwas tut sie. Ich werde es mit der Zeit herausfinden. Mit der Zeit ... Ich habe das Gefühl, ich hätte diese Dinge schon einmal getan und bin dazu verdammt, sie wieder tun. Aber vielleicht fühlen sich solche Dinge immer so an. Ich – ich bin müde. Ich hab's nicht mehr unter Kontrolle – diesmal nicht. Teufel nochmal. Bringen wir's hinter uns.

Gleich werde ich auf die Straße hinaustreten. Ich sehe, wie sie auf das Ende der Einfahrt zukommt und an der Straße zögert, wie sie nach links schaut und nach rechts, wie sie überlegt, wohin sie gehen soll.